谢文杰 ◎ 著

善者仁行

陈初生题

《李建辉女士纪事》

SPM
南方出版传媒
广东人民出版社
·广州·

图书在版编目（CIP）数据

善者仁行/谢文杰著. —广州：广东人民出版社，2021.10
（2023.1重印）
ISBN 978－7－218－15213－4

Ⅰ. ①善… Ⅱ. ①谢… Ⅲ. ①报告文学—中国—当代 Ⅳ. ①I25

中国版本图书馆 CIP 数据核字（2021）第 173102 号

SHAN ZHE REN XING
善者仁行
谢文杰 著

出 版 人：肖风华

策划编辑：赵世平
责任编辑：赵瑞艳
责任技编：吴彦斌 周星奎
封面题字：陈初生
出版发行：广东人民出版社
地 址：广州市大沙头四马路10号（邮政编码：510199）
电 话：（020）85716809（总编室）
传 真：（020）83289585
网 址：http://www. gdpph. com
印 刷：北京一鑫印务有限责任公司
开 本：787mm×1092mm 1/16
印 张：16 字 数：210 千
版 次：2021年10月第1版
印 次：2023年1月第2次印刷
定 价：48. 00 元

国家机关事务管理局原司长连云祥题

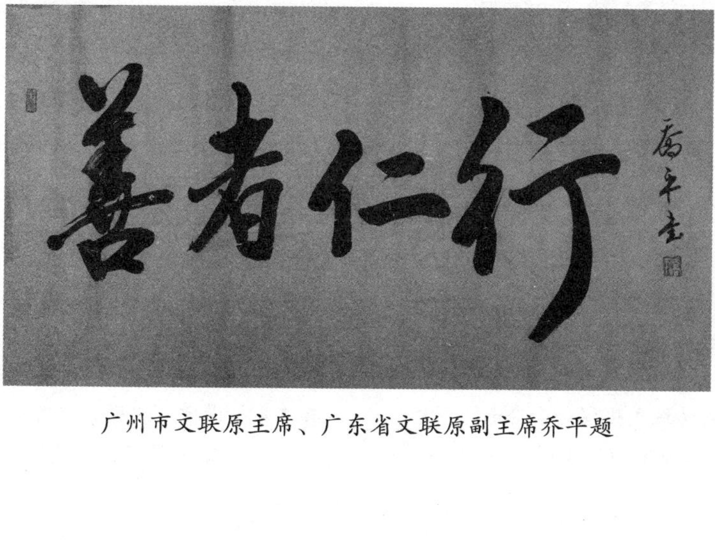

广州市文联原主席、广东省文联原副主席乔平题

广东省传统文化促进会永久名誉会长余鹏翔题

广东省传统文化促进会会长、
书法家李世玉题

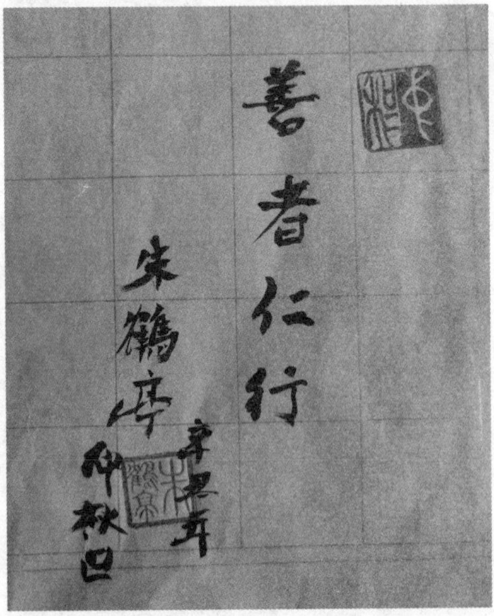

著名养生学家、武学家、医学家、
玄学家朱鹤亭先生题字

序

相信大部分人对别人的表扬都不会感到陌生，因为自从我们懂事的时候开始，就是在被别人表扬的日子里度过的。譬如说：小时候你每天第一个到学校，总是大声地朗读课文，日久天长，班里的任课老师一定会在班上表扬你学习认真刻苦；又如你若在期中或期末考试中考了班里的前几名，学校就会授予你“三好学生”的荣誉称号；如果你考上了什么名牌大学，家人也好，邻居也罢，肯定会情不自禁地夸你是个有出息的乖孩子。暖心的话也好，鼓励的话也罢，归根到底都是善良的人们在给大家传递着一个又一个积极向上的信号。

这积极的信号听起来是振奋人心的，是让人信心百倍、斗志昂扬的！不过，当我们仔细地回味着往日的种种表扬时，不免又会觉得有点儿美中不足的味道，因为在学生时代听到的这些表扬都只能让我们“知其然”，而未必能找到“所以然”。也就是说这个学生为什么会天天第一个来到学校，是什么原因让他刻苦学习的呢？这也许没有给出答案。同样，一个被评为“三好学生”的同学，他的积极性是从哪里来的呢？作为一个名牌大学的学生，他是用什么方法取得如此喜人的成绩的呢？这些或许也没有人会在表扬一个人的时候给予过具体答案。

而今，对于我这个从军一辈子的老兵来说，却从军旅作家谢文杰的这部长篇报告文学中找到了他之所以赞美与人为善的主人公李建辉博士的许许多多的原因！这诚然是一件让人敬佩的事！

令人敬佩的原因还有一个，那就是我能从谢文杰的文字中，找到李建辉博士之所以是一名公益慈善事业的佼佼者的最佳答案，即：李建辉博士从小受到当地乡村贤士们博爱众生的耳濡目染；身临其境地感受到了她父母乡邻的言行举止；那位与李建辉博士朝夕相处的邻家大婶，她的援助之暖让李建辉博士从小就烙上了一个与人为善的美好印记，亲身体会到了别人为自己雪中送炭的甜蜜滋味！在爱的怀抱中长大的李建辉没有忘记这一幕又一幕铸就她向善的“先天性”镜头！

当李建辉博士受惠于别人的恩赐和关怀时，她将这些一一铭记在自己的脑海里。当她有了一份微薄之力时，她就像自己心中的那些博爱众生的乡邻贤士、自己慈悲为怀的父母、那位雪中送炭的邻家大婶一样，毫无保留地将余热献给自己身边需要帮助的人。

谢文杰的作品中更令我感到欣慰的是，主人公的公益慈善之旅不但温暖了众多在困境中挣扎的人们，还感染了对公益慈善事业原本持冷漠心态的些许乡亲，使他们把自己内心的冷漠转变成了一股股暖流传递给千家万户，他们用自己的行动带领周围的人们把爱洒向四面八方，他们从对公益慈善事业的排斥转而带领大伙走出了一条又一条爱洒人间的康庄大道！通过一层又一层的递进手法，谢文杰就这样顺其自然地把作品《善者仁行》推向了高潮！

我们生活在这个瞬息万变的世间，能通过别人给予自己的关爱去感染和激励自己，而后又用自己的爱心去温暖和激励他人，再通过被温暖和被激励的人去传递人间大爱，这样一次又一次的爱心传递，就像歌曲中唱的那样：“只要人人都献出一点爱，世界将变成美好的人间！”不言而喻！这应该就是谢文杰先生的良苦用心吧！

正如歌中所表达的心声一样，李建辉博士的公益慈善之举感染了谢文杰，进而激发了他挥笔著书的决心和勇气。即使自己工作繁忙，一边笔耕不辍，利用近两年的双休日和节假日的绝大部分时间写下了这部洋洋洒洒的长篇报告文学作品，意在将人间大爱口口相传，将人间善意字字相宜。这难道不也是一种爱的奉献吗？

为了让这种爱的奉献传播得更加广阔、更加精准、更加暖心，习近平总书记在十九大报告中专门发出了这样铿锵有力的号令：

“要动员全党全国全社会力量，坚持精准扶贫、精准脱贫，坚持中央统筹省负总责市县抓落实的工作机制，强化党政一把手负总责的责任制，坚持大扶贫格局，注重扶贫同扶志、扶智相结合，深入实施东西部扶贫协作，重点攻克深度贫困地区脱贫任务……我们要坚持把人民群众的小事当作自己的大事，从人民群众关心的事情做起，从让人民群众满意的事情做起，带领人民不断创造美好生活。”

在这一新时代的伟大号令发出后，我可以肯定谢文杰先生的这部长篇报告文学作品《善者仁行》是继2017年由岭南美术出版社出版发行的红色文化作品《九趾红军王定国》之后的又一部充满正能量的鸿篇巨作！

从谢文杰先生送给我的这本样稿来看，有不少亮点。行文结构上，他采用了层层深入的叙述模式，由浅入深；行文视角上，他采用了从“小”到“大”的喇叭手法，独具匠心；行文内容上，他的作品与习近平总书记在十九大报告中关于扶贫工作的伟大号召遥相呼应。他以独特的视角、娴熟的技艺、精辟的总结，让这部长篇报告文学作品《善者仁行》给人以荡气回肠之感。

这本书得以出版发行，除了要感谢作者谢文杰的辛勤耕耘之外，我们还必须感谢该书主人公李建辉博士大爱无疆的精神！

我和李建辉博士虽然素不相识，但是通读谢文杰先生的作品《善者仁行》之后，我感受到李博士是一位勤奋钻研、踏实肯干、善良朴实的“客家妹子”。谢文杰不辞劳苦地挖掘出了她30年如一日将自己的业余时间献给苍茫大地上需要关心和帮助的许许多多的贫困学生、贫困家庭的故事，我倍觉感动。一是在改革开放40余年来，有的人以金钱至上，而书中的这位主人公却是例外，我为改革开放前沿城市有这样一位与人为善的“客家妹子”感到高兴；二是我为我曾经的军校学生谢文杰先生能在岭南大地上找到这样一束曙光来传播给神州大地而感到自豪；三是我替那些曾在困境中挣扎而得到过李建辉博士的关怀和厚爱的学校、师生、受困群众深表谢意！

从谢文杰先生的这部长篇报告文学中，我们不难发现李建辉博士在扶贫攻坚的道路上不但走出了思想扶贫、精神扶贫、智力扶贫和物质扶贫相结合的康庄大道，还在30年的公益慈善之旅中，得到过大大小小许多荣誉。不过，所有的这些褒奖中最让我为之敬佩的是“广东省正能量先进人物”。迄今为止，她共扶助了30名青少年儿童，亲自带领热心人士捐赠和筹建了6所中小学校，从她的工资和平时的书稿费中拿出50多万元人民币支持贫困学生学习。这一次又一次的壮举无一不让我对她肃然起敬！这是一个人灵魂高洁的见证，也是一个人心怀仁爱的证明！

在粤北山区及广州的一些中小学中，只要一提起李建辉博士和她倡导并援建的校园图书角，大多数学生都会赞不绝口地说：“那就是我们的精神家园！”

李建辉博士在风华正茂的年纪就将自己的遗体作了捐献登记，带领了许许多多的志愿者也将自己的作了遗体捐赠登记，精神可嘉。

一分耕耘一分收获，李建辉博士的付出得到了各级领导和同志们的充分肯定，2018年3月她获得了联合国第62届妇女代表大会“突出贡献奖”。同年，她还获得了广东教育台最具影响力的“公益人物奖”。2019年3月获联合国63届妇女代表大会“杰出女性奖”。

40多年改革开放，祖国的物质文明建设迎来了空前盛景，同时精神文明建设也留下了不计其数的动人篇章，这自然是我伟大中华的杰出作品。

看过谢文杰先生的作品《善者仁行》之后，我就写了这篇有感而发的心灵告白。

是为序！

郑建伟，原长沙政治学院文学史主任（正师级大校）

题记

熟悉广东省梅州市大埔县的人都知道，这个革命老区原本叫作万川。之所以叫作万川，相传是因为这里是汀江、梅江和梅潭河的交汇之处。后来又为什么改名叫作大埔了呢？目前有两种说法。《大埔县志》记载：“大埔，盖俗称，平旷高原，仅宜果瓜蔬麻者曰埔；自茶山（旧县治）之麓，弥望平原，无虑数百顷地，总呼为埔。”这是第一种说法。

第二种说法是这样的。从前有一位客家乡绅名叫宋大布，他不像多数富豪之家，食必鸡鱼酒肉，衣必绫罗绸缎，而是身穿布衣，素食饮淡，乐善好施，爱民如子，为乡里群伦表率。在他的影响下，许多富人也因此弃艳就素，改穿粗布，仁风日盛，誉播邻里。明朝嘉靖五年（1526年），朝廷重新划地置县，为纪念乡绅宋大布先生的仁举美德，乡人联合呈请朝廷，将此县命名为“大布县”，后改名为大埔县。至今为止，这里走出了3位总统、121位将军和4位中华人民共和国成立后的第一任省长。这里还是远近闻名的长寿之乡，百岁老人层出不穷。这些耳熟能详的事迹就不在这里一一赘述了。今天要和大家分享一位受此地仁人志士熏陶，连续30年来将爱心献给岭南大地乃至全国各地，用仁慈普度众生，用余热温暖弱者的客家妹子——原广东省民政厅李建辉博士。

当我用自己的笔墨沿着她的足迹追寻时，发现她正如一朵飘过蓝天的白云，处处将大爱留给人间，让贫穷变为富有。

2011 年 6 月 18 日李建辉博士去造访一位教授，教授见到李建辉博士后，兴奋至极，随即写下了这样一首诗。

了解和热爱生命的人

——致李建辉博士

你的心在博爱的草原上跳动
却隐藏一小片泥泞和疼痛
大自然给人类去雕琢的宝石
伴着你那依旧灿烂的笑容
热爱生命的人才算英雄
不被思想的乌鸦引向黑洞
你留在天空中的雨后彩虹
让许多人走进春天的花丛
五兄妹的欢乐与祖国相同
成长在长年不息的奋斗中
你属于春天里奔跑的种子
时光的步履被太阳照得通红
仁心仁闻的空间已经开通
以责任的闪电充实每一个梦
你不会与活着擦肩而过
人生的价值变得更加繁荣

（2011 年 6 月 24 日）

注释

仁心仁闻：有仁慈的心肠，有仁爱的声誉。

李建辉博士常说："活着，就是一种责任！"这种博大的人生观深深地感动着她的这位教授朋友，在这位教授看来，李建辉博士和他谈到如何化解烦恼和矛盾，如何进行自我心理调整、解除心灵枷锁，如何以博爱的情怀面对世间的万物生灵等，这一切都与“活着，就是一种责任”息息相关，前呼后应。

一个风和日丽的周末，我有幸跟着李建辉博士踏上了开往梅州市大埔县的公益之路，经过几天时间的耳闻目睹，我半开玩笑半认真地跟李建辉博士说：“李博士，你做的这一切善事就如同留在人世间的一颗颗珍珠，如果用一根线把这些珍珠串起来，便可以连成一个整体。如果让这些宝物发出闪亮的光芒，再去照耀普天之下的生灵，让世间再多一些美好，让人间再多一份真情，那么我们身边的世界不就更加美好了吗？”

我无意间的些许感慨，被李建辉博士提出了一个反问。

“为什么呀？”她微笑着说。

“原因是这样的……”停顿片刻之后我回答了她的提问。

因为从广州到梅州那连绵起伏的群山可以作证：

从梅州市大埔县一个穷山村里的客家老屋走到花城广州的你，用自己30年的绝大多数业余时间，为灾难中的人们奉上了自己那颗无私的拳拳之心！

漂洋过海的莘莘学子可以作证：

从梅州市大埔县一个穷山村里的客家老屋走到花城广州的你，用自己30年的爱心公益活动缔造了一个又一个快乐校园，培育了一代又一代因家庭贫困而上不起学的学生！

往返近千公里的广梅高速公路可以作证：

从梅州市大埔县一个穷山村里的客家老屋走到花城广州的你，用自己30年的大爱之举组织捐建起了一所所希望学校，给人间谱写了一曲又一曲可歌可泣的壮丽诗篇。

李建辉博士听我这么一说，她点了点头，没有说话。正在她若有所思的时候，我又补充说道：“概括你的公益之旅，我用十六个字作个总结！”

“说来听听？”这时的她有点好奇又有些激动。

“思想扶贫！精神扶贫！智力扶贫！物质扶贫！”我不假思索地说。

坐在副驾位的她回头笑了笑说：“哎，有点意思！你有时间的话咱们可以展开聊聊。什么是思想扶贫？什么是精神扶贫？什么是智力扶贫？什么是物质扶贫？”

“好！有时间的时候我会用我的文字跟你娓娓道来！”

于是在一个艳阳高照的秋天，我带着温暖愉悦的心情开始动笔勾画起这位全国公益之星的璀璨人生！

目录

第一章

近朱者赤
从前辈中学习感恩之礼

与智者同行，自己会变得越来越聪明；与善者为伍，自己也会成为人见人爱者。

1-1 故土多贤士　铸就有心人

初识李建辉博士是在广州越秀区的一个书法院里，她爽朗的笑声、热情的举止、和蔼的话语，给人的印象就如同一位慈善的天使。特别让我刻骨铭心的是当她得知我的家乡湖南省宁乡市于2017年6月22日发生了百年难遇的洪灾之后，当即通过微信给我的家乡捐上了1000元善款。

在后来的交往中，我慢慢地明白了李建辉博士之所以如此仁义，一方面源于她从小受故土贤士的熏陶，另一方面与其父母的言传身教息息相关。

李建辉博士一家三口

李建辉博士出生在广东省梅州市大埔县的一个山村，生她养她的这片热土不仅有秀美的田园风光、古朴的民居围屋、悠久的人文景观、淳朴的客家民风、璀璨的客家文化、众多的名胜古迹，更加重要的是这里的人们还特别重视教育，世代保持着“男人无文盲，女子无小脚”的良好乡风，因此从这里走出了不胜枚举的状元和举人。

张弼士就是一个最好的代表。李建辉博士介绍说，张弼士只身离开广东大埔老家时才18岁，漂洋过海到印尼闯荡天下。由于他个人的精明能干、多谋善断、有胆有识，从打工仔到独当一面，再到他自己接连创办了多个垦殖公司和轮船公司，只用了短短的几年时间。后来又因为他机智超群兼营银行、建筑和药材等多门生意，几十年下来，他慢慢成为东南亚侨界首屈一指的亿万富翁和侨界领袖。

张弼士功成名就之后对自己的故乡念念不忘，对祖国的兴衰和民族的危亡根植于心，对同胞慷慨解囊热心公益慈善事业。祖国百废待兴的时候张弼士拿出80万大洋振兴北洋水师。1900年黄河泛滥时，他又带头捐资，最终筹集了200万两白银赈济河南灾民。为了发展教育事业，他向香港大学捐巨资10万两白银，创办了槟榔屿最早的新式华文学校——中华学校，同时还不遗余力地资助创办新加坡应新学校等。总之，凡是兴学、施医、修桥、铺路等公益慈善事业，张弼士都热心资助。另外，张弼士还捐资30万两白银支持孙中山的革命事业。辛亥革命爆发以后，又捐助福建军民7万两白银。正是因为张弼士的大义之举，李建辉博士从小就有了善良向上的参照对象。

为了从根本上改变中国贫穷落后的面貌，张弼士满怀“实业救国”的理想抱负，带头将大量资金投到祖国，先后在广东、山东从事机械、矿山、航运、农垦、玻璃、纺织等行业。他是中国第一批国产机制玻璃制造厂和机器织布厂的创始人。张弼士兴办实业的举动，对推动中华民族工业的发展作出了巨大贡献。这看得见、摸得着的爱国情怀，让李建辉博士打心眼里敬佩！

他做的这一切英雄壮举无一不为李建辉博士坚持30年的公益慈善事

业打下了坚实的思想基础，甚至于为她一生都亮起了一盏明灯。

成就李建辉博士 30 年公益慈善事业的还有另外一位大埔人——田家炳。这个人不仅是一位名扬海内外的大企业家，而且还是一位闻名遐迩的大慈善家。

据悉，田家炳的慈善事业是从香港开始的。在自己的孩子还睡着拥挤的上下铺时，田家炳想的不是给他们添置家舍，而是在思考着别人家孩子的衣食住行，一有时间他就为自己身边的人提供一些力所能及的援助。

日月如梭，他的善举得到了大家的认可。1959 年，他担任香港新界最大慈善机构博爱医院的总理；1965 年，他又出任香港华人最大慈善机构东华三院的总理，参与推动社会福利工作。直到 1979 年后，田家炳才有机会到内地“做教育工作”。

最初，田家炳的慈善捐款投到了家乡大埔县，修马路、搭桥梁、建学校，一个又一个的慈善工程此起彼伏。到今天为止，北至黑龙江省，西到西藏、新疆，除了北京市，每个省（区市）都遍布着田家炳中学、小学、书院……

田家炳深受父亲玉瑚公的影响。他常常回忆说：“老人家、孤儿寡母来到我家，对我爸爸跪拜，感谢他的救济，我想如果自己有点力量，能改善别人的生活，那是一件多么好的事啊。”

从小读书少，成为田先生最大的遗憾。他最乐意到内地经济较差、地处偏远、交通不便的地区献爱心捐款。在他看来，能在各地看到自己捐建的学校，能看到那些贫困的孩子们走进书声琅琅的校园，是多么幸福的事啊！

田家炳不是中国最有钱的人，也不是捐献钱财最多的慈善家，但却是捐出财产比例最高的人——他捐出了自己名下 80% 的资产。

田家炳先生说：“做慈善要有钱来支持才好，但做慈善不一定是钱的问题。我到大学演讲，和同学们说，你们爸爸妈妈给了你一些钱零花，你节省下来，什么时候有同学遇到困难了，你能把 1000 块拿出来，帮他渡过难关，你这1000块要比我的1000万还要多，还要慷慨。做慈善要用‘心’来衡量，有‘心’的慈善才有价值。”

从某种意义上说，这个来自香港、连普通话都说不流利的老人，比更多真正的内地公民更关心内地。他没有多少文化知识，却拥有众多“博士”“教授”的名誉称号，因为他拥有成千上万并越来越多的在“田家炳大楼”里积累学识和智慧的学子们。

田老先生的善举受到社会各界的称赞，他却谦逊地说：“社会是由无数小我组成的，我们日常生活所需的衣食住行，都是有赖于社会各阶层人士分工合作共同提供的，我的点滴贡献只是稍尽回馈社会之责而已。如果大家都能共同关心社会、各尽所能、奉献爱心，整个社会必然成为人类的乐园。我深愿世世代代都能珍惜祖先的传家宝——勤、俭、诚、朴等美德，奋发图强，共同建设富强的国家。”

1994年3月，中国科学院紫金山天文台为弘扬田家炳先生博施济众、淡泊名利的精神，赞扬他常以“施比受更有福”“独乐不如众乐”“留财予子孙，不如积德予后代”等古训为座右铭，明德善行，堪为楷模的高尚情操，特将2886号小行星命名为“田家炳星”，以彰盛德。“田家炳星”及田家炳先生的德行光耀华夏泽福神州，也深深地感动了李建辉那幼小的心灵，为她走上慈善之路又一次埋下了伏笔。

截至2018年7月，田家炳在全国范围内累计捐了大学93所、中学166所、小学41所、专业学校及幼儿园20所、乡村图书馆1800余间，医院29所、桥梁及道路130处，以及其他文娱民生项目200多宗。他是梅州人的骄傲，大埔人的骄傲。据统计，田家炳先生累计捐资10亿多港元用于中国的教育、医疗、交通等公益慈善事业。他为了自己承诺的捐款，宁愿将自己心爱的房子卖了也不失言，他的这一壮举激励着无数的热心人士朝着公益慈善事业的康庄大道奋勇前进，更进一步照亮了李建辉博士30年行善积德的公益之路。

除了以上两人对李建辉博士的公益慈善事业有极其深远的影响之外，被新加坡人尊称为“国父”的李光耀，客家人的楷模——“国叔”徐统雄、革命先驱邹鲁等先贤们也同样在李建辉博士公益慈善事业的道路上起到了重大作用，是李建辉博士公益慈善事业发展壮大的不竭之源。

1－2 邻家热心婶　打牢善举基

人们常说：行要好伴，住要好邻！有了如此众多的先贤圣士，大埔县便形成了诚实守信和互帮互助的良好氛围。出生在这样一个人杰地灵的圣贤之地，自然是得天独厚的人生大幸。李建辉博士是从她的少女时代开始慢慢体会到这一点的。

那是一个冬天的清晨，断断续续的念叨声一大早就把熟睡中的李建辉给惊醒了。带着一阵蒙胧的睡意，她好像听到母亲在唠叨着家里没有大米了，父亲昨晚出门也没有借到，早餐就只能用稀粥充饥了。这时年幼的李建辉再也睡不着，她开始盘算着如何解决燃眉之急。

“又没米了？这苦日子何时是个头呀？”母亲的叹息声虽然很低沉，但是作为长女的李建辉还是听得真切。

正当李建辉心头布满愁云时，突然听到了“咚咚咚”的敲门声。

“慧英嫂，开开门！家里剩下的米不多了，昨天秋桂大哥来借米，我没想起来前几天别人还了十斤放在我家婆那儿，今早起来恰好家婆送来了这十斤大米，所以我一大早便给您家送来应个急，不多！不多哈！”这是邻居家一位婶婶的声音。

听到声音的母亲三步并作两步来到了堂屋。母亲打开大门时，李建辉博士看到了一个骨瘦如柴的身影，这是一个让她千万次看到都感激不尽的身影。正是这样一个原本就不算宽裕的邻家小婶，却从来没有忘记过对别人的关心和帮助。只要是家里有的东西，她总会毫不吝惜地拿出来和他们分享，像这样一清早送点吃的东西过来更是家常便饭的事。

随着时间的推移，李建辉的兄弟姐妹日渐增多。受时局的影响，人一多，吃饭的问题便更成了她们家雪上加霜的事。

家里没饭吃的日子，细心的李建辉总会留心观察着父母的言谈举止。一天深夜，熟睡中突然醒来的李建辉听到父母躺在床上念叨：谁家借了一升米给咱们家……谁家借了一斤油给咱们家……父母边说边掰着手指。

说者无心，听者感激！

从那一刻开始李建辉就暗自发誓：我们家有困难的时候，总有人会前来相助，这些人都是好人！等我李建辉长大了，要是有能力关心别人的话，一定要像这些好心人一样去帮助和关爱他人。

1－3 父母常行善　女儿润心田

在李建辉博士参加工作的30年间，她得过诸如优秀教师、省市先进工作者、人民满意政法干警、广东省建功先进个人、广东省三八红旗手、十佳民政干部、全国行业杰出代表、联合国“杰出女性奖”等不胜枚举的荣誉。但是当人们问她最喜欢哪一个时，她一定会毫不犹豫地说：“我最喜欢‘广东省正能量先进人物’‘全国公益之星’‘广东省优秀共产党员’和联合国第63届妇女大会世界‘杰出女性奖’！”

李建辉博士是一名省直机关干部，自然算不上什么“大款”，加上她的先生也不是什么富豪，只是一个普普通通的干部。但是，只要身边的人们谈到做公益慈善的事，她就如同一个腰缠万贯的富豪一样，慷慨解囊，丝毫没有犹豫过。如广东省第一个红军小学、虎山中学、南武实验小学、茶背中学等，在她任荣誉校长、关工委主任期间，每年都会捐赠 5000～10000 元用来奖教奖学。

如果有人问李建辉博士家里什么最多，了解她的人一定会毫不含糊地说，那些得到帮助的养老院、孤儿院、学校发给她的荣誉证书最多。

一个不做一分钱生意的人，一个家里收入并不丰厚的人，上要照顾 80 多岁的父母、公婆，下有在读的小孩，她为何还要如此不遗余力地扶危济贫？事实上，除了受当地贤人志士的影响之外，还与她耳濡目染父母亲人的熏陶息息相关。

李建辉博士的父亲叫李秋桂，1939 年出生在当年广东省唯一的革命老区——大埔县。他的父亲虽然是新中国成立前参加革命的老干部，但令人遗憾的是，当“文化大革命”的浪潮袭来时，他被一些不明真相的“造反派”迫害而亡。

李建辉博士的奶奶叫刘义，这位在战争年代被人们赞誉为“双枪老太婆”的奶奶是一名离休干部，过世那年达 93 岁高龄。在追悼会上，组织给老奶奶身上覆盖的那一面鲜红党旗对她老人家革命的一生做出了最好诠释。李建辉博士的母亲黄慧英曾是老师，虽然已 81 岁，但是她硬朗的身板，洪亮的声音，稳健的脚步，加上超凡的智慧，让人一看就知道这是一位耳聪目明的老人家。

第一次到李建辉博士家采访，我十分荣幸地见到了当时已年近 80 的李秋桂老人。因为当年家境贫寒，李秋桂伯父从小就养成了勤勉好学的好习惯。

采访中，李建辉博士的母亲黄慧英老人回忆说，她爷爷是个进士，她的父亲早年出国到新加坡经商，后来归国成家立业，算得上当地赫赫有名的一个人物。她的父亲对当地人了如指掌，早早就听说李秋桂求学时成绩优良，考上高中后因家境贫寒放弃读书，担起生活的重任，所以他老人家对这个年轻人颇具好感。

当年为了得到黄慧英的青睐，李秋桂采取迂回战术。不是今天给黄慧英家送去一筐鸡蛋，就是明天送去一斤猪肉，后天送去一把青菜，反正一有时间，他就泡在准丈母娘身边嘘寒问暖。渐渐地，准丈母娘看出了他的心思，鉴于他出色的表现，便答应把自己的女儿黄慧英许配给他。受父母的影响，黄慧英也慢慢对李秋桂有了一些好感，从此开启了她和李秋桂浪漫的爱情之旅。

黄慧英家里有 8 个兄弟姐妹，她是老大，从小就担当起照顾弟弟妹妹的责任，因此生活中难免常有一些烦忧事。自从李秋桂来到她的身边之后，不知不觉多了几分快乐。

20 世纪 60 年代，黄慧英在一个良辰吉日与李秋桂走进了婚姻的殿堂，两人喜结连理。尽管当时家境贫寒，但夫妻俩还是接二连三地生养了 5 个子女。为了多挣钱养活一家老小，李秋桂辞掉了大埔县公路部门的“铁饭碗”，每天起早摸黑地找杂活。可是不管李大伯怎样努力，日子却依旧跟劳苦大众一样过得紧紧巴巴。这一切都被心地善良的黄慧英看在眼里、痛在心里。

为了维持一大家子的日常生计，经亲友介绍，李大伯来到了当地的一家肉类联合加工厂上班，可不管他怎么勤奋，日子还是举步维艰。在这个时候，知情达理的黄慧英伯母更是心急如焚，作为当地为数不多的高中毕业生，即使当上了当地小学、中学的民办教师，可还是心有余而力不足。

70 年代初期，黄慧英伯母受改革开放春风的吹拂，主动找李秋桂伯父商量，建议他在附近开一家餐馆。她的主意马上得到了李秋桂伯父的全力支持，并在随后的日子里付诸行动。让人万分庆幸的是餐馆的生意蒸蒸日上，从此一家人的生活渐渐地好转起来了。

几经风雨几经霜，几经磨难见阳光。李秋桂伯父的 5 个小孩渐渐长大成人，随之而来的是家庭兴旺、财源滚滚。风流倜傥的大儿子参军入伍当了边防武警，转业到地方后，为了减轻政府的就业压力，他选择了自主创业，如今已是一名大公司的老总；大女儿李建辉曾是一名英文教师，后考上国家公务员，现在省民政厅工作，成绩显著，拿到了省市、国家、国际不少奖；二女儿曾在梅州市电视台任财务总监，现在走入商海成为一名叱咤风云的女中豪杰；三女儿现在深圳市供电局工作，是一名优秀的国企干部，还被评为行业中的全国先进个人；小儿子曾任中山市某局局长，荣获过两次“全国劳模”称号、两次受到国家主席接见，还曾被中山市政府评为“十杰”市民，拿过国际散打冠军。6个孙子孙女也正值青春年少，勤奋好学，有的擅长写作、有的喜欢跳拉丁舞、有的会吹葫芦丝，有的还获得过国家级奖项，更加可喜可贺的是几年前大孙女还考上了一所重点大学。

每当人们走近李建辉博士的父母时，总有一种其乐融融的感觉，他们全家几十个人常常聚在一起有说有笑，兄弟姐妹相互交流各自心得，开诚布公地表达各自想法和所见所闻，分享不同的人生阅历。

自从李秋桂伯父辞掉工作下海开餐馆后，他就凭着诚信为本的经营理念，从最初的夫妻小店——“潮梅饮食店”开始，一步一步地苦心经营，不久就发展成拥有数十名员工的中等酒家——“大埔县林工商酒家”。

林工商酒家在当时虽然算不上“高档”，但是不久就声名鹊起。原因是什么呢？那就是李秋桂身兼数职的看家本领。在这家酒店里，李秋桂伯父既是老板，又是大厨，还是采购员，每个职位他都做得有声有色。特别值得一提的是李秋桂伯父做的“爆炒猪肠”，这在当地堪称上等佳肴，不仅在当地家喻户晓，还上过香港的《大公报》《文汇报》等重要媒体。自从李秋桂伯父家的美食一传十、十传百之后，他的生意更加红火了，别人开玩笑问他个中奥秘时，他总是面带微笑地说：“勤奋加方法。”

采访中，李秋桂告诉了我他经营饭店的“秘方”。要是饭桌上的剩菜过多，他就会亲自拿起筷子去品尝一下这盘菜的味道如何，考虑出现剩菜的具体原因，查找问题产生的环节，是因为咸了？还是因为淡了？是辣了还是甜了？是酸了还是苦了？总之他要找到问题的症结，并找出改进措施。随后大家都知道李秋桂店里一道又一道美味佳肴都是经过他老人家的不断尝试、改进之后，才慢慢变得色、香、味、形一应俱全的。李秋桂伯父一方面在菜式上下苦功，另一方面走薄利多销的经营之路。

天长日久，他就留住了老街坊，吸引了慕名而来的新顾客，路过的人看到大厅里坐得满满的时候都会不由自主地驻足而入，饭店的生意就这样变得越来越红火了。

在乐观向上的李秋桂伯父的带领下，黄慧英伯母这位典型的贤妻良母也不甘示弱。她除了把家庭安排得妥妥帖帖之外，身为民办教师的她，通过自己的努力逐步转正，还被调入上一级中学任教，最终成为一名出色的人民教师。可是，原本安逸的教师生涯并没有让黄慧英伯母止步不前。随着孩子们的出世、家庭成员的不断增多，她辞掉了自己心爱的工作，挑起了养育儿女的重担，用尽全力照顾家庭，还兼任生产队干部。1967 年 10 月 9 日黄慧英的家公在“文革”中不幸遇害后，她和丈夫考虑婆婆一个人孤苦伶仃，便主动要求和婆婆住到了一起，无微不至地照顾着心灰意冷的婆婆。

除了对家婆的孝敬、对丈夫的支持之外，作为母亲，她还是管教孩子的一把好手。白天她教育孩子们专心读书，晚上她教导孩子们为人处世。即使家中不算宽裕，但在孩子的教育投资上，她从不吝惜，只要是与学习有关的，诸如文具、书籍等，不论日子过得多么艰苦，也要省吃俭用为孩子们购置。在父母的悉心教导下，五个孩子先后考上了大学，毕业后在各自的岗位上勤恳工作，个个成绩斐然。

特别值得一提的是，时过境迁，往事并没有尘封李建辉博士记忆的闸门，父母知恩图报的传统美德在李建辉博士的记忆里历久弥新。据她回忆，20 世纪 60 年代国家闹饥荒的时候，也是他们家最煎熬的时候。家里一共 8 口人，上有老、下有小的，每吃一餐饭都不容易。而且，所谓的“饭”，就是一大锅稀得不能再稀的粥水和几个番薯。在那个年代谈不上什么营养，能填饱肚子已是万幸了。李建辉博士清楚地记得，家里最穷的时候米缸里没有一粒米。父母不好意思向邻居借米，让孩子们拿着小米袋到邻居家东借、西凑。岁月如梭，风雨之后就是彩虹，家境慢慢有了好转，每到过年过节李建辉的父母总会督促儿女们给这些曾经伸过援手的父老乡亲送去礼金和礼品以表谢意。时至今日，几十年过去了，她的父母一直惦记着这些淳朴善良的乡邻，依然在逢年过节的日子里亲自去挨家挨户看望那些曾经关心和帮助过她家的好心人，并常常叮嘱子女及子孙后代千万别忘记了这些好心人的善美之行。

李建辉博士从小就对父母憨厚仁慈等优秀品质耳濡目染，其中有一件事让她记忆犹新。那是在她10岁的时候，父母买来了一台绞肉机，这在当时来说算得上是非常时尚的家当了，每逢过年过节，这台绞肉机便成了当地居民的公用物资，不是东家借去，就是西家借走。由于年久失修，这台绞肉机借给别人后突然坏了，可借这台机器的人没多说一句话就到集市上去买了一台崭新的绞肉机还到她家里。

细心的父母发现不对，自己家的绞肉机原本是一台旧的，怎么突然就被人换成了一台新的了呢？他们二话不说提着绞肉机来到了这户人家，询问他们家的主人。起初那户人家的主人支支吾吾不肯说出真相，在他们的再三追问下，才说出了借旧还新的缘由。得知机器是由于年久失修而损坏时，李建辉博士的父母没有多说一句话，就径直上集市去了。

在这个年关，一阵阵凛冽的寒风呼呼地刮着，地上也结了一层硬邦邦的冰，夫妻俩不在家里好好待着，还要往外走的目的到底是什么呢？

借绞肉机的邻居一时心存疑惑。

原来夫妻俩是要去集市看个究竟，看看这台机器究竟是什么价位。经过一番询问，夫妻俩决定给这个借旧还新的邻居家送去一部分现金，折价买下了这台新机器。

父母的善意被聪明好学的李建辉铭记在心，李建辉明白父母的用意就是不能白白占人家的便宜，要把这台机器的差价补偿给人家。

在李建辉博士心里，父亲李秋桂和母亲黄慧英的善举不只体现在他们处事公道正派的日常生活之中，同时还体现在父母对弱势群体的关爱帮扶上。

就算是乞讨上门的过客，李建辉的父母也从来没有让他们空手而归。每次来他们家的乞丐父母不是给他们几个零钱，就是打发一些食品，所以，当年李建辉家便成了乞丐交口称赞的好去处。

对那些家境贫寒的小孩，李建辉的父母同样坚持热心相助。逢年过节，他们都要给这些困难的小孩子们送上钱物，让他们感受到人世的温暖。

父母平常省吃俭用攒下的钱，大部分用在了慈善活动上，这在李建辉的心中烙下了深深的印记。同样也为她30年来行善积德的公益慈善之旅打下了坚实的基础。

受当地众多圣贤的熏陶，她的母亲黄慧英也常常教育年幼的李建辉记住“万般皆下品，唯有读书高”的先哲之理。

李建辉博士从少女时代开始就懂得了要与人为善，同时还要专心好学的道理。所以，时至今日她从未放弃过求学之路，80多岁的母亲一谈到李建辉的学习，总会滔滔不绝地讲述着李建辉从小学到大学从来没有交过一分钱学费的故事，总会满脸微笑地描述着李建辉小时候上个厕所都手不离书的情形，总会喜形于色地喃喃自语：“这个孩子是我5个孩子中最懂事的一个。”

李建辉博士与父母到广州南武实验小学进行公益交流

1－4 良家出淑女 遇困勇当先

李建辉博士不但喜欢从父母的言谈中汲取知识，同时也注重从父母的行动上领悟做人的道理。

一个月朗星稀的傍晚，李家餐厅门口突然来了一群乞讨的人，店员为了不影响店里的消费者，执意要他们离开。李建辉博士的父母知道后，不但没有把这些人赶走，还亲自备了一些饭菜无偿送给他们吃。

关起门来，父母又推心置腹地教育李建辉及其兄弟姐妹们，“求人面前三分矮，不是万不得已，谁又会出来要饭呢？所以不管任何时候我们要力所能及地帮助有需要的人！”

每当这个时候，小小年纪的李建辉及兄弟姐妹都看在眼里、记在心上。他们把父母这些质朴的话语铭记在心，并暗下决心长大了一定要像父母一样做一个正直善良的人。

随着时间的推移，李建辉渐渐地长大，也慢慢地懂得了一些人情世故，更懂得了察言观色。在一个夜深人静的晚上，李建辉从睡梦中醒来，看到了母亲愁苦的面容，又好像在沉思着什么，父亲则在一边喃喃自语：“这段时间小店的生意太淡了，除了房租、工资，乱七八糟的成本费用加在一起，每个月挣不到钱不说还要倒贴钱进去，你说这个店还有必要维持下去吗？不行就关门得了！”

“说的也是，咱们还是别死撑着为好！”母亲在一边附和着说。

第二天，李建辉果真看到父母把自己苦心经营的餐馆给关了。从父母的泪水中，李建辉学会了坚强，从此也慢慢地领悟到了生活的无奈。

受旧社会封建思潮影响，“多子多福”的传统观念在李建辉的家乡十分盛行，一家四五个小孩是普遍现象，七八上十个小孩也是司空见惯的事，吃饭问题自然而然就成了所有人焦头烂额的日常大事。尽管如此，每户农民还必须给国家义务缴纳公粮，科技的落后和从天而降的自然灾害也严重影响着一年又一年的收成。在那个青黄不接的年代里，李建辉博士的家自然也不例外。

在困难面前，李建辉的微笑似乎少了很多。由于她善解人意，只要父母叫她去做的事，她总会兴高采烈地在第一时间里尽心尽力地去完成。

一天清晨，母亲把还在被窝里睡得正香的父亲叫醒了。

母亲边推边说："闺女她爸，你赶紧醒醒！我们今天好像没有早饭米了呢，你知道不?"

父亲听母亲这么一说，长长地叹了一口气，而后慢条斯理地说："老伴，我到哪儿去借呢？上次去泰安桥借米，别人说我光借不还，我都不知道怎么回答了。"

李建辉听父亲这么一说，泪水一下子涌出了眼眶，她悄悄地提着一个小米袋从家的侧门溜了出去。在她幼小的心灵深处，一边是父母眼中闪烁的泪花，一边是自己悲悯的灵魂。可是，毕竟自己还羽翼未丰，到哪去借呢？刚出门走了不远她就愣住了。就在左右为难之际，她忽然眼前一亮，心想：只有富人家才会有余钱余米，所以必须去富裕人家里借。

快到村子里那户富人家门口时，她突然又停下了脚步，这家人的大门紧闭着，她心想要是自己的敲门声打扰了他们的美梦的话，人家不是更讨厌自己了吗？要是不敲门，又怎么知道他们家里有没有米借给我呢？当她正在犹豫的时候，身后的咳嗽声打断了思绪。她回头一看，是以前认识的一位阿姨，名叫吴翠娟。吴阿姨也一眼就认出了身材苗条的李建辉。

"建辉，你提个小布袋到他们家来干吗呢?"吴阿姨亲切地问。

"我……我……不干吗!"李建辉的话音刚落，泪水便湿润了她的双眼。

年过半百的吴阿姨盯着李建辉手中干瘪瘪的小布袋，马上就读懂了她的心事，连忙说：“走！建辉，先到我们家装点米回去应个急吧！一大早去敲别人家的门，别人不一定高兴呢。”

听到这番话，李建辉的泪水马上在眼眶里开始打转，此时此刻，她是多么感激吴阿姨的雪中送炭啊！就在这一瞬间，她从内心深处告诫自己，等长大了一定也要像吴阿姨一样，把温暖送给那些急需的人！

现在，日子慢慢过得好起来，李建辉博士除了对帮助过自己的好心人心存感激之外，还牢牢记着母亲当年的谆谆告诫：“富贵不能忘记贫穷，要不是当年那些邻居和亲戚经常借给我们大米，我们早就饿坏了！”

母亲的话语一停，父亲也会接过话茬说：“建辉！你们兄弟姐妹长大了一定要记住这些好邻居、好亲戚，也要像他们一样经常帮助那些穷苦的人们，特别是那些需要帮助的老人、孤儿，‘受人滴水之恩，当以涌泉相报’。”

逢年过节，父母也总会备上厚礼，叮嘱一家大小分头到曾经关心和帮助过他们的人家去拜节，无论什么时候都不要忘记乡亲们曾经给予的关照。长此以往，李建辉博士就更加懂得了“受人滴水之恩，当以涌泉相报”的道理。

受父辈的影响，李建辉博士走上工作岗位的 30 年来坚持从思想扶贫、精神扶贫、智力扶贫和物质扶贫四个方面入手，引领了一个又一个公益慈善团队把爱如阳光般播撒在天南地北；帮助了一个又一个弱势群体走出沼泽之地；挑战了一个又一个天灾人祸的艰难时刻；赢得了一张又一张灿烂的笑脸！如果说她每一次微小的善举如一颗闪亮的珍珠，那把她这 30 年来的扶贫之果串起来就是一串价值连城的珍珠项链！

还是让我们举一个例子来说明吧！83 岁的吴阿姨去世之前，逢年过节，李建辉博士一定会带上兄弟姐妹备上礼品去拜访她。阿姨过世之后，李建辉博士主动携兄弟姐妹为她料理了后事，每年还慰问她的小孩。当吴阿姨 60 岁的孩子处在困难之时，李建辉博士及其兄弟姐妹又把爱心传递到了她的儿子身上，对他嘘寒问暖，无微不至地关心他的生活。

第二章

思想扶贫
从头脑中点燃爱心之火

思想是行动的指南，只有解决思想上的贫困，才能在头脑中点燃爱心之火！

2-1 善行点爱火 传承万川城

“很早之前我就发现身边的一些朋友虽然赚了很多钱，但是没有时间做公益慈善事业。针对这一情况，我决定慢慢去感染他们，带动他们走上公益慈善地之路，参与社工、义工活动。日积月累之后大家不但走上了公益慈善之路，还明白了如何把公益慈善事业做到最大化。”李建辉博士说。

李建辉博士一直坚持这样一条信念：将身边有实力有爱心、但思想上还没有被点燃爱心之火的人引领到公益慈善事业的行列中来。

李建辉博士的表妹丘小香就是一个典型的例子。

丘小香在参加公益慈善事业之前，是大埔县一家规模较大的宾馆的老板，除了经营宾馆之外她还涉足了一些实体企业，在当地企业家中算得上是有头有脸的商海精英。最初丘小香见到自己的表姐李建辉回大埔县做公益慈善时，总是彬彬有礼地嫣然一笑然后悄悄离开。李建辉博士想到自己的表妹一定是因为工作繁忙，无暇顾及，后来感觉自己的表妹对公益慈善事业并没有太多的兴趣，于是也就没有过多交流。

时间久了，身为企业家的丘小香发现她所见到的表姐李建辉总是笑容满面，不但自己精神抖擞，家里也是顺风顺水。而回想自己这些年走过的人生之路，总有一些乱七八糟的小磕小碰。终于，她在表姐李建辉面前停下了自己的脚步，小声地在她耳边问道：“大姐，是不是做好事就一定有好报呢?”

李建辉笑了笑说：“香妹，今天好像思想开窍了对吗？做好事有没有好报不是我回答你，而是你自己用做好事的行动来回答自己。”

听君一席话，胜读十年书。从那一天开始，丘小香茅塞顿开，她决定自己筹办“大埔县万川爱心协会”。首先她从自己的公司里拿出资金，然后把身边的亲朋好友发展成为协会的会员，再到社会上广泛地吸收一些热心人士。在她的努力下，这个爱心协会的规模从两三个人渐渐扩展到现在的几十人、上百人。在她的带动和感召下，目前已有五六百个企业成为她爱心协会旗下的团体会员。

说来也巧，从走上公益慈善事业之路的那一天开始，她发现自己的心情渐渐变得明朗起来，接着事业也变得蒸蒸日上了，一切都仿佛变得更美好了。

两姐妹再次相见时，没等丘小香开口说话，李建辉博士就先快言快语地说：“表妹，有什么喜事呀？整个人都变得和花一样灿烂了？”

这次丘小香不再是嫣然一笑就走了，而是缠着表姐李建辉说：“走！我带你到爱心协会办公室看看，听我们的公益伙伴分享一下协会的爱心故事。”

李建辉高兴地同意她的邀请。丘小香一边跟在表姐李建辉身后，一边笑着说：“大姐，我要是早跟着你去做公益慈善事业，也许就不是现在这个样子了！”

李建辉笑了笑说：“那你还能飞起来不成？”

丘小香笑着说：“飞起来不会，但心情会早舒服一些。你知道吗？自从办了‘万川爱心协会’后，我的公司做什么事什么事顺利。打个比方，以前的1000多亩蜜柚长年低产，现在不知怎么变得高产了不说，还变甜了！更加奇怪的是以前跟家公家婆总喜欢磨磨嘴皮子，现在也变得‘风调雨顺’了。”

李建辉听丘小香这么一说，心里特别高兴。在她看来，不是说做公益慈善事业就一定有什么神仙保佑，而是一个有爱心的人做事时一定是先从别人的角度去考虑，有了这种心态之后，人的心情也就变顺畅了。干活时人就会变得开心、用心，自然而然一切就朝好的方向发展下去了。

李建辉一边带着表妹去给五保户送油、送米，一边听着表妹丘小香的公益故事，赞叹于她们协会的公益之行，一时间心情爽朗，意气风发，李建辉想：自己的公益慈善事业不仅改变了物质上贫乏的弱势群体，还从思想上点燃了富甲一方的表妹之心，2021 年表妹被全国妇联表彰为“全国三八红旗手”。细细想来，跟着李建辉博士从事公益活动的人还有很多很多，如广东人家社会工作发展服务中心的团委书记李志洲，从公益门外汉发展到今天表示一辈子要跟着李博士做公益事业，还有廖健康会长、丘建欣先生、隋细华先生、钟慧玲女士、熊友先生、书法家张家振先生、李世玉会长、张国琛院长、欧阳勇军院长、朴圣烨先生、李鑫雨先生、李建红女士、李禹龙先生、李琼女士等等，这一个又一个的热心人士，都表示这辈子要跟着李建辉博士将公益事业进行到底。这些人在社会上都是成功人士，不仅有独当一面的才能，还有一定的特长和经济实力，他们愿意投身于公益事业实乃精神可嘉。2014 年至今，李建辉博士几乎每年都评上了“全国公益之星”或“最具影响力公益人物”等称号，真可谓实至名归。

2－2 良言暖群心　善举成大业

李建辉博士的行动不但点燃了亲人的爱心之火，同时还激发了诸多朋友的仁义之行。

那是一个月光皎洁的夜晚，广东省卓越慈善基金会卓斌会长见到李建辉博士后突然停下了脚步，他告诉李建辉说：“通过耳闻目睹我发现你是一个老老实实干公益慈善事业的人，所以决定捐赠 300 万元，由你负责建一所希望小学。”

李建辉博士听到这一消息后十分开心，在卓会长的感召下，她当即决定将自己辛辛苦苦赚的十多万元稿费也捐赠出来，“众人拾柴火焰高”！身边的企业家及紫琳慈善基金会的朱秘书长得知后，也一起发动捐资60万元对学校进行改造修建。在这激动人心的时刻，李建辉博士已然废寝忘食，她又连忙找到了朱鹤亭学术研究会的罗秘书长商量将希望小学建在何处。罗秘书长深感这是一件千载难逢的好事，连忙出了一个主意：在二万五千里长征中广东省唯一的女红军、省委原书记李坚真的家乡，丰顺县留隍镇的崇下中心小学因为资金紧缺，正面临着停工待建的窘境，全校几百个学生正在翘首以盼援助资金的到来。李建辉博士知道这一情况后，马上与朱秘书长商议，最后决定用四两拨千斤的方法来完成这项善举，即以60万元捐款作为启动资金，再带动当地各方爱心人士捐资共同把那所待建的中心小学建好。

在一个阳光灿烂的周末，李建辉博士带着自己的公益慈善团队迎着朝霞踏上了前往500多公里外的丰顺县崇下中心小学的路。经过近6个小时的跋山涉水，李建辉博士和她的公益慈善团队终于来到了目的地。他们一边听着当地教育局局长、校长的情况介绍，一边在待建的校址实地察看。他们得知当地政府面对如此窘境一时不知所措，当地乡贤竟也人人都处于观望徘徊之中！在这举步维艰的时刻，李建辉博士及其公益慈善团队的成员决定引领当地爱心人士出手相助，他们全部主动带头捐款捐物。在接下来的行动中，李建辉博士开展了广泛的思想动员工作，面对当地政府部门的领导，李建辉博士动员大家打牢“百年大计，教育为本”的思想根基；号召当地官员树立“立足本职，坚守本土”的理念；面对当地乡贤，李建辉博士引领大家筑就“爱洒乡村，情注故土”的爱心城墙。

她反复地劝告大家：“我们每个人赤条条地来，又赤条条地走，前辈们说家有房屋千间，也只需三尺藏身之地；家有良田万亩，一日也不过三餐。把救人于危难的好心人的名字篆刻于碑，让他们的精神世代传扬，争取让社会上更多人奉献爱心！与人为善！”

李建辉博士的话语掷地有声，当地党政领导、教育部门的工作人员以及众多乡贤见李建辉身为外地人，却真心实意为他乡捐资建学校，作为本地的父母官和能人贤士岂能袖手旁观？

在李建辉博士的带动下，丰顺县政府筹了30万元，县教育局筹了20万元，当地20多个企业老板在朱秘书长家族的带领下也捐赠了100多万元！通过李建辉博士等人的爱心引路、群策群力，整个项目共筹得善款380多万元。

学校建成之后，时任镇长倡议把学校命名为“卓斌希望学校”，以此引领全体学生向卓斌会长学习，多为家乡做好事。李建辉博士、时任教育局局长、朱秘书长、罗秘书长也一致认为以“卓斌希望小学”命名，可以引领更多的人增强仁爱之心，逐敲定校名。

然而就在大家为学校教学楼的落成欣喜万分的时候，没想到又有一件事让李建辉等人左右为难了。因为在建完学校的教学楼之后，此项目还剩下了88万多元捐款，关于这笔余款如何处置，众人各执一词。有人提议把这些钱分给家庭困难的学生，也有人说分给有困难的老师，还有人说捐给其他有困难的学校。

就在这时，朱秘书长和李建辉博士却有了不同见解：“我们要从思想上解决问题，学校是教书育人的地方，我们的责任就是培养人、造就人，最终的一切努力方向应从提高学生的学习热情和学习积极性入手。所以，可以成立一个奖学基金，奖励优秀学生，让那些努力学习的学生有更大的学习热情投身到学习中去，做祖国未来的栋梁。”

李建辉博士的话音刚落，众人纷纷鼓起了掌！

“卓斌希望小学”的落成典礼，李建辉博士不仅从500多公里外的广州特地驱车前来参加，还专门请了来自美国、韩国的几位专家、教师做演讲。特别令人振奋的是，她为了调动全校学生学习英语的积极性，还请来了伊丽莎白女王的翻译到现场做中英文演讲。

典礼结束后，1000多个学生激动万分，他们把李建辉博士围得一层又一层，有的学生脱下自己的衣服、帽子交给她签名，有的学生把书本、眼镜布、作业本递给她留言，有的缠着她要合影留念。

李建辉博士看着孩子们淳朴而又可爱的举动，和他们如同绽开的花朵般灿烂的笑脸，心中感到无比的欢欣，心想：“一生能用自己的言行感召身边的爱心人士，组织建校，培育儿童，这难道不是最幸福的时刻吗？”

如今，每当人们再一次走近这个学校、想起那个激动人心的时刻时，无一不为李建辉博士开拓创新、与人为善的精神所感动。尤其让人欢欣鼓舞的是，当年由李建辉博士积极倡议的这项奖学基金不但对当地教育部门发挥了良好的促进功能，还源源不断地吸纳了许多善款，为该校奖励和资助师生起到了举足轻重的作用，产生了延绵不断的慈善功效！

李建辉博士与朱鹤亭先生（左二）、朱朝奉会长（右一）、罗家群总经理（左一）合影

2-3 好事传千里 邻校求援兵

李建辉博士马不停蹄地带领大家捐资建校的光辉事迹不久就在丰顺县城家喻户晓了。就在沉醉于幸福时刻的时候，她突然又接到该县茶背中学急需资助建设学校饭堂和学生宿舍的诉求。得知这一消息，李建辉博士感到非常庆幸，原因是朱秘书长已经发动家族捐了相当大的一部分资金，为数不多的缺口可以发动朋友再补充。

有了第一次捐资建校的经验，李建辉博士这次更加轻车熟路。

一个寒风凛冽的周末，她又一次带着朋友及卓斌会长等人的部分捐款和自己的公益慈善团队朝着茶背中学出发了。

“我们扶贫首先要从思想上扶贫，动员当地政府、分管部门、热心人士等一切可以发动的力量，让大家都积极参与到扶贫帮困队伍和公益慈善事业当中来，这样问题就便于解决了！”李建辉博士一边赶路，一边和公益慈善团队的人谈着自己的看法。

“建辉同志！你的这个倡议很好！我没有能力干惊天动地的事，但可以用手中的笔写几幅字，这一次我拍卖的全部收入都捐给茶背中学建饭堂，咱们一分钱也不拿回广州！”同行的国家一级书法家张老先生的话铿锵有力！

“建辉姐，你说得对，扶贫帮困要从思想入手，让当地领导知道他们为什么要扶贫？怎么样扶贫？让当地乡贤知道为什么要爱洒乡邻、心系国家？让分管部门知道扶贫的意义有多么深远……”司机李老弟说。

500 多公里的路上，大家你一言我一语地谈论着思想扶贫的紧迫性、重要性和具体方法、步骤……

正当大家谈得兴高采烈时，突然一阵狂风吹来，车在风中不停地摇摆着，雨也开始倾盆而下。

去过丰顺县的人都知道，这里是个山区，海拔最高达到1500多米，山高路陡，风雨无常。就在车子摇摆过后，车内突然传出了一阵又一阵的呻吟声：

“哎哟！我的脚撞伤了！”

“不好了！我的手扭了！”

“真是要命，我的腰扭了！”

“大家不要急！大家不要急！司机兄弟把方向盘握好了，我们先找一个地方停一下，等这场暴风雨过后，我们再出发。”

李建辉博士一边安慰大家，一边从自己的背包里拿出事先准备的云南白药喷雾给受伤的公益慈善团队成员应急。在她的悉心照顾下，大家马上恢复了平静。

一个小时过去了……

两个小时过去了……

风没有停，雨也没有止！

这时，车内的李建辉博士不知不觉眯上了自己疲惫的双眼，但内心却如同海浪一样波澜起伏！“田家炳为了自己不食言，坚持诚信是金的人生理念，宁愿卖掉自己心爱的房产，也不失信于自己扶贫帮困的承诺，我和我们的公益慈善团队才经历这么一瞬间的风雨，难道就停止不前了吗？不行！坚决不行！我们一定要勇往直前！”她自问自答道。

这时，车在旅途中已经走了6个多小时，可离目的地还有六十多公里，茶背中学的领导们正在焦急等待着公益慈善团队的到来。风雨无常，雨下到什么时候？风刮到什么时候？这一切都是一个未知数。

“时不我待，小李，放慢速度，我们靠着中间车道继续前进！”李建辉博士铿锵有力地说。话音一落，司机又一次发动了轿车，顶着风雨朝着茶背中学出发了。

风依然在不停地刮，雨依然在不停地下，轿车又一次开始摇摆不定了，大家的心几乎都跳出了胸口。但是不管风有多猛，雨有多大，借着高速公路上白色的路标，车子一米一米地前行着，原本只需一个小时的路程，最后用了近三个小时才到达目的地。

当他们来到茶背中学时，已经是下午 5 点多了，由于需要赶在下午下课前和大家共商大事，所以大家的午餐是在车上用几个干巴巴的面包打发的，饥饿刺激着每一个人的身体。大家本想下车后饱饱地吃上一顿美食，但李建辉博士说："大家注意了，今天我们就先不吃饭了，我们先听完当地政府和学校校长的情况介绍再说。因为我们是来扶贫扶困的，不是来给大家增加麻烦的。"李建辉博士的话，言简意赅，容不得异议。

"当前的主要问题是政府不知道从何入手，当地的一些企业老板对政府的诚信度也都颇有微词，担心政府拿到他们的捐款后不会给学校兴建饭堂和宿舍，而是另作他用……"镇领导开门见山的短暂讲话之后就轮到校长发言。校长介绍说学校年久失修，学生的桌椅老化，教室、食堂、宿舍也是长年漏雨，实在难以使用。特别让人揪心的是有次一个学生在食堂吃着饭的时候，屋顶上突然就掉了一块瓦砾不偏不倚地掉进了他的饭碗里。李建辉博士一边听着大家的发言，一边起草了一个具体的方案，她决定从现有的捐款中先拿出一部分资金作铺垫，继而带动大家各尽所能，各司其职！意见一定，她就开始了发言："各位领导！各位乡亲！我先发表一下自己的看法。作为政府机关，扶贫帮困是天经地义的事；作为企业家，行善积德也是理所应当的事。各位在座的热心人士为当地居民建校办学捐款捐物也是义不容辞的事！"在她的正确引导下，政府、企业家和在座的热心人士心中的问号马上就"拉直"了，瞬间将人们的爱心之火点燃。

公益慈善团队中的卓斌会长首先带头捐出了 30 万元善款，坐在台上的地方政府领导开始纷纷效仿，在他们看来，热心人士李建辉都能带着公益慈善团队千里迢迢来关心学校建设，政府部门也绝对不能袖手旁观。于是副县长马上向财政局提出要求，希望向这所学校划拨 30 万元作为建设资金。教育部门的领导们也坐不住了，他们想学校是自己的下属单位，有什么理由置之不理呢？于是马上申请了 20 万元的教育经费，并立即发动系统内部教职员工捐资捐物，累计为学校募集到20余万元！当地爱心人士见状，人人热血沸腾，个个奋勇当先，为建校捐款80多万元。众人拾柴火焰高！在短暂的一个月内，大家一共为学校建设筹到300多万元捐款。

不到一个月时间，在李建辉博士的带领下，饭堂建设和学生宿舍建设井然有序地拉开了序幕。

为了把好事做好，李建辉博士坚持亲力亲为。学校改建过程中的施工安全工作她穷追不舍；工程建筑质量她监督得一丝不苟，后期维护也很到位。总之，只要是关于茶背中学捐建项目的事，她一定会亲自与相关负责人交流沟通，并常常鼓励他们说："我们做公益慈善事业，要么不做，要做就做百年校舍，安全、质量问题绝对不能马虎!"

承建单位听李建辉博士这么一说，打心眼里佩服她，大家认为，一个做慈善工作的人不是把钱丢到这里就不闻不问了，而是做到全程跟踪、全盘负责，这难道不是一种大公无私的精神吗？所以在整个施工过程中，承建方和施工人员从来没有一丝潦草。正是因为这种认真负责，在过去的二十多年时间里，李建辉博士负责跟进建造的三所希望学校及大楼没有一处出现任何纰漏!

在硕果面前，李建辉博士和她的公益慈善团队并没有止步不前，建完这所学校后，他们又朝着新的航程出发了!

当他们得知五华县兴林中学和五华中学的生活大楼、教学大楼还有龙川魏洞幼儿园需要捐建时，她同样以小善款带动大善款的方式又一次筹集了四五百万元善款，最终实现了全部学校的援建工作。至今她累计为学校援建募捐了近1000万元的教育建设资金，解决了几千人的教室、饭堂紧缺问题。

通过一次又一次的募捐建校，李建辉博士更加明白了自己做慈善的意义，那就是自己的公益活动既可以帮助山区的教育事业，又可以促进山区的人才建设。为了帮助山区里的这些贫困学校和贫困家庭的孩子，她除了利用自己的周末或节假日，带着公益慈善团队的同仁们开车跑四五百公里，来回到大埔、梅县、五华、丰顺、河源、龙川等地兴建学校之外，还帮十几个学校组织专家义教，捐赠桌椅、书包、电脑、乒乓球台，捐建篮球场等教学急需场所。她还将撰写《社会组织的实践与感悟》一书所得的十几万元稿费，全部捐赠给了百年老校虎山中学用于建设学校办公大楼。回顾过去，李建辉博士所做过的这些公益事迹至今依然被当地政府和人们交口称赞，她也被教育部门聘为多所学校的荣誉校长。

李建辉博士与世界染料大王汤恩嘉博士（右二）、朱鹤亭先生（左一）等慈善人士合影

2－4 四方传星火　感动妇联人

李建辉博士及其公益慈善团队的先进事迹流传在羊城的大街小巷，

他们的爱心善举如同星星之火燃烧在梅州的崇山峻岭之间。比如担当者行动教育发展中心，就把“班班有个图书角”活动扩展到28个省，惠及了一千多个贫困学校。李建辉博士及其公益慈善团队所到之处，群众情绪高涨沸腾，青山微笑，绿叶飘舞，山河振奋，江河为他们的慈悲摇旗呐喊、为他们的善举欢呼雀跃！

这时，消息传到了梅州，传到了梅州市妇联。妇联的领导们被她的善心感动了，他们借到省城开会的机会专程上门邀请李建辉博士给梅州市全体妇女代表分享公益活动的相关事迹。了解到他们的来意后，李建辉博士毫不犹豫地答应了。

在李建辉博士看来，一个市级的妇联组织一定有能力引领这个市的妇女来参与公益慈善活动，全市的妇女数量超200万人，若这200万人个个都知晓了公益慈善事业的意义，熟悉了公益活动的流程，并积极参与到公益行动中去，那么这个城市一定是一个美好的城市，这里的人民一定是一群行善积德的人民。

想到这里，李建辉博士的兴趣更浓了。

白天，她利用午睡时间撰写提纲；晚上，她挑灯夜战修改讲稿。一个星期后，一万多字的公益心得跃然纸上。

她在给梅州市妇联的同胞们演讲时这样说道：“爱是一种智慧，能给予人力量，能陶冶人的情操，能感染人以善良。如果没有爱，拥有再多的财富，人生也像一座荒凉的孤岛，像未经开发的夏威夷。爱能拨动人们的心弦，更能使人类和谐、社会和谐。我作为一个从山里走出来的苦孩子，决心将公益慈善事业做到80岁，把做义工和志愿者作为自己一生的追求。”

“人活着，最重要的是要明白自己究竟为什么活着？是为了金钱还是地位？不是！这都属于没有脱离低级趣味的人！我们应该为劳苦人民而活着！为正义和善良而活着！”

她还在演讲中说：“做人要三敬：一是敬天地，二是敬父母，三是敬领导和古圣先贤，四是敬众生。”

李建辉博士这一句句推心置腹的话语，不只是挂在嘴上，而是一丝不苟地落实在行动之中。

在功利面前要用博大的情怀去营造道德境界、天地境界，让一个人的潜能发挥到极致、让生命延伸到极致。

时间在流逝，但她的公益慈善之声依然回荡在梅州市200多万名妇女群众的耳边，依然影响着一代又一代的妇女同胞。用梅州市妇联主席的话说："李建辉博士就像一块巾帼丰碑，屹立在200多万梅州妇女同胞的心中！"

回首往昔，李建辉博士是个乐善好施的仁爱者。她几乎把全部业余时间都用在了公益慈善活动中，在过去的30年，她用"真诚"书写了一个大大的"爱"字。她的积极付出得到了各级领导和同事们的肯定。在天河区政法委工作期间，她就先后被市政法委评为"广州市人民满意政法干警""依法治区先进个人""综合治理先进个人""市十佳政法干部"。在天河区民政局工作期间，她先后担任社会组织管理办公室主任、民政局党支部书记、天河区社会组织发展促进会总顾问、专家协会名誉会长等职务。由于成绩斐然，她几乎每年都被市区评为"先进工作者"，还被评为广州市首届"十佳民政干部"，多次获得嘉奖。2006年天河区社会组织管理办公室被评为"广州市人民满意政法单位""广州市巾帼文明岗"等；2007年此办公室被国家民政部评为全国先进单位，并且该办公室的员工先后50多次获得地方政府及相关部门颁发的"扶贫助困先进个人"及其他各类奖项近百次，负责人李建辉博士被破从天河区调到省民政厅工作。

李建辉博士在广东省民政厅工作时，她又用超凡的吃苦精神赢得了领导和同事们的好评，也获得了许多荣誉，先后被评为"广东省建功先进个人""广东省三八红旗手""全国行业杰出代表""广东省社会组织评估专家""中国风云人物"等，2015年被省直机关评为"正能量先进人物"。同时她还利用工作之余，热心公益慈善事业和社会工作，先后百次被各级地方政府评为"扶贫助困之星"。2016年，她再次被评为全国公益之星、时代楷模、全国慈善人物、联合国第62届妇女大会突出贡献奖、联合国第63届妇女大会世界“杰出女性奖”等，2019年10月被聘为联合国国际信息组织事务协调局副局长，义务参与国际公益活动。

2-5 偶遇蹊跷事　立起扶贫心

每年清明，是李建辉博士带着兄弟姐妹回家祭祖之时。可2009年4月3日的这次回家，突然多了一项“特别任务”。

在与兄弟姐妹的交谈中，不知是谁突然聊到了关于“孝道”的话题，同车的一人说了一个让人不寒而栗的故事。有一位山沟里的母亲生育了四个小孩，当这老太太年过八十不能自理的时候，四个小孩没有一个愿意主动赡养老人的，且都振振有词。

老大说：“母亲长年住在我家，其他三个小孩是不是也该赡养赡养?”这话一听，大家肯定说是有理的。

老二不干了，他理直气壮地说：“母亲年轻的时候，一直跟着老大干活，如今母亲老了，不可能到我们家来养老，因为她年轻力壮的时候把全部心血都倾注给了老大家。”听老二这么一说，似乎也有一些道理。

老三的理由似乎更胜一筹，因为老三早年就做了别人家的上门女婿，俗话说“嫁出去的女儿，泼出去的水。”上门女婿对于自家父母也等于是泼出去的水，自然也没有绝对的理由一定要赡养。

再来听听老四的说法。他说自己一年四季在外流浪，居无定所，囊中羞涩，能养活自己就是阿弥陀佛了。

李建辉博士听完这四个儿子不赡养母亲的理由，一时哑然，在她看来，四个小孩的理由没有一个是成立的。养儿防老，积谷防饥，谁都不能以任何借口拒绝赡养母亲。

李建辉博士没有发表意见。她在构思着一个课题，那就是如何提高整个地区民众孝敬长辈的基本素养，这也应该是自己扶贫中的一项内容。于是一个新的想法在李建辉博士头脑中诞生了，她决心对当前社会的“孝道”进行一次深入的调查研究。在李建辉博士看来，一个人思想上的贫穷比物质上的匮乏更加堪忧。从那一天起，李建辉博士就开始着手“有关农村‘孝道’现状的调查研究”，她决定给“子女不孝”这个棘手问题找出一个最佳解决方案。

她白天忙着单位的工作，晚上深更半夜还要在外面搞调研，一边深入农村挨家挨户进行实地走访，一边到各个社会机构收集当地的不孝个案，风里来雨里去。经过长达半年的实地考察、采访和咨询统计，最终，她找到了农村人口中子女不孝的五大原因。

一是农村父母过分注重小孩的学习成绩，放松了对小孩的德育教育，从而导致了少数家庭小孩从小就孝德缺失。

二是受计划生育政策的影响，农村家庭人数日渐减少，农村小型化家庭与日俱增，距离导致了各个家庭中小孩对老一辈情感上更加疏远，从而使得“孝道”对于维系家庭伦常的作用微乎其微。

三是由于信息化水平不断提高，子女学习知识和获取社会经验的渠道越来越多，替代了纯粹依赖父母的传统模式。他们赚取社会财富的能力自然而然就超过了父母，知识不断丰富，经济不断充裕，子女逐渐有了自己的主见，对父母言听计从的情况不复存在，父母的权威渐渐被弱化，从而导致子女缺少了行孝的动机。

四是学校教育中缺少“孝道”教化的内容，更没有采取合适的“孝道”教育的方式，“孝道”教育基本上退出了学校教育的舞台。

五是在市场经济飞速发展和社会转型的过程中，“孝道”慢慢在农村小孩中失去了存在的社会空间。

面对这些困惑，李建辉博士在接下来的一段日子里辗转难眠。她反复思考，最终决定从思想上开展一次“扶贫攻坚战”，尽量解决农村群众中“孝道”的困境。

于是，她对农村“孝道”衰微的原因展开了进一步的调查研究，写出了长篇调查报告《农村孝道文化的现状与思考》。

在李建辉博士看来，“孝”作为中华民族最古老的道德观念之一，它的产生与发展都经历了相当长的历史，并对中国几千年封建制度下的政治、家庭产生了深刻影响。在一定意义上，可以说“孝”是中国社会稳定、家庭和谐的基本因素或基础。

李建辉博士认为“孝道”文化是中国传统文化的核心之一，也是区别于西方文化的特质。今天，中国处在快速现代化发展过程中，传统“孝道”文化却日渐式微，即使在变化相对缓慢和保守的农村地区，孝道所起的规范作用也越来越小，存在孝德失范的现象。农村“孝道”衰微、孝德失范不是偶然的，而是由家庭因素冲击、学校“孝道”教育缺失、社会转型冲击等诸多方面的原因引发的。

在中国走向现代化的过程中，农村家庭也在不断发生变化，而家庭、家族是传统“孝道”文化产生并发挥作用的地方，“孝道”也是从子女和父母的关系中体现出来的。农村生产方式和生活方式变化，家庭结构随之发生了变化，人们的思想观念和道德观念也必然发生变化。这些变化在一定程度上导致了传统“孝道”文化的崩解，使“孝道”受到冲击并走向衰微。

家庭教育发生于学校教育之前，且会伴随子女的一生。“百善孝为先”，古代家庭教育中极其重要的内容就是对晚辈的孝道教育。家训、家规、家书是父亲教育子女的重要形式，就其内容看，这些父辈对子女的教诲，几乎毫无例外地都教育子女要孝亲敬长。颜之推在《颜氏家训》中将“教子篇”放在“序致篇”之后，位列第二，实际上指出了在家庭事务中，教子位于首要地位。他要求“生子孩提，师保固明，孝仁礼义，导习之矣”，强调把孝道教育放在首位，位于“仁”之前。由此可见，古人认为家庭中教育子女是第一要务，孝道教育又是其中的第一要义。

当今农村，独生子女越来越多，社会竞争越来越激烈，“望子成龙、望女成凤”是父母对子女最大的期望，所以父母特别重视对子女知识技能的培养。农村父母对孩子知识技能培养过度关注，却忽视了对子女的道德教育。小孩学习成绩好，考试名次高，父母就高兴；反之，孩子就会受到父母的责骂。虽然父母生养子女有“养儿防老”的原因，但是在教育子女的方式上却缺少潜移默化的“感恩”教育，难以实现“养儿防老”的目的。这是由于传统代际关系内容发生了变化。

费孝通先生用“反馈模式”概括中国传统的代际关系：子女必须回报父母的养育之恩，赡养父母是子女义不容辞的责任。父母更注重生育之恩、抚养之惠，希望子女为自己“养老送终”。儿女却更为强调直接的经济利益或物质交换，表现为有的子女将父母之恩概括为房产、钱财、劳力等，更有甚者将自己从父母处所得到的视为理所当然，毫无感恩之心。“妈妈爱吃鱼头”的故事就是中国家庭失败的孝道教育最好的见证。在农村孩子与城市孩子竞争处于弱势地位的情况下，父母重视对子女知识技能的培养本无可厚非，毕竟子女以考上大学的方式跳出农村还是绝大多数农村父母的最大心愿。因对子女的道德要求和教化被弱化了，农村小孩的孝道教育也就随之弱化了。

在传统农业社会中，生产力水平较为低下，依靠个人的努力取得良好的生活极为不易。在“多子多福”思想的驱动下，中国人会尽可能多地生育子女。人们尽量维系大家庭，追求四世同堂、五世同堂。传统农业社会的家庭不仅子女多，而且代数多。正如康薇在《人性视角下的社会道德建设》中提到的：“人类生存的需要是道德发生的直接原因。……就社会历史来看，道德首先要满足的是生存的需要和利益，氏族成员的生存需要是氏族社会道德产生的直接源泉。”①

怎样维系大家庭成员之间的和谐关系呢？儒家为人们找到了答案，那就是孝道。正如《大学》所说：“为人子，止于孝；为人父，止于慈。”《礼记·礼运》亦要求“父慈子孝，兄良弟悌，夫义妇听，长惠幼

① 康薇．人性视角下的社会道德建设［D］．新疆：新疆大学马克思主义学院，2007．

顺。”实际上是要各在其位，各谋其政，各行其是，相互合作，才能家庭和顺。孝道是传统家庭伦理的核心，是家庭稳定和谐的基础，将家庭成员紧密地联系在一起。

在现代化的过程中，农村家庭结构也在发生着重大变化。

首先是家庭小型化。20 世纪 80 年代我国开始推行计划生育政策。在农村，政府提倡生一胎，最多只许生两胎，一对夫妻生育两个以上小孩的现象基本上消失了。现在，随着经济的发展，生活水平的提高，以及人们观念的转变，一些人也不愿意生育更多的小孩。孩子少了，父母给孩子的“爱”却增加了。父母总想把最好的全部留给孩子，却忽视了要教孩子学会分享，这种“爱”在天长日久中传递给子女的信息就是父母能给予我们一切，也必须给予我们想要的一切。孩子们只懂索取，不懂付出，更不懂得感恩之情。父母不但要供子女上学，还要为子女结婚所需的一切必备物质需求埋单。含蓄是中国人表达感情的方式之一，父母对子女的爱是“无声”的，很少用外露的方式进行表达，孩子于“无声”中也习惯性地接受着父母的奉献。前几年曾掀起“为父母洗脚”的活动，一部分子女不好意思去做，一部分父母也不好意思接受，从中我们可以看到中国父母与子女间“感恩”的尴尬。家庭小型化还表现在几世同堂的现象减少，核心家庭增多，多数家庭是父母与子女生活在一起，子女结婚之后就与父母分家，另立门户。家庭成员日渐减少了，娇生惯养的子女多了，所以子女也就慢慢淡化了“孝”的观念。

其次是家庭结构趋向松散。不同于经济组织相对稳定的计划经济和自给自足的农业经济，市场经济的生产要素始终处于不断变化的状态中，其中流动的劳动力是最为活跃的因素。开放的劳动力市场吸引着人们走南闯北寻求改变自己命运的机会，国家统计局网站发布数据显示，2020 年我国农民工总数已达到 2.86 亿人。这些流动人口的生存方式对传统家庭结构具有解构力。离家谋生的人大多都是只身前往的，不管他们结婚与否，他们都不得不脱离家庭、远离亲人，只有少数有能力的人可以接父母妻儿到自己的身边，可见市场经济条件下的人口流动对传统的家庭养老模式构成了极大的冲击。子女平时不在父母身边，许多人甚至过年也难回家一趟，即使子女有一片孝心，也难以及时行孝。何况我国已经进入了一个城市化的加速发展时期，许多年轻人进入城市，成为城市的一分子，他们要忙自己的事业，组建自己的小家庭并为之而奔波，远在农村父母的身影也渐渐模糊起来。

在传统封建小农经济下，老人以其深厚的经验与所累积的家产决定了他“一家之主”的权威性地位。在当时受气候条件影响大、周期性强的农业生产活动中，人们需要不断地积累经验，年长者在这方面占有明显的优势。因此年轻人要向长辈学习基本的生产技能和经验，学习他们对自然界的认识、对生活的理解以及公认的生活方式、精神追求等。同时，年长者一般是土地、房舍等家庭财产的所有者，子女未经其允许无权支配，从而促使后代必须报答父母养育之恩。正如《孝经·三才》所说：“夫孝，天之经也，地之义也，民之行也。”由于子女的生活生产经验多从父母处获得，取得家庭中财产的多少也由父母决定，父母在子女面前就有很高的权威，子女就会对父母由威生敬、由敬生孝。《颜氏家训》中所说的“父母威严而有慈，则子女畏慎而生孝矣”大概就是这个道理吧。

现在的农村小孩在成长过程中学习知识技能、获取人生经验，主要是通过学校、广播电视、现代传媒等途径，父母的知识技能和经验未必比子女多。农村青年通过外出打工所得也可能远远超过父母，且老人年龄越老，“本事越小”“麻烦越多”。父母在家庭里既不是知识的制高点，也不是财富的制高点，他们的权威性大打折扣，权力被边缘化。子女对父母的敬畏减少，“孝敬”意识自然减弱。今天的家庭经济既不是以唯一权威也不是以唯一利益为中心的组织，父母不能成为现代家庭经济的指挥者，家庭成员是经济实体中的合作伙伴，每个人都有其独立的利益立场，这在一定程度上是社会价值导向中个体意识强化的结果。在大量子女干预老年父母再婚和财产分配时发生利益争夺的案例中，不难看出家庭成员独立的利益意识已经成形。可见，个人选择自己生活方式的行为以及独立的利益意识，使得个人对家庭权威约束的容忍度降低，同时对家庭责任和义务的认同度也有所降低。

学校是对青少年进行思想政治教育的主要阵地。无论是在私塾学堂里，还是在正规学校里，学生都会接受思想政治教育。学生的思想政治觉悟和道德水平，主要通过学校教育形成。然而，当今学校的思想政治教育中，孝道教育差不多消失得无影无踪了。学生在学校学习不到孝知识，产生不了孝意识，体验不到孝行为。

在古代，孝是入德之门，为道德的起点，为一切道德的动力，孝在中国传统教育中居于核心地位。《孝经》开宗明义指出："夫孝，德之本也，教之所由生也。"孝是一切道德的本源，读书人接受教化就是为了接受孝道教育，产生孝德。就教育目的而言，是"学而优则仕"。而出仕之路，拥有孝名、通晓《孝经》是通过察举制考核入仕的捷径；科举制度实施后，《孝经》又是其考试的重要内容。从庠到太学，从私塾到官学，《孝经》一直是重要的教材。特别是在蒙学教育阶段，学生的任务主要是识字修身、知晓和践行孝道。古代的启蒙教材流传最广的是《三字经》《百家姓》和《千字文》，这些书以通俗的韵文把一些重要的人生伦理教给孩子们，教育孩子们要从小孝敬父母、顺从兄长。由于考试内容注重孝知识，入仕条件重视孝行为，读书人在受教育阶段接受了孝知识，产生了孝意识，践行了孝行为。

中国现代教育以"成才"为目标，学校的教学内容不再以思想政治教育为主体，现代读书人必须掌握除政治道德之外的大量知识技能，才能立足于这个时代。在高考指挥棒的指引下，学生为了考出好成绩，学校为了考出好名次，多以教学大纲所规定的内容为基础进行教学。与古代相比，思想政治教育的内容所占的教学比例大为下降，这是时代的需要，也是历史的必然，但这在客观上弱化了学校思想政治教育。从小学到大学，还存在着道德教育泛政治化的问题。在思维定式中，人们习惯把道德教育与政治问题紧密联系在一起，在考虑德育问题时，重政治而轻道德。著名教育学者孙喜亭先生指出，"（德育的）实质是形成学生一定的政治观点、思想意识、道德品质，即一个人的社会特质。”①

当代“德育”的侧重点主要是政治思想教育而非道德品质的养成，把“道德品质”放在了“德育”的最后位置。这不应被理解为顺序先后的问题，因为在中国，顺序的先后恰好反映出不同内容在整体中的分量。“德育”主要是“育政”而非“育德”。学校德育教育主要是对学生进行马克思主义理论教育，帮助学生系统地掌握马列主义、毛泽东思想、邓小平理论、“三个代表”重要思想和科学发展观及习近平新时代中国特色社会主义思想，培养学生形成正确的立场、观点；对学生进行理想信念教育，帮助学生树立共产主义远大理想；对学生进行爱国主义教育，培养爱国主义情操；对学生进行政策法律法规教育，帮助学生理解党的路线、方针、政策，做一个守法公民等。这些教学内容的安排是十分正确和必要的，但政治教育内容在某种程度上掩蔽了道德教育内容，占据了道德教育的时间和空间。学校思想政治教育在教学中所占分量减少，道德教育所占的份额更少，孝德教育也就基本上淡出了教学内容。缺少孝德教育的人，孝意识也是模糊的，更加不会有自觉的孝行为。

现代教育缺乏培养孝道的方式。中国古代的教育建立在孝道教育思想基础之上，是一种充满人文性和道德性的教育，是一种以人为中心、以“成人”为目的的教育。《孝经》有言：“夫孝，始于事亲，中于事君，终于立身。”

从孝敬自己的父母做起，从小事做起，从身边的事做起，人有了孝道，才会有高尚的道德，才能如《孝经》所言“立身行道，扬名于后世”，成为一个道德高尚的人。

实际上，学校的德育教育更应该遵循教育原则，要循序渐进。正如苏霍姆林斯基说的：“只有懂得爱父母的人，才会懂得爱祖国。”现实中，德育工作的形式主要是驱使青少年参加政治学习和大量的社会政治活动，忽视了国民基础文明教育、行为习惯训练和道德情操培养。对孩

① 孙喜亭. 教育原理［M］. 北京：北京师范大学出版社，1993.

子，《论语》讲“当以洒扫应对进退”，我们今天也应把德育教育的起点放在孩子力所能及的事情上，比如从教孩子们自己挤牙膏叠被子开始，从培养孩子的独立能力和理解善待父母开始。在道德教育的教学方法上，单向灌输多，双向理解少；集体受教多，个体选择少。即使学校带领学生走出校园进行思想政治教育，也多是参观革命先烈遗迹，进行革命传统教育；参观社会主义建设的伟大成就，进行爱国主义教育。很少有学校组织学生进行如给父母写一封感恩信、为父母洗一次脚等传统的孝道教育。孝道的养成是一个潜移默化的过程，在这个过程中我们不仅要学习孝知识，还要在实践中体会孝精神。现今学校的思想政治教育中缺少孝内容，教育方式中没有孝实践，农村孝道走向衰微也就不可避免了。

社会教育给人提供氛围和引导，道德方面更是如此。历代统治者对“孝道”大力提倡，在选官制度上，以“孝廉”为主要标准进行引导；在礼法制度上对孝者维护、对不孝者惩罚；最高统治者也以孝行孝言进行示范。各大家族、乡绅名士制定并实施乡规民约；民间以图说、大鼓书、词曲等形式对大众进行广泛、通俗的孝教化；教育界人士也大量著书立说进行宣扬。“孝悌”在上下全方位的倡导中，最终融入到国民的意识和行为中。从五四新文化运动到“文化大革命”，对儒家思想的批判中包含了对“孝道”文化的批判。改革开放以来人们沉迷于对物质利益的追求，忽视了对道德建设的反思，中国社会新的道德体系也还没有构建起来。所以在某些时候、某些环境中也就没有了孝的氛围，缺少了孝的熏陶，人们就少了孝的意识和行为。

李建辉博士认为，西方极端个人主义思想影响淡化了子女养亲敬老的义务感。随着社会生活的变化，尤其是受到西方腐朽价值观的侵蚀，有些人个人主义、功利主义等思想意识急剧膨胀，有些人逐渐变得以自我为中心，自私自利。例如有些人受到功利主义的影响，认为老人只有消费，没有生产，是一种累赘、一种负担，敬老观念日渐淡薄，甚至骨肉至亲也不喜欢家中有随时需要照顾的老人同住。只有极少数需要老人帮忙看家、煮饭、洗衣服、带孩子的人，才愿意与老人同住。再就是父母本身有钱，不构成子女的负担，儿女才乐意与他们往来。这些人心中只有自己，没有父母，不尽人子之责，不赡养扶助父母，甚至歧视、虐待父母。这不但破坏了家庭的友爱和睦，给父母在经济上造成极大困难，在精神上造成极大痛苦，而且败坏了整个社会的道德风气。长此以往，人们在不知不觉中把儒家的“必养且敬”的孝子标准简化为“必养”了。更讽刺的是，当社会上出现了不少打爹骂娘、不顾父母养育之恩等“大逆不道”的现象时，那些尚能赡养父母的人就成为了“孝子”，能够受到子女赡养照顾的老人们也就“知足常乐”了。在这种市场经济、公平竞争等合理诉求的掩盖下，人受制于物的现象悄然滋生，善恶不分、见利忘义、淡漠亲情，不能给下一代任何财富的年老体衰的父母就成了“累赘”，不孝行为以各种方式出现。

李建辉博士认为，农村孝道走向衰微是由多种因素造成的，其根本原因是农村社会的变化。传统的农业生产方式被摧毁，农民的生活方式也发生了变化，这必然导致农民道德观念的变化。然而，建设社会主义新农村需要弘扬“孝道”文化，提倡孝道。构建社会主义和谐社会，建设社会主义新农村，不仅物质上要丰富，政治上要稳定，精神上也要文明高尚。孝敬老人是社会成员应有的品德和应尽的义务，也是中华民族永远的美德。但一成不变的传统孝道显然不适应于当下，只有建立起与现代农村社会相适应的新的“孝道”文化，赋予“孝道”新的内容和形式，才能给和谐新农村建设添砖加瓦。

李建辉博士苦心调查的研究成果不久就得到了公认，并正式在一家刊物上发表，为社会解决“孝道”衰微问题提供了有力的理论依据。

有了自己的理论研究成果，李建辉博士经常挤出时间向身边的人，特别是村庄亲友，宣传、传递一个人坚守“孝道”的意义所在。在她的感染下，一些“孝道”意识薄弱的人有了实质性的转变。

一天，李建辉博士给我讲了这样一个故事：在她的老家大埔县的村庄里，有一个从小就调皮捣蛋的小伙子年收入大约十多万元，每年却只给父母一百元生活费，有时候还顶撞忤逆父母。过节了不去看望，生病了不去关心父母，更不关心父母的一日三餐，在当地是一个出了名的不孝子。一个偶然的机会，他参与了李建辉博士在村子里举办的“孝道文化”分享会，随后他感到十分内疚，态度一百八十度大转弯，决定每年给自己的父母增加生活费，且所需的医疗费用除了政府报销的部分之外，其他一切都由他本人承担。

李建辉博士得知后，内心非常高兴。在她看来，自己的行动能给故乡的人们带来潜移默化的教育效果，没有什么比这更让人觉得快乐的了。

又是一年新春佳节来临之际，也是李建辉博士回乡做公益之时。每年这个时候，李建辉博士一定会给村子里 80 多个 70 岁以上的老人送去大米、食用油等春节慰问礼品。她一般会邀请三五个人一同前往，一则帮个忙，二则让他们也亲身体会一下做公益事业的快乐。这一次也不例外。当她再次找到之前帮忙的那个小伙子把自己的想法告诉他时，小伙子毫不犹豫就答应了。按照事先的约定，李建辉博士在自己家门口见到了他。他一边和李建辉博士一道分发慰问礼品，一边迫不及待地告诉她，自己听了她的“孝道文化”分享课之后，更加懂得了孝敬父母的重要性，更加感受到了公益事业的必要性，这些年来家庭和睦、收成增产，自己还当上了村干部。在他本人的言传身教下，村里曾经像他一样不孝敬父母的六个人都改邪归正了。更让李建辉博士开心的是，2017 年这个村还被评为了“全国文明村镇”。发放完春节慰问礼品，李建辉博士来到了这个小伙子的家里，发现他已经是一个有着两个儿子的爸爸了。望见他年迈双亲那喜悦的神情，看到他身边那对天真活泼的儿子，李建辉博士深深感受到了孝文化美好传承的硕果。

李建辉博士不只是一个倡议的发声者，还是一个实际的践行者。她的公公婆婆原本是镇上食品公司的职工，思想比较传统，带有一些农村的生活习惯。在处理家里锅碗瓢盆的琐事时，总有一些不同的认识，李建辉博士就本着能多做点就多做点的心态去化解彼此之间的矛盾。婆婆有位姐姐是残障人士，有时也住在她家，平时特别喜欢看电视，而且在看电视的时候总喜欢把声音开得很大，李建辉博士工作一天后回家想看看新闻都是难事，但是为了满足长者的需要，她就强忍着，进里屋看书、做笔记。多年来她都坚持用这种排遣的方法去处理好家庭中的矛盾，如此一来化不利为有利。

因为李建辉博士以理性去思考问题，以包容之心去处理家庭关系，所以在她丈夫外出工作的20多年时间里，婆媳相处得非常融洽，生活和和美美。李建辉博士孝敬家公家婆的鲜活事例在当地家喻户晓，被邻里纷纷效仿，在她的感召下，当地不孝子日渐减少。

作为一个公益慈善事业的领头羊，李建辉博士不但用自己的理论研究成果从思想上引领大家行善积德，同时还费尽九牛二虎之力用行动来感染大家为人多行善，处事存仁心。

2013年10月，为了弘扬《朱子家训》，朱秘书长和李博士等牵头筹几十万元建起了一个“朱子文化楼”，吸引了众多人前去领略博大精深的“朱子孝道文化”。

李建辉博士在虎山中学演讲结束后学生纷纷要求签名

2-6 红军多奇志　精神永传承

李建辉博士的家乡大埔县北塘镇是革命老区，也是当年红军战斗过的地方。李建辉博士常常会想到自己的故乡，即使如今过上了幸福的日子，也需谨记老红军的精神。让人唏嘘的是，当年贫穷的人民群众在改革开放的大潮中脱颖而出后，有的人已经开始忘本了，拜金主义者、享乐主义者比比皆是。习近平总书记在十九大报告中指出“不忘初心，牢记使命”，革命老区的人们更不能忘记了革命前辈们抛头颅洒热血的艰辛岁月，那种盲目地追逐金钱、追求名利的不良趋势呈上升势头后，一定会侵蚀共产党人的肌体。李建辉博士看在眼里，痛在心里，她开始思考如何才能使富裕起来的人们继续发扬老一辈革命家的光辉传统呢？经过深思熟虑，李博士认为最好的途径是让学生们从小传承革命前辈们的优良传统，培养他们树立艰苦奋斗的精神。就在这时，她收到了全省第一所红军小学筹建的喜讯。但如何发动爱心人士出钱出力，在学校建设好后，又如何配好相关设施设备等一系列难题也接踵而来。红军小学的筹建一方面可以让当地青少年传承红军精神，另一方面可以纪念这个老区当年红军将士的先进事迹。或许是巧合，或许是天赐良机，不久她发现离外婆家不远处的一所小学已经改名为红军小学，但是学校的设施陈旧、课桌破损，教学环境恶劣。于是，她一边主动带头给学校捐款，一边号召四面八方的朋友给学校送温暖。

一位来自湖南益阳，从事幼儿教育的女老板说：“我之所以愿意拿出几万元钱给这所红军小学购买课桌和学生用品，纯粹是因为李建辉博士的模范带头作用。”

在李建辉博士和热心人士的带领下，这所红军小学的校用设备设施随后就被全面更新了。每当学生们走进宽敞明亮的教室，看到崭新的课桌，还有现代化的教学器材时，他们无一不为李建辉博士带头慷慨解囊的义举而动容。

随着时间的流逝，李建辉博士的认识又得到了进一步升华。一系列全新的命题呈现在她的面前：那就是如何丰富中国贫困山区中小学生的知识？如何开阔这些山区孩子们的视野？如何提高大学生学习英语的积极性和英语的听说能力？又如何传承东方文化之精髓，补传统文化之短板？

正在李建辉博士为之劳神费力的时候，机会又一次降临到了她的面前。一位在英国留学的大埔县才女传来喜讯，她从教的学校可以发动研究生到红军小学进行义教。李建辉博士得知此事后，欣喜若狂。一个周末，她不顾舟车劳顿，奔波往返在相距1000多公里的北塘红军小学与广州之间的高速公路上。如何才能促进中英两国人民的友好往来和相互理解？如何增进中英两国学生的友谊？又如何提高中英两国学生的社会实践能力和综合素质呢？一个又一个问号在李建辉博士心中慢慢地升起，她开始酝酿起一个新的宏伟大计，也就是后来的“北塘计划”。这个计划的具体方案是通过动员中山大学医学院出面，组织英国学生与北塘当地山区的中小学生进行十天面对面的交流学习，即每年举行一次中英夏令营。李建辉博士及相关人士的提议得到了广州市政府外事办公室和广东省外事办公室的批准和中山大学医学院的认可，与此同时还得到了广州市与英国布里斯托尔市政府的肯定和积极支持。

该项目于2000年启动后成为中山大学医学院的品牌活动之一，也是中山大学医学生唯一对外交流项目，并在2001年被正式列为两个城市友好交流项目。

中英夏令营在布里斯托尔大学、利兹大学和中山大学医学院的努力下，在广州市、大埔县、西河镇、北塘村等地区相关单位的支持下，连续举办了14期，是大埔县外事活动的一个窗口。通过举办“北塘计划”中英夏令营，当地前来学习的学生和家长的知识面得到了全面的拓宽，并引起了广大社会媒体的广泛关注，渐渐地获得了社会的好评，让来参加支教的英国学生们深受感动。

让我们把镜头调回到2011年那一期的“北塘计划”。这期夏令营活动从7月18日开始到当月28日圆满结束，历时11天。这次活动最让人激动的时刻便是19日的开营仪式，时任广东省民政厅民间组织管理局常务副秘书长李建辉博士、广州市政府科委国际合作处原处长刘振勇、卓越慈善基金会董事长卓斌、儿童福利会幼儿园董事长李艳明、主任李建红、本书作者谢文杰等专程来到大埔，与中山大学医学院、英国布里斯托尔大学、利兹大学的义教师生、大埔县政协原主席张达文、西河镇党政领导及参加夏令营英语学习班的全体学员500多人，共同参加了这次规模空前的开营仪式。

在开营仪式上，北塘红军小学特聘李建辉博士、卓斌董事长为该校少先队辅导员；卓斌董事长、教育局的领导们、园长们热心地为红军小学和夏令营捐赠了几万元的爱心经费；当地镇政府和学校领导向相关嘉宾颁发了聘书、锦旗和荣誉证书。

本期夏令营英语学习班一共分为七个班次，覆盖了学前班至高中学段，先后学习日常英语会话、语法、词汇、英国风土人情，并结合学生自己的兴趣选修文学、体育、艺术和英语戏剧表演等。通过与外国义教老师近距离的接触和学习，学员们在收获了相关的英语知识之外，也渐渐懂得了伟大的红军精神的弥足珍贵。

大埔县电视台、大埔县广播电台、梅州电视台、大埔论坛、羊城晚报等媒体和网络平台都对此作了相关报道。有益于媒体的宣传，关心、支持红军小学夏令营的社会组织和个人明显增加了。

李建辉博士与作者谢文杰（二排左三）到红军小学扶贫义教合影

除此之外，让人难以忘怀的镜头可谓数不胜数。受爱心人士李建辉博士的影响，大埔县企业家刘宜格赞助并安排中外义教师生参观了大埔县高乾苏维埃政府旧址，游玩了甜竹原生态自然景区，被称为“大埔九寨沟”的甜竹景区拥有“生命之门”“流水人参”等美丽景色，整个活动高潮迭起，中外师生皆兴奋不已、流连忘返。

晚上回到营地，李建辉博士和卓斌董事长又宴请了义教的师生们，并组织大家开展了形式各样的联欢晚会。县政府办郭副主任及虎山中学张晋田校长等领导看望了义教师生，并参加了他们自编自演的联欢晚会。至此，师生们高涨的热情把本次夏令营活动进一步推向了高潮。卓斌董事长还表示今后每年将继续参加夏令营活动并给予相应的赞助。

在李建辉博士的亲自带领下，通过一次又一次丰富多彩的活动，大埔县湖寮镇、西河镇等地的山区学生感悟到了李建辉博士的良苦用心，感受到了祖国的光明前景，也进一步增强了对党的领导的坚定信心。近十年来，共有5000多名学生从这里走出去；有四五对中英志愿者因为志同道合结为夫妻；有几十个爱心人士给这里捐款捐物；有一百多名来自英国近十所学校的研究生从这里领略了东方文化之精髓。每当回首往日的这些硕果，李建辉博士总会感到无比的欣慰和自豪。

2-7 面对新情况 创造新举措

在李建辉博士看来，思想扶贫不但要注重点，还要注重面，尤其是要加强社会组织这个群体的思想扶贫。因为社会组织不但有充实的物质基础，更有一大群公益慈善精英。因此李建辉博士闲暇之余就没有停止从思想上给社会组织机构提供扶贫帮助。她回忆自己主要从三个方面进行实践：第一个是社团组织，包括各类行业协会、各省各市的商会等；第二个是民办非企业单位，其中有中小学幼儿园、博物馆、纪念馆；第三个是基金会一类的社会组织机构。这些组织机构中的大部分人讲诚信、守纪律，能带动大家树立正能量，如有的基金会中涌现出来许多热心人士为各地贫困生送去关怀和帮助，有的医疗行业协会的热心人士免费为白内障患者送去光明和温暖。但是也有人打着社会组织的招牌中饱私囊，甚至招摇撞骗，扰乱社会治安，从而在人民群众中产生了一些不良影响。

为此，李建辉博士决定给那些极少数思想还相对贫困的社会组织机构送去一份关怀和帮助。言能践行，她开始潜心开展广泛的调查研究，写下了《试论政府转移职能与发挥社会组织积极作用》一文。这篇文章发表后，在行业内部引起了广泛关注，还获得了全国社会组织论坛一等奖。

在文中，她这样写道：社会组织是发展市场经济、社会事业和精神文明建设的积极力量。形象地说，社会组织是社会交融交流的黏合剂，社会矛盾的稀释剂，社会冲突的缓冲剂，政府的减肥剂，市场的增效剂。深化政府行政管理体制改革，转变政府职能，充分发挥社会组织的积极作用，是社会主义市场经济发展的必然之路。

在李建辉博士看来，行政管理体制改革为社会组织管理提供了前所未有的广阔发展空间。

党中央、国务院历来高度重视行政管理体制改革。自1982年以来，我国已经历了多次政府行政管理体制改革，应该说每一次都取得了实质性的效果。党的十七大报告中提出“着力转变职能、理顺关系，优化结构、提高效能，形成权责一致、分工合理、决策科学、执行顺畅、监督有力的行政管理体制”，其核心就是建立服务型政府体制。党的十七届二中全会审议通过了《关于深化行政管理体制改革的意见》，明确了“深化行政管理体制改革要以政府职能转变为核心，加快推进政企分开、政资分开、政事分开、政府与市场中介组织分开，把不该由政府管理的事项转移出去，把该由政府管理的事切实管好，从制度上更好地发挥市场在资源配置中的基础性作用，更好地发挥公民和社会组织在社会公共事务管理中的作用，更加有效地提供公共产品。”

时任中共中央总书记胡锦涛在中共中央政治局第四次集体学习会上指出：要创新社会管理体制；支持社会组织参与公共服务和社会管理，形成公共服务供给的社会和市场参与机制。广东省委原书记汪洋在深圳视察时强调：“应该由市场做的事情要交给市场，应该由社会组织做的事情要交给社会，该放的权要坚决放掉。”他还认为“要加大培育力度，如果坚持下去，市场主体、社会组织若干年后就可以胜任，该交给市场和社会办的，即使现在办得不那么好也要培养它、帮助它，交给它办，而不能因为政府能办好，就把本来应该交给市场和社会的事情拿回来做。”

李建辉博士受中共中央原总书记胡锦涛这一重大思想的影响，更觉得自己走的这一条思想扶贫之路有价值、有意义。她认为当前政府行政管理体制改革为社会组织管理提供了前所未有的广阔发展空间。作为这支队伍中的一分子，应该通过加强引导、扶持管理和监督，强化标准化建设、资质审查、跟踪指导和绩效评估，为社会组织提供良好的发展条件。2014 年，省财政厅更加肯定了她的认识是超前的、是实用的，并起草了政府向社会组织购买服务的实施办法。全省政府职能转移工作主要由省编办牵头负责，省编办联合相关政府部门制定出台了“分工方案”，从而更好地为李建辉博士倡导的思想扶贫巩固了基础。

李建辉博士牵头筹备成立了广东省社会组织等级评估中心，让具备购买能力的社会组织承接政府的部分工作，当时，购买公共服务的主体主要集中于省经贸委、省农业厅、省交通厅、省信息产业厅、省保监局等部门。深圳、广州等市在政府转移职能和购买服务中取得较大突破。深圳市 2007 年出台了《深圳市行业协会发展专项经费管理办法》和《深圳市资助社区民间组织从事社区服务暂行办法》，从市产业创新基金中划拨 2000 万元，支持行业协会参与社会管理和公共服务，同时每年投放 2000 万元福利彩票公益金扶持社区养老机构。据统计，深圳市政府相关部门每年用于购买行业协会服务的经费为 1200 万元，而且有逐年增加的趋势。广州市编办、市发改委出台了《关于行业协会商会承接政府有关职能促进其改革发展的试点方案》，并于 2018 年初启动有关市级行业协会商会承接政府职能的改革，市建筑等 6 家行业协会商会成为首批承接政府有关职能的试点单位。一些社会组织承接了政府向社会分离和转移的部分社会管理和社会服务职能，在推进行政管理体制改革、形成“小政府、大社会”管理格局中的作用日益彰显。如广东省食品行业协会，充分发挥质量、标准、工程师等 27 个专业技术专家委员会的作用，在省经贸委的协调下，起草了 100 多万字的《广东省食品产业竞争力研究报告》，并通过专家论证后，由省政府颁布实施。广东省特种设备行业协会已接受省质量技术监督局转移的有关特种设备生产 5 类 13 个行政许可项目的资质鉴定评审和 11 个项目的特种设备作业人员考试工作。

首先，广东省委、省政府、省人大出台的政策法规，为社会组织承接政府职能提供了政策法规依据。2006 年 2 月，省委、省政府出台了《关于发挥行业协会商会作用的决定》（下称《决定》）；2006 年 3 月，省人大颁布的《广东省行业协会条例》（下称《条例》）开始实施；2008 年 9 月，省委办公厅、省政府办公厅出台了《关于发展和规范我省社会组织的意见》；2009 年 7 月，省政府与民政部签署了《共同推进珠江三角洲地区民政工作改革发展协议》；2010 年 3 月，省民政厅出台了两个放宽登记的政策《广东省民政厅关于异地商会登记管理的暂行办法》和《广东省民政厅关于公益服务类社会团体登记的指导意见》。这些措施为建立相应的政府购买服务制度，降低登记门槛和进一步推动社会组织发挥作用、承担行业服务与管理职能提供了政策法规依据。值得一提的是，这些法规的起草基本由李建辉博士及相关人员共同完成。

其次，推进政会分开和民间化也为社会组织承接政府职能转移奠定了基础。一是在管理体制上，《条例》和《决定》要求把业务主管单位改为业务指导单位，成立行业协会直接向登记管理机关申请。二是在推进民间化上，《条例》和《决定》都要求行业协会必须实行“五自四无”，即在自愿发起、自选会长、自筹经费、自聘人员、自主会务的基础上，实行无行政级别、无行政事业编制、无行政业务主管部门、无现职国家机关工作人员兼职，增强了行业协会的自主性。三是明确行业协会“提供服务、反映诉求、规范行为”三项职能，在职能定位上，《条例》则细化为九项职能。经过三年的努力，全省行业协会在 2008 年底全面实现政会分开和民间化。

最后，开展社会组织等级评估工作，为社会组织承接政府职能转移提供信用依据。建立社会组织等级评估制度，规定社会组织必须达到 3A 以上等级，才能承担政府转移的职能和接受政府的购买服务；对长期处于低等级的社会组织实行淘汰制。2009 年，广东省社会组织评估中心正式成立，建立了评估专家库，设立了评估委员会，省政府法制办审查该中心提议并出台了《广东省民政厅关于社会组织评估管理的暂行办法》

以及评估指标体系和评估评分细则，采取先行先试、全面铺开的办法对全省性行业协会和基金会进行等级评估。

承接政府职能，大力发展社会组织，特别是行业协会，关键是要做到“三个同步”“四个衔接”：要与大部门体制改革和政府职能转变同步，与本行业的企业或会员单位的发展与构建和谐社会同步，与建立现代行业协会的步伐同步；要与法律法规政策相衔接，与本行业的管理和协会的能力建设相衔接，与行业诚信自律、提高公信力和得到社会认可相衔接，与协会的功能作用发挥相衔接。“三个同步”，可以确保稳步推进，取得实效；“四个衔接”，可以在法律法规上获得合法地位和保障，获得企业及政府的认同和参与，使协会分类科学、设置合理。社会组织的改革和发展同政府行政管理体制改革和政府自身职能转型紧密相关，同政府的依法规范和政策支持密不可分。

当前，政府行政管理体制改革的不断推进和政府职能转变，进一步加深了社会组织在经济建设和社会发展中的作用并扩大了社会组织的发展空间。对于社会组织，特别是行业协会而言，更要切实抓住当前的有利时机，以改革为动力，创新工作理念和工作方式；抓好自身的制度建设，规范行业协会，实现协会领导机构年轻化、专业化；加强自身业务能力建设，坚持为会员（企业）、为行业、为政府服务的宗旨，发挥桥梁纽带作用，推动行业发展。只有这样，行业协会才能以点带面承接政府转移的部分职能，社会组织才能迅速发展。

李建辉博士认为：社会组织的成效如何归根到底就是人和制度的问题，能否把社会组织建设好、能否承接好政府转移的职能，关键是用好的制度选拔好的人才、用好的制度管好人才。

就如何进一步加强社会组织自身建设，切实提高法人代表、会长、秘书长及专职工作人员等的综合素质和服务能力，李建辉博士提出了三个观点：一是加强制度建设；二是加强自身能力建设；三是优化结构，提高人员素质。要进一步调整优化社会组织内部的领导结构，改善专职工作人员的年龄和知识结构；要以提高社会组织管理工作专业水平为目标。彼时，广东省正在进行社会组织专职工作人员和财务管理人员专业队伍的培训工作，以不断提高他们的政策执行能力和业务水平，尽快建立一支爱岗敬业、有社会责任感、有较高业务能力、策划能力和协调组织能力的专业队伍，不断提高团队的整体素质。

工作近30年，李建辉博士注重点燃人们心头的爱心之火。她保持着工作之余创作的良好习惯，至今为止共在国家、省、市报纸和刊物上发表了影响广泛的文章40多篇，编著《天河民间》《天河民间组织掠影》《中国民政公共行政理论与实践》《中国科技理论成果丛书》《登高望远》《社会组织实践与感悟》等业务书籍20余本。另外还有五篇论文获得了全国（行业）一等奖，分别是:《浅谈行业协会的发展》《社区民间组织的培育与发展》《民办非企业单位管理中存在的问题》《浅谈民政》和《浅谈社会组织等级评估》，其中《浅谈民政》获国际优秀作品奖。

如此众多的思想成果，在她的思想扶贫计划中先后都发挥了举足轻重的作用。

李建辉博士被广州市政府评为“十佳民政干部”

第三章

精神扶贫
从意志上清理慵懒之念

一个人懒惰，毁掉一个家庭；一群人懒惰，毁掉一个群体；无数人懒惰，足矣毁掉一个国家。

3－1 借红色文化　育中外学子

“扼守三河坝，掩护主力军。存蓄革命种，共举井冈旗！”2009 年初，中央党史研究室史学专家石仲泉用这二十个字对广东省第一个被中央党史研究室认定的中央苏区——大埔县的三河坝作出了恰如其分的描述。而从这里走出去的李建辉博士，正是借着这个特殊的红色基因，在她的人生之旅中写下了一曲感天动地的爱心之歌。

李建辉博士之所以没有忘记这块火热的土地，是因为在她的内心深处，她深深地懂得：如果说古田会议奠定了人民军队政治工作的基础，规定了建党建军的基本原则，那么三河坝战役则奠定了“朱毛井冈山会师”的基础。正如曾参加过南昌起义的肖克将军所说：“没有三河坝战役，便没有井冈山会师”。

1927 年南昌起义之后，起义军撤出南昌，一路南征杀入广东。其中由朱德率领留守在梅州大埔三河坝的部队，与国民党军队浴血奋战了三个昼夜，成功掩护起义军的主力部队挺进了潮汕地区。

1927 年 10 月 6 日，撤至饶平茂芝，由朱德率领的南昌起义部队作出了“保持革命力量，穿山西进，直奔湘南”的战略决策，起义军余部避开强敌，在闽、粤、赣、湘边地区跟敌人展开了游击战。

1928 年 4 月，朱德率部队上井冈山和毛泽东率领的秋收起义部队成功会师组成红四军，由此开始了“农村包围城市”的新历程。

正是因为有这样一个鲜活的红色背景，才让李建辉博士有了在扶贫之旅中开展精神扶贫的强烈愿景。如何不让革命前辈的鲜血白流？如何让那些精神萎靡的人重整旗鼓？如何让衣来伸手、饭来张口的娇生惯养的独生子女们自食其力呢？

在确定了自己的扶贫思路后，她马上利用自己的休息时间，在大埔县的三河坝、大麻、西河、大东等地区的中小学校开展了近二十场爱国主义讲座，与此同时还邀请了几位老将军现身说法、忆苦思甜。经过一次又一次的反复宣讲，当地中小学生受到了很大的启发，大部分孩子慢慢地学会了自食其力，培养了在学校里助人为乐，回到家里帮助父母干家务活的好习惯。

面对极少数顽固不化的青少年，李建辉博士同样也有自己的绝招。一天，她得知市区一个领导干部的小孩十五六岁了，一天到晚关在家里玩游戏，不上学、不吃饭，父母管不着，老师管不了。面对孩子这些匪夷所思的表现，母亲在家犯难了。因为她知道孩子的脾气，要是她管教严厉了，自己的孩子可能会走上绝路。无奈之下，她只能在夜深人静时拿起菜刀一刀刀剁着家里的书本杂志去平复焦虑的心情。一天又一天过去了，家中的这根独苗丝毫没有感到自己行为的不妥；而孩子的父亲已经选择了逃避。消息传到李建辉博士的耳里，她一时间如五雷轰顶，心想：这怎么行呢？别人家的孩子就是自己的孩子，她决心用自己的胸怀去感染这个冥顽不化的孩子。

在一个风清气爽的夜晚，她带着两个心理学专家，轻轻地敲开了这个小孩的家门。

他们从孩子感兴趣的游戏入手，一步一步地引导小孩打开自己的话匣子，让小孩讲述自己玩游戏的快乐时刻，进而引导他谈到最近的精彩电影。顺着小孩感兴趣的话题，大家聊到了深夜，两名心理专家渐渐地成了这名小孩的朋友。临别的时候，三个人互加了微信。随后的日子里，他们和孩子一同看电影、谈人生、聊家常、逛大街、旅游等等，这一切都在李建辉博士设计的“圈套”之中。与此同时，李建辉博士则穿梭于小孩的父母之间，一方面对小孩的母亲进行开导，给她传授引导和鼓励小孩的教育方法；另一方面要小孩父亲放下官架子，回到家中居住，与妻子一道料理家务，让小孩看到自己的父母恩爱有加。

经过长达半年的艰苦努力，这个原本四分五裂的家重新迎来了欢声笑语。如今这个小孩已经读完大学并参加了工作，这对夫妻也重新牵上了彼此温暖的手。

每当夫妻俩见到李建辉博士时，他们说得最多的一句话就是：“李大姐，你是我们全家的救命恩人，没有你，就没有我们这个家!”

改革开放不断深入，部分人的精神生活却出现了萎靡现象。如十多年前，有些老板成立了私立学校，但是他们不注意场合，经常带上自己的三五个知己在校园内打麻将赌博。李建辉博士发现这一不良现象后举一反三，专门组织民办非企业单位、社团等组织的法人、秘书长、财务人员进行培训，教育他们要带头树立正能量，注重弘扬正气，树立正确的世界观、人生观和价值观。在双休日、节假日等适当的时候，她还带着这些人深入贫困山区、学校和灾区一线，为需要帮助的人们送去温暖。在她的带动下，目前有不少民办非企业单位的法人加入了公益事业的行列。可见，只有在精神上给这些人打上“强心针”，他们才会有自强不息的信心和勇气。

李建辉博士与梅州市妇联刘红茹副主席（左四）、大埔县民政局刘学忠局长（左三）（2014 年）参加中英文夏令营公益活动

3－2 面对拦路虎　巾帼勇当先

2002年李建辉博士被调到了广州市天河区民政局。初来乍到的她并没有手忙脚乱，而是从“疑难杂症”开始步步为营。19年时间过去了，李建辉博士对当年社会组织机构的状况依然记忆犹新。

她回忆说，当时天河区有80多个自发的社会组织机构，包括社会团体的商会、行业的协会，民办非企业中的中小学幼儿园、培训机构以及项目繁多的各类基金会等。

但是，政府对这些机构却没有进行一个系统的管理，于是出现了有些社会组织机构与政府对立的现象，有的无证经营，有的盲目发展，有些机构负责人还在进行一些中饱私囊的不法勾当。如经李建辉博士核实，当初有近二百家民营医疗机构协会“无照经营”，医疗事故时有发生，而卫生行政部门却无力查处。

面对这一切，李建辉博士看在眼里，痛在心里。她想：一个国家的发展离不开各类社会组织机构，如果把这些社会组织机构作为“对手”去管理，甚至打压，会导致恶性循环，势必会给当地政府带来诸多负面影响。

新官上任三把火，李建辉博士正准备对这些行业进行一次全面的调查研究时，有些为她着想的人善意地在她身边提醒说：“这些不是你的主要工作，最好不要碰这个壁。多一事不如少一事，否则不是骑虎难下，就是搬起石头砸自己的脚。”

但是李建辉博士没有一丝动摇，她决定用自己的行动来消除同事们的疑虑。她清楚，今天的广东时刻扮演着社会组织机构改革发展潮流风向标的角色，而广州市天河区作为城市中心和万众瞩目的形象代表，行业协会及异省、市、县级商会、民办非企业单位、基金会等各类社会组织机构名目繁多，一定程度上会增大调查难度，作为区政府只有迎难而上才能扭转局面。面对困难不能有压力，而应视为挑战。没有这一得天独厚的改革环境和创新背景就不会有实践的舞台。李建辉博士清楚地记得自从1998年颁发的《民办非企业单位登记管理暂行条例》确定了民办非企业单位的法律地位之后，这些工作就顺理成章地被归入民政部门，从而实现了业务主管单位和登记管理机关的双重管理体制。经过近几年的发展，广东省社会组织机构改革已初步进入了法制化、规范化的轨道。针对还存在的一些问题，她决心全方位、立体式地探索中国社会组织的现在与未来，全景式地呈现天河区社会组织改革创新实践的探索进程和宝贵经验。

想到这里，她暗暗下定决心：到行业协会中去走走！到社会组织机构中去看看！到研究所、幼儿园中去瞧瞧！

李建辉博士言出必行。从白天到黑夜，从商会到协会，从风雨里来，朝着阳光中走去，半年多过去了，李建辉博士共计走访了200多家社会组织机构，她发现当前社会组织机构的问题一般集中在四个方面：

一是对民办非企业单位界定难。依据《民办非企业单位登记管理暂行条例》（以下简称《条例》），民办非企业单位是指企事业单位、社会团体和其他社会力量以及公民个人用非国有资产举办的，从事非营利性社会服务的社会组织。按这一定义，很容易把民办非企业单位和机关、事业单位、从事经营性的企业区别开来。但要把民办非企业单位和从事社会服务类型的企业区别开来却很难。如“×××俱乐部”，“××中心”等名称易被混同，在实际工作中也很难判断这些企业是否以营利为目的。

二是与业务主管单位协调难。实行登记管理机关和业务主管单位双重管理，登记管理机关主要负责：民办非企业单位成立、变更、注销登记，对其实施年度检查，对民办非企业单位违反《条例》的行为进行监督检查；业务主管单位主要负责：民办非企业单位成立、变更、注销登记前的审查，监督、指导民办非企业单位遵守宪法、法律、法规和国家政策，依据章程开展活动，负责年检时的初审，协助登记管理机关和其他部门查处民办非企业单位的违法行为，会同有关机关指导民办非企业单位的清算事宜等。民办非企业单位的登记管理工作需要业务主管单位的密切配合，但由于认识上的局限和各部门间的利益驱使，有些地域业务主管单位对民办非企业单位登记管理工作不理解、不支持、不配合，给登记管理造成了一定的困难。

三是让民办非企业单位主动登记难。一切社会组织以民事主体的身份参加民事活动前，必须取得相应的活动资格，即民事权利能力，这是民事活动的基本要求，也是民法规范的基本原则之一。民办非企业单位作为一种组织形态，也必须取得相应的活动资格和民事权利能力，对民办非企业单位进行登记就是使民办非企业单位取得这种资格或权利。而有些市、区反映许多民办非企业单位认识不清、法制观念不强，没有主动取得这种资格或权利的意识和要求，导致了民政部门多次催促也不登记的结果：有的认为已经取得“执业许可证”，就没有必要再进行登记注册，用执业许可证代替民办非企业登记证；有的认为去登记等于找了一个“婆婆”，会干涉自己事业的发展。

四是对非法民办非企业单位查处难。《条例》规定：对未经登记擅自开展活动，或撤销登记的单位还在进行活动的，由登记管理机关予以取缔，没收非法财产。但执行起来很难。其一，据了解，不少业务主管单位、有关部门认识不到位、不一致，不积极配合调查、取证，工作开展难，致使查处工作无从下手；其二，从名称上规定某些未经登记的企业就一定是民办非企业单位，还需和工商部门联合进行；其三，查处力量严重不足，民办非企业单位登记管理是一项新事务，在政府机构改革、缩减编制的大趋势下，登记管理机关人员明显不足，只能应付日常登记工作，根本无力开展查处工作。

面对重重困难，李建辉博士一刻也没有犹豫，她立马提起手中的笔，写下了自己对眼前这一困境的处理建议和独到见解，发给了区政府的《决策内参》编辑组。此刻不少同志为她捏了一把汗，说她好事不去干，专捅“马蜂窝”。

然而，让人意想不到的事发生了。天河区政府对李建辉博士敢于揭露社会组织机构中存在短板问题的行为不但没有不快，反而认为她通过“内参”反映的问题客观真实，必须高度重视。最后区领导一致同意给李建辉博士负责的这个社会组织管理机构拨去几十万元专款，专门用于解决此类问题。从2003年开始，天河区每年都确保有足够的工作经费用于开展社会组织机构的各种培训、调研，进行扶持培育，这在整个广州市都是独一无二的。2006年李建辉博士负责的办公室被民政部评为全国先进单位；同年5月，经过三天比拼、七天全市民政系统公示，李建辉个人被评为广州市“十佳民政干部”，广州市政法委因此奖励了两万元人民币，并由市政法委书记专门给她颁奖。

李建辉博士做事是脚踏实地的。她经过深入细致的调查研究，发现民办非企业单位登记管理难的主要原因是多方面的，既有政策本身的因素，也有深刻的体制和认识等方面的原因。具体来说，主要有认识上的偏差、管理体制方面的弊端、民办非企业单位登记管理法规的不完善、登记管理的力量薄弱等四个方面。

有的地方缺乏民办非企业单位需依法登记的意识；有的单位或部门受功利主义和实用主义价值观的影响，没有意识到统一规范管理的重要性；有的领导没有把民办非企业单位登记管理工作列入工作日程，未能考虑到登记管理工作是依法治国、保持正常的市场竞争秩序、维护社会稳定的重要举措。这种认识上的偏差造成登记管理难的局面，但也坚定了李建辉博士在这个领域进行探索的重大决心。

从现实来看，教育局是民办学校、民办幼儿园、民办培训中心的业务主管单位；卫生部门是民办医院、民办保健中心的业务主管单位；体育局是体育培训中心、俱乐部的业务主管单位。《条例》对主管单位的职责作了一些规定，但有关法规之间缺乏衔接，致使有关民办非企业单位的政策在制定、执行、评价、监督各环节之间，没有形成相对独立又相互协作的整合运行机制。双重管理体制不能得到有效落实，甚至出现各部门的政策相互冲突的现象，从而导致了民办非企业单位的管理难这一问题。

《条例》中有些条款规定不够具体、明确，很难进行实际操作。补充文件的法律效力远没有法规大，而民办非企业单位登记管理工作涉及文教、卫生、体育、文化、科技等不同领域，涉及面广，情况复杂，有些工作在实际中很难落实；《条例》与有关法规之间缺乏衔接、不配套，导致登记管理难。

民办非企业单位管理难的另一个原因是任何一项政策的执行都需一定的人力、物力和财力作保证，而登记管理机构的管理力量与工作任务不适应的问题十分突出，如广东省、市、县三级登记管理机构共有编制90人左右，主要分布在省、广州、深圳三大地区，有些区县根本无独立机构，也无专职人员。据不完全统计，广东省除了已登记的一万多个民办非企业单位之外，还有一万多个未登记的单位，另有上万家社团登记管理任务，如广州市某区已登记的民办非企业单位近300家，未登记的还有上百个；区内有50多个社团单位，未登记的也不少……整个登记管理机关只有两名干部，仅登记来访、咨询、登记、审查、出证等日常管理工作都难以应付。工作人员已超负荷工作，根本无力进行民办非企业单位的其他管理和对非法民间组织的查处工作，民办非企业单位管理急需加强登记管理力量。为此，李建辉博士针对工作中存在的这些实质问题，提出了自己的具体建议。

首先是加大宣传力度，提高对民办非企业单位登记管理工作重要性的认识。利用报纸、杂志、电台、电视台等大众媒体广泛宣传民办非企业单位的性质、地位、作用和实施登记管理的必要性，宣传与民办非企业单位有关的政策法规，提高大家的认识水平。通过举办培训班、召开会议等形式对业务主管单位和有关单位的负责同志进行培训，使他们明确各自的职责和义务，主动配合登记管理机关做好民办非企业单位的登记管理工作。

其次是结合实际，修订《条例》。一是对民办非企业单位的界定要具体明确。二是民办非企业单位名称应区别于有关社会组织机构名称，名称应加“民办”二字，如“××民办俱乐部”“××民办××中心”。三是要变业务主管单位和登记管理机关双重管理负责制为凭“执业许可证”到登记管理机关登记注册制。

再次是出台优惠政策，完善民办非企业单位的配套法规。结合民办非企业单位非营利的特点，尽快出台关于民办非企业单位减免税的优惠政策，增强吸引力；出台民间组织财务制度或加强对民办非企业单位的财务管理；制订有关民办非企业单位的人事管理、劳资管理、养老保险等方面的法规政策，为民办非企业单位的健康发展创造良好的外部环境。

最后是加强机构建设，充实登记管理力量。一方面，要加强民间组织机构建设，建议在政府内设立和工商行政管理一样自上而下的民间组织机构管理职能部门；在民政部门设立高规格的民间组织机构管理局，具体负责民办非企业单位和社会团体等民间组织机构的政策制度、发展规划、登记管理、监督、检查、依法查处等工作；建立一支专门的执法队伍，提高民间组织机构登记管理机关的地位和权威。另一方面，要抓紧充实民间组织机构登记管理机关力量，尽快增加编制人数，配套高素质的管理人员；核拨专项经费，加强对民间组织机构的监督管理和引导，维护正常的经济秩序和社会稳定，促进社会的全面进步，顺应时代发展的潮流；加快民间组织机构与国际接轨的步伐，引导国内民间组织机构特别是行业协会跨出国门、走向世界。

李建辉博士以不屈的钻研精神、真诚的态度，赢得了领导的支持，得到了同行们的高度评价。在广西南宁的一次社会组织机构宣传工作会议上，一位同行听完她的汇报后十分感慨地对李建辉博士说：“有幸与你结识，愿您成为我的良师益友，我深信这是一种可遇不可求的人生机缘。在同行中，你的见解深刻独到，别具魅力。”

2009 年 10 月，在一次全国性的民政干部会间休息时间，贵州、上海、广西、西藏、新疆等好几个省区市负责宣传工作的处长将李建辉博士围得水泄不通，向她请教社会组织机构的管理秘籍。每当遇到类似的情况，李建辉博士都会毫不保留地把自己的经验分享给他们。在她看来，要做好社会组织机构的管理工作，主要是要做好扶持、培育、引导、发展这四个方面的工作。

例如，有的老板办了十多个民办非企业单位性质的幼儿园，由于分布在不同的区域，各区域的消防、税收、卫生等不同部门又有不同的要求和标准，都需要去协调和完善。李建辉博士知道他们的实际困难后，亲力亲为地找相关部门帮助他们解决工作难题。

不管是哪家社会组织机构，在他们一筹莫展的时候，李建辉博士总会雪中送炭，出主意、想办法。一分耕耘一分收获。不论是社会组织机构的领导，还是管理机构的同行，没有一个不向她竖起大拇指。有的人称她是“知心姐姐”，有的人称她是“温心公仆”，有的人逢人便说：“如果我们国家每一个政府工作人员都像李建辉博士一样热心为老百姓服务，那我们老百姓就有福气了！”

李建辉博士的汗水没有白流。2006 年，其所在办公室被评为先进单位、“广州市人民满意政法单位”和“广州市巾帼文明岗”，同时被评为全国先进单位。她个人也被评为天河区首届“十佳民政干部”，后来由于成绩突出，又被评为了全国行业杰出代表和全国“公益之星”。

张元醒副厅长（左三）向李建辉博士（左四）颁发全国先进单位奖

3-3 乘风再破浪　稳步继征程

李建辉博士是一个不骄不躁的人，在成绩面前她从不沾沾自喜。2006年创下佳绩之后，她又一次奋起直追，连续20次获得了地方政府及相关部门颁发的“扶贫助困先进个人”。

往事并非过眼云烟，每当我走近李建辉博士一次，就受到一次心灵的洗涤。这种感动不是用夸张的词语可以形容的，而是一种心灵的震撼！

那是一次偶然的机会，正从走道里路过的李建辉博士迎面碰上了一个中年男子，他一头蓬发，一身油垢，不管三七二十一就拦住了李建辉博士前行的路。

“领导！你们要给我做主呀！我办个商会还被人给骗了！”对方泪流满面地说。

“同志！不急！有事慢慢说。”李建辉博士一边和蔼可亲地安慰他，一边把他带到了会议室。

原来这是一位做水果生意的个体商户，他带着乡亲的期盼决定办一个水果商会。在路边看到一个办证的电话后，他第一天就被骗着交了2000元订金，第三天又转了3000元茶水费，当带着5000元换回来的天河区水果协会证准备大干一场时，他发现这是一个假证，再打对方电话时，早已杳无音信，无可奈何之下，他找到了李建辉博士。

望着这个伤心的中年男子，李建辉博士的内心五味杂陈，她心想：这样的事发生在天河，发生在自己管辖的范围内，就是自己的失职！

她带着内疚之心，不停地扪心自问，在自己的岗位上应该干什么？怎么样才能做得更加完美？就在她一边思考一边给来访者倒茶水的时候，当事人不知为何消失得无影无踪了！这位当事人的消失，更加刺痛了李建辉博士那颗滚烫的心，在她看来，辖区内的每一个社会组织机构工作者都应该被当成自己的骨肉兄弟、衣食父母，他们的疾苦就是自己的疾苦，他们的欢乐就是自己的欢乐。作为一个行业管理者，她没有丝毫松懈和怠慢的理由。所以她当即到不同的社会组织机构去调查走访，收集各个单位的成功经验和失败教训，掌握一些无证经营的社会组织机构的不妥行径，对其进行有的放矢的规范。

随着在天河区任职时间与经验的不断增长，李建辉博士关注的课题也越来越广泛。为满足市场经济的要求，加强行业协会建设就成为李建辉博士调研的重要工作之一。

经过不断地学习、摸索和实践，在接下来的时间里，李建辉博士又认真钻研起《社团管理登记条例》《民办非企业单位登记管理暂行条例》等文件，更进一步对辖区内行业协会存在的问题进行调查。结合目前市场经济发展的要求，她对如何加强行业协会建设又有了新的主张和看法。李建辉博士意识到，随着经济体制改革的不断深入，特别是随着中国加入世贸组织，加强行业协会建设并使之更好地发挥政府与企业的桥梁和纽带作用已成为当务之急。

又如在医疗行业，早期卫生局只有一个三五人组成的医政科，加上当年的社会风气不尽如人意，只要去实地调研，当事人不是关门就是回避。要了解一个新开的社区门诊、小区药店是否办了合法的证件、有没有医师从业资格证明等这些涉及单位切身利益又关乎人民生命的事情往往屡屡碰壁，相反作为社会组织机构要了解这些情况则易如反掌。

原因是什么呢?

那是因为这些社会组织机构由行业内的人组成，非常了解自己的操作规则乃至“行业机密”，让他们去收集线索、开展宣传、统一模式当然小菜一碟了。

由此可见，行业协会，在政府和企业沟通、行业内部规范和协调、维护企业权益、实现行业自律和共同发展等方面起着举足轻重的作用。

行业协会是市场经济发展的产物，是市场经济体系的组成部分。在发达市场经济国家，行业协会在协调行业发展、维护企业权益、化解社会矛盾方面发挥着重要作用。从一定意义上讲，没有成熟的行业协会体系，就没有成熟的市场经济体制。李建辉博士意识到，在广州市乃至广东省建设和发展行业协会非常紧迫，也十分必要，主要体现在以下三个方面。

第一，它是保障和促进社会主义市场经济体系完善的需要。在现代市场经济体制中存在着三个最基本的经济主体，一是政府，二是企业，三是行业协会。三者相互依存，共同调节着社会资源的配置。

通常人们在改变市场经济体制的框架时，只改变企业、市场体系、分配关系、社会保障和宏观调控等五个要素，而不谈行业协会，这是一个严重的疏忽。其实，行业协会在市场经济体系中处于非常重要的位置，上述五个要素离开了行业协会这一基本要素，是难以发挥有效作用的。

从计划经济向社会主义市场经济转变的过程中存在很多问题，如企业与企业的关系问题、企业与消费者的关系问题、企业与政府的关系问题、企业行为问题、市场秩序问题等，都需要中介组织来发挥协调作用。随着社会主义市场经济的完善和发展，行业协会的工作越来越重要，如果没有行业协会的形成和积极地发挥作用，市场经济体系主体根本不可能形成。

第二，它是政府职能转变的需要。政企分开、转变政府职能是建立社会主义市场经济体制的重要条件，而建立行业协会是实现政企分开和政府职能转变的重要保障，若实现了政企分开和政府职能转变，却没有建立起相应的行业协会，政府放权势必导致经济运行失控、经济秩序混乱，结果迫使政府又转向收权，回到政企不分的老路上。纵观改革的历史进程，这种“一放就乱，一收就死”的恶性循环，其根源就在于政府和企业之间没有一个中介组织，政府放权应该从两个方面进行，一方面将一部分权力下放给企业，另一方面将一部分权力下放给行业协会，很多政府管不了、管不好或不该管的事情可以由行业协会来做。这样，可以避免“乱”和“死”的恶性循环，保证政企分开，实现政府职能的顺利转变。没有行业协会的建立及其职能的充分发挥，也许就不可能彻底实现政府职能转变。

第三，它是企业发展的需要。随着政企分开，企业今后的生存和发展将面临许多严峻的问题，如企业权益问题、企业发展问题、企业扩张问题、企业的竞争和垄断问题、职业培训问题、技术创新问题、利用外资问题、质量监督问题等。这些问题靠企业自身是根本解决不了的。而这些问题不解决，将严重制约企业的成长，影响社会主义市场经济体制微观基础的形成，最终影响经济体制转变的顺利进行。随着市场经济的不断成熟完善和政府职能的转变，必须通过行业协会的建设来加强对企业的协调和领导，使企业走向健康发展的道路。可以说，没有行业协会的建立和发展，就没有作为社会主义市场经济体制微观基础的企业的健康成长和发展。

在李建辉博士看来，改革开放之后，我国的行业协会虽然进入了恢复发展时期，行业协会在规范市场秩序、发挥桥梁和纽带作用方面做了大量工作，但是行业协会的发展仍然存在许多问题和困难。

譬如许多行业没有建立行业协会，行业发展处于盲目混乱状态。许多行业存在无序竞争和恶性竞争，不但损害消费者权益，也破坏了企业生存环境。这种状况在国际交流中也是非常容易吃亏的。加入世界贸易组织后，我国企业所面对的是竞争力很强的国际大型跨国公司。国外的企业标准都归属于某个行业协会负责，而我们的企业在国际市场上却单打独斗，一旦被对方以倾销之类的罪名告上法庭，企业往往没有力量维护自己的权益。如广东的加油站行业、出租车行业、家具行业、酒店行业、汽车配件行业等都没有建立行业协会，由于有些业务主管部门怕担责，不予审批，因为按《社团登记管理条例》规定，首先要有业务主管单位审批意见才能到民间组织管理办登记注册，导致很多行业成立不了协会，行业经营者之间便互相诋毁、无休止降价，进行恶性竞争，大家互相拆台，行业处于混乱状态。

行业协会的法律地位也不明确。许多行业协会是顺应政府转变职能和机构改革而设立的，这些行业往往是政府职能的附属。一方面政府希望通过行业协会转移其部分原有职能，使自己的行业管理权力得到“合法”延伸；另一方面，大多数行业协会也极愿意成为“第二个政府”去管理其会员企业，而忽视了它本身是企业利益的代表。由于行业协会法律地位不明确，其职能发挥就得不到保障，容易受到各方面的干涉和干扰。这一问题估计在三五年内难以解决。

行业协会组织不成熟也是当前的一大瓶颈。在李建辉博士看来，已经建立的行业协会大多不是企业自发成立的，没有得到广大企业的认可，因而凝聚力不强；许多行业协会缺乏经费，缺少专职人员，作用得不到发挥，从而导致行业协会功能弱化，以至于在相当多的行业内，企业各自为政、恶性竞争，市场相当分散。

有些行业协会行为不规范，追求本位利益，侵犯消费者权益也是当今行业协会良莠不齐的原因所在。行业协会作用范围有限，政府目前依然掌握着大量控制行业发展和直接管制企业行为的政策和行政手段，如大量的行政审批和行政许可，使得企业不得不直接依赖政府谋求生存和发展，从而导致行业协会处于可有可无的境地。

就拿广州市天河区早期的 42 个行业协会来说，由于主、客观原因，其中的 24 个行业协会已经注销，本来经济改革开放初期应该培育和发展行业协会，然而行业协会不但没有增加，反而减少了。有些协会几年没年审、几年没根据政策要求把非法人转成法人等，造成了不得不注销的后果。全区乃至整个市及省的大部分行业协会都没有真正发挥其职能，这样做最终受害的是消费者。而且现有的行业协会覆盖面不广，代表性也不强。

面对众多的问题，李建辉博士产生了“慢工出细活”的想法，她决定进一步加大研究力度。

如何发挥行业协会的重要职能？在李建辉博士看来，行业协会要加强行业管理，真正发挥政府与企业之间的桥梁和纽带作用，必须明确职能，在行业自律、创造公平竞争环境、维护企业权益、搞好服务、当好政府的参谋和助手等方面发挥作用。具体来说，李建辉博士认为行业协会起码应当发挥以下九项职能：

（一）提出意见和建议是前提。根据行业发展实际，及时对行业改革和发展的重大问题向有关部门提出决策建议，为政府当好参谋助手。

（二）制定行业规划是基础。李建辉博士意识到，加快社会组织机构建设和发展，还要善于规划和管理，所以政府部门必须出台行业管理条例、公益组织管理条例、民办非企业单位的暂行管理办法。在她的倡议和组织下，这一切都有条不紊地得到了落实，并起到了事半功倍的效果。

不久，李建辉博士的付出得到了领导和同行的充分肯定，全国30多个省份的同志到广东省社会组织管理局交流学习，并由她连续四年在大会上分享心得和经验。

（三）强化行业自律是先决条件。行业协会要根据国家、省、市的法律、法规，在有条件的行业制定行规公约。引导企业遵守行业法规和公约，规范行业行为，维护行业共同利益并进行监督。

（四）行业协会要建立规章制度。在李建辉博士负责这项工作的日子里，她组织并参与制定了医疗、家具、汽车配件等100多个行业的规章制度，为行业的健康发展打下了坚实的基础。

（五）搞好信息咨询是重要环节。行业协会都要进行统计、调研和健全信息网络，做好行业政策、技术、市场等信息的收集、整理、分析、发布，开展信息交流与服务，为政府和企业决策提供科学依据和服务。

（六）完善服务功能必不可少。行业协会作为会员单位和行业的代表，要及时向政府部门反映企业和行业的情况、问题和建议。为政府部门正确决策、加强宏观调控发挥好参谋和助手作用。

（七）社会组织管理部门要切实为社会组织单位办实事、办好事，在群众中树立良好形象，真正为群众排忧解难。2006年，一家教育机构突然遭到学生家长和教职员工的围攻，公安、教育、消防等相关部门一时都难以应对，报社、电视台等媒体相继报道，事态一时间处于焦灼之中。李建辉博士受领导的派遣第一时间赶到了现场。

"你是谁？我们凭什么相信你？"一连串的问题在这个教育机构的上

空回荡。

“你们不用管我是谁，但你们听我讲几句话！你们是不是想解决问题？如果想解决问题，那就请家长同志们派出你们的代表，教职员工派出教职员工的代表，公安、教育、消防、债主、学校法人等部门同样派出几个代表，我们到这个学校的办公室去谈。这么多人围得水泄不通，大家你一言我一语，没个主心骨，怎么达成一致的意见呢？”李建辉博士的话语言简意赅，当场就得到了围观群众的支持。

“对！我们派代表跟他们谈！”

是什么原因导致这场围堵呢？

这还要从事情的原委说起：这个教育机构的法人是一家民办非企业单位的负责人，曾经有些债务纠纷，而后他又申请成为了这家教育机构的法人。成立了这家教育机构后，他以前的债主得知学校收入不菲，便到学校来讨债，“欠债还钱，天经地义”，但是还完之后，这个学校就没办法正常运转下去了。

这一消息不久就传到家长的耳朵里，因而发生了这次围堵事件。了解了事情的来龙去脉，李建辉博士心想，教育机构不能不办，欠债不能不还！

根据这一实际情况，她建议教育机构法人拿出现有的一部分资金偿还部分欠款，余下的作为学校的运行经费，家长各自回家忙各自的工作，教职员工回到自己的工作岗位各司其职。在李建辉博士的倡导下，这一持续了三四天的围堵事件终于得到了平息。回顾这30多年的工作，李建辉博士既当过“战斗员”，又当过“消防员”，每一次由她出马的事都达到了皆大欢喜的良好效果。不但为维护社会的一方平安尽了力，也为当事人的家庭增添了许多温馨。

（八）维护社会组织机构的权益是最终目的。社会组织机构要按照国家的政策，如协会在行业内认真开展价格协调、反倾销和反垄断工作，维护公平竞争的市场环境。按照公平原则，通过磋商解决会员之间的分歧，维护会员的合法权益。在对外竞争中，要为企业做好搭桥铺路的工作，一旦企业权益受到损害，一定要坚决站在企业这一边，为企业争利益，千方百计维护企业权益。

如佛山一家陶瓷协会遭到欧洲300%的反倾销税制裁，李建辉博士得知这一消息后马上提醒该协会发动会员单位进行集体研究。组织协会内部工作人员从容应对，在大家的共同努力下最终打赢了这一跨国官司，发挥了行业协会的作用。

（九）加强职业培训是桥梁。各行业协会要发挥行业中介组织的作用，积极开展各种形式的行业专业技能培训和技术交流工作，为本行业企业培训各类人才，增强企业的竞争力。积极开展行业下岗工人培训，帮助他们尽快重新上岗。

譬如一年一度的转业、退伍军人培训就是一个典型的例子。广东省每年有成千上万的军人转业或退伍到地方工作，他们在保家卫国的第一线作出了杰出贡献，但要参加地方经济建设却必须进一步接受培训学习。每当此时，便是李建辉博士热血沸腾的时候，她会动员协会及培训机构进行电工培训、烹调培训、司机培训等。总之，这些最可爱的人需要什么技能，她就二话不说去动员相关机构组织实施培训什么技能。行业中需要他们有什么技能，她就引导相关机构培训什么技能。

同时，李建辉博士还组织协会开展与国内外同行的交流与合作，协助企业引进先进技术、经营管理经验、营销策略和资金、项目等，推动行业协会与国际接轨的进程。广东省客属商会是一个非常有实力的商会，因此李建辉博士促使他们与香港同胞联手，每年在香港举行“广东省世界客属联谊会”，把全世界的客属商会联系在一起，共谋商家大事，共享行业发展，共探发展宏图。她的努力协调有效地成就了许许多多商业界人士的雄伟大业。

不管是哪个行业需要帮助，只要是合法的事，李建辉博士一定不会坐视不管，而是大刀阔斧地帮助他们开展工作。她从我国行业协会建设的实际情况出发，结合市场经济体制对行业协会的需要，提出了七项工作主张。

第一是积极争取政府部门的支持与指导。行业协会要有效地履行其职能，离不开政府部门的大力支持与指导。政府应把一部分行业管理职能转给行业协会，并在人、财、物上给予必要的帮助，这是行业协会正确、有效地履行职能的有力保障。

第二是在学习市外、省外、国外经验的基础上建立有自己特色的行业协会。西方的行业协会是独立的经济团体，不存在党、政领导问题，而我们是在党和政府领导下的经济团体，所以我们的行业协会应该有自己的特点。

第三是要制定一个行业发展规划框架。行业协会的发展除了政府的支持外，还要依靠自身努力，将其建设成为管理和服务功能到位、自律和监督机制成熟、服务网络完善、办事机构高效精干、队伍结构合理、制度健全规范的行业协会，树立良好形象。

第四是要提高服务意识。行业协会要为企业服务，增强服务意识。配合改革和发展，为政府和企业服务。

第五是要杜绝行业协会不规范行为。行业协会应该从维护市场秩序、规范企业行为出发开展工作，在政府和企业之间起到桥梁作用，协助政府做好行业管理工作。

第六是要加强入世后行业协会的协调工作。协会应具备协调功能、谈判功能和行业约束功能，为公平地进入国际市场提供市场信息、咨询和服务。

李建辉博士、孙春宁主任编辑（左二）、张国琛院长（左一）、欧阳勇军院长（右一）到广州博爱轩书屋公益交流

第七是要鼓励行业自主办会。行业协会要自主办会，实行“自愿入会、自选会长、自筹经费、自聘人员、自主会务”。行业协会要有广泛的会员基础，经费自筹，但政府有关部门委托行业协会承担有关行政管理职责，应给予相应的经费，并通过“购买服

务”的方式进行。政府应支持行业协会履行服务、自律、代表、协调等职能。各级领导要提高对行业协会的地位和作用的认识，要指导和协助行业协会明确工作定位和转变职能，要落实到行动上。李建辉博士的这些观点和主张都曾在民政部的《中国社会组织周刊》及《社团杂志》发表，对推动广东社会组织的发展，无疑起到了重大作用。

3－4 适应新形势 再立好丰碑

是金子总会发光的。李建辉博士获全国先进及十佳民政干部后，2008年初，她被破格从天河区民政局调到了广东省民政厅。

这一飞跃不但体现了上级公务部门对李建辉博士成绩的充分肯定，同时，也对李建辉博士本人的成长进步给予了极大的鼓舞和鞭策。正当她满腔热情地投入自己的工作之中时，李建辉博士听到了一些流言，说她是走关系来的，没几把“刷子”。又有谁知道，接到调省民政厅的通知后，她是考虑了两个月才打定主意同意调任的。

作为一名刚刚来到省民政厅工作的基层干部，李建辉博士应如何踢开头三脚呢？在这个时候，好心的姐妹们开始叮嘱她说：“建辉呀！你是个热心人，一天到晚风风火火的，这儿是大机关单位，工作有潜规则，千万别太锋芒毕露，否则你得罪了人都不知道是怎么回事！”

还有的人说：“你是一个乡下来的孩子，浑身带着泥土味儿，大机关的人举手投足都十分讲究，你可要小心谨慎哟！”

提醒也好，关心也罢，李建辉博士都听在耳里、记在心上，但是她的心却像一团火一样燃烧着、闪耀着。她想，这些善良的人们思想不是不好，而是不适合自己，说得具体一些就是当前人们内心深处的一种萎靡之念，必须用实际行动来对其进行清洗！于是她给自己定下了一个详细的准则，那就是把难事办好，把繁事办简，把心态端正，做到不怀害人之心，不行不义之事。有了自己心中的这些“小九九”，她就撸起袖子开干了。

在她看来，“没有规矩不成方圆”，只有用法律法规来进行管理，才是光明大道。她看到省里从1998年至今尚未编制社会组织法律法规，为争取得到领导的支持，她决定把“民办非企业单位、社会团体、基金会、综合执法”这四个方面的相关法律条文整理并汇编成册。可是当她开始整理时，却又无从下手了，因为旧的资料一时无法找到，新的资料又无法找齐。更为重要的是，还有一种无形的压力压在她的头上，她想：自己是新来的成员之一，如果别人没有干过的活你去干好了，会不会招来妒忌？最为重要的是经费问题一时也不知如何解决。

笔者在采访她的时候，她一脸茫然地说当时民政厅只给了4万元经费，怎么能出版4本书呢？如何开展编写出版工作呢？

经过了解，她发现社会组织机构总会会员单位大多没有缴纳会费，这是经费紧缺的原因之一，李建辉博士走的第一步棋是建议领导对总会的各个会员单位分批进行调查研究。最终发现全省300多个会员单位中有200个单位未缴纳会费，于是她带队一个单位一个单位地走访，最后得出的结论是并非会员单位不愿意缴纳费用，而是由于平时没有交流没有开展活动，导致“流浪的儿女没娘家”！

在李建辉博士等相关人员的共同努力下，这些失散的会员单位又一次找到了自己的“娘家”，全部缴纳了相关会费并发展了150多家新会员。既为他们排忧解难，同时也发挥了他们的作用，收齐了会费。费用不成问题了，也有工作经费了，李建辉博士整理汇编法律法规书籍的理想有了成为现实的机会。

一波未平，一波又起。接下来她又发现各单位办证过程中存在不少问题。比如一个会员单位要开办一个学校，需要教育局颁发职业许可证，民政部门颁发法人登记证，在拿到民政部门的证以后，才可以办技术监督代码证，再到银行去开账户，到国地税办国地税证，到分管的卫生防疫部门办防疫证……

如此烦琐的过程只要其中哪个部门说了一个“不”字，一切就前功尽弃了。

面对这一切，李建辉博士一方面把自己汇编的相关法律法规发给相关部门，让这些部门了解民政方面的要求，一方面着手对所属会员单位法人、秘书长进行培训，让他们了解各个环节的法定程序和法律依据，到任何一个部门办事都能做到心中有法，行中有数。

有梦想就要行动，在征得广东省民政厅领导的同意后，李建辉博士先后组织了五批成员到清华大学培训，还通过朋友介绍请来了国务院法制办、国家民间组织管理局局长分别给会员单位法人、会长、秘书长、各社会组织机构负责人等进行了面对面的授课和心贴心的交流，通过这种行之有效的办法，让参加培训的同志们既学会了相关的法律法规条文，又开阔了眼界。事后，授课的领导们对李建辉博士身居其位、为民谋利的创举纷纷伸出了大拇指。

在李建辉博士看来，知识是人类进步的“催化剂”，长期在物欲横流的市场经济中摸爬滚打的人，一定要从精神上给予洗礼，不要让世俗的尘埃使灵魂蒙垢。

通过短期培训扩宽了省内各社会组织负责人的视野，增长了他们的智慧。

2009 年 10 月 10 日，李建辉博士身为广东省民政厅社会组织机构总会会员单位会长、秘书长亲往清华大学，为会员培训搭建了一个难得的平台，开创了全国先河。从此，李建辉博士跟所属会员单位的距离就更近了，成了他们的“娘家人”，他们总愿意把自己会员单位的酸甜苦辣向李建辉博士倾诉。

日久天长！李建辉博士对总会的会员单位情况慢慢地从一知半解到了如指掌，于是，她又开始潜心研究如何让全省社会组织更好地发挥自身优势，更好地为人民服务、为社会服务。

在李建辉博士看来，政府行政管理体制改革与社会组织发展，一直是困扰大家的一件大事。随着市场经济和社会结构变化迅速发展起来的新型社会组织，既是发展市场经济、社会事业和精神文明建设的积极力量，又是推动国家科学发展、和谐发展的积极因素，所以发展社会组织是必然需要，完全有必要对此项工作加大投入力度。于是她又开始不分昼夜地展开调查研究。经过为期半年的调查访问，就政府行政体制改革与社会组织发展的相关问题，李建辉博士从以下四个方面进行了深入的探讨。

第一，政府行政管理体制改革为社会组织的管理和发展提供了前所未有的发展空间。党中央、国务院历来高度重视行政管理体制改革。由此可见，在当前政府管理体制改革中，社会组织将获得自身发展、参与公共管理和社会管理的大好机遇。

李建辉博士曾获优秀共产党员等勋章

第二，广东省各级政府向社会组织转移职能和购买服务总体情况呈现良性发展的态势。近年来，各级政府部门积极探索政府转移职能和购买服务相关问题，可由社会组织承担的事项交由社会组织承担，通过向社会组织购买服务来实现公共责任和义务。政府相关部门则通过加强引导、扶持管理和监督，强化标准化建设、资质审查、跟踪指导和绩效评估，为社会组织提供良好的发展条件。据悉，广东省财政厅已经印发政府向社会组织购买服务的实施办法并已出台、试点和推广。

第三是各级党委政府为推动政府向社会组织转移职能和购买服务提供了保障措施。为了培育和扶持社会组织发展，增强社会组织的民间化和自主性，加强社会组织自身建设，推进政府职能转移和购买服务，广东省委、省政府、省人大在2005年开始就出台多个重要文件和重大举措，政府各部门也做了大量卓有成效的工作。

广东电视台教育栏目向李建辉博士颁发最具影响力公益人物奖

对广东省社会组织进行有序科学管理、扶持培育其良性发展，李建辉博士起了重要的推动作用，她既是一个带头践行者，又是一名精神引领者。

3-5 结合亲身事　教诲众后生

在李建辉博士看来，由于市场经济的不断发展，社会组织呈现出了价值观多元化的特点，有的人唯利是图，有的人勾心斗角，有的人尔虞我诈，因此便滋生了一些不确定因素，他们的价值观与社会期待不一致，从而使他们的社会行为与社会规范开始产生了分歧乃至矛盾与冲突，导致了大家内心的惶惑与不安，迫切需要相对稳定的价值观支撑，在变动不居的世界中找到一个安身立命的精神家园。

社会的无序，使得人们的心态变得浮躁和混乱，引起了一部分人的精神危机，给自己所在的社会组织造成了一系列消极后果。尽管价值观念的变迁并不都是消极和破坏性的，但在社会转型时期最根本的还是要建构相应的新的价值观体系，以便人们在变动不定的世界中寻找到自己感到安全的精神家园。

引导社会组织中的成员从主观上去掉精神上的萎靡之念，还必须结合自己的实际经验，传递正能量，起到润物细无声的作用。于是李建辉博士从小事入手，用行动去感化大家。

俄国作家托尔斯泰说：“一个人若是没有热情，他将一事无成，而热情的基点正是责任心。”

对托尔斯泰的话，李建辉博士做到了学以致用。

李建辉博士常说，人的很多素质都可以后天培养，但是其中有一种最难培养的素质就是责任心。有责任心的人，能够做到不因事大而难为，不因事小而不为，不因事多而忘为，不因事杂而错为。责任心是金，与自尊心、自信心、事业心、慈悲心、怜悯心、同情心、进取心、雄心、恒心、孝心、关心、善心等相比，责任心是其中最灿烂的一颗心，其他的“心”即使弱一点，有了责任心，很大程度上也能够被弥补。将责任心落实到行动上，时时处处为社会、为他人、为自己尽责的人，终究会成就一番事业。只要具有高度的责任心，你就会发现你的幸福指数不断地上升，个人成就不断增加。责任，是我们每一个人肩膀上一副看不见的重担，即使今天你还感觉不到，但总有一天，它会落在你身上，如果你不愿意为它付出，那么有一天它会让你付出更多。而对敢于承担责任的人来说，责任心有多大，舞台就有多大，责任心成就了你的竞争力。毋庸置疑，责任心是一个人立足于社会、获得事业成功与家庭幸福至关重要的人格品质。

苏联作家尼·奥斯特洛夫斯基《钢铁是怎样炼成的》中的主角——保尔·柯察金说："人最宝贵的是生命，生命对于每个人只有一次，人的一生应该这样度过：当回忆往事的时候，他不因虚度年华而悔恨，也不因碌碌无为而羞耻。"

保尔·柯察金的话，李建辉博士理解得非常深刻，在她看来，"生"是活着的意思，是身体；"命"是思想、是灵魂。生命比什么都重要，活着最美好。这体现出来的不仅是对自己的责任心，也是对别人的责任心。身体不属于你，只有生命属于你，是别人抢不去、带不走的真正的财富。生命不等于身体，身体这种源自大自然的物质并不仅仅属于你自己。生命=身体+思想。生命对每一个人都一视同仁，就好比为每一个到人世间来走一遭的人都存上了一百万元，不过又会有一点小小的偏心，有的人多了几千元，有的人却只多了几十元或者几角钱，这点尾数象征着人与人之间的财富差距。但是，相对于百万存折来说，这点尾数是不是应该忽略不计呢？所以，请不要因为这点偏心而对自己狠心，不珍惜生命。

李建辉博士对生命的感悟同样影响着身边许许多多的人，其中一位跟随她做了多年公益慈善事业的李总说："我之所以加入李建辉博士公益行列，是受李建辉博士对生命认知的影响，趁着自己还年轻力壮，多为社会作一份贡献，多为贫困的人们献一份爱心，免得老了后悔！"

在李建辉博士善行的影响下，还有许许多多的人同样爱上了公益活动。团队成员由原来的十几人增加到了几百人、几千人。

"珍惜现在！"是李建辉博士从精神上消灭人们萎靡之念的倡议之一。

英国剧作家莎士比亚认为："在时间的大钟上，只有两个字'现在'。"在李建辉博士看来，莎士比亚的这一认识同样启迪着自己的公益慈善事业之路。做一个公益慈善事业的操守者，既不能等，也不能靠，一切都取决于现在每一分一秒的所作所为。所以李建辉博士走到哪里，就把公益慈善事业做到哪里。

在非洲的一次公务活动中，一群孩子冲过来，叫她“妈咪”，李建辉博士见状，二话不说就把身上的1000元人民币分发给这帮穷孩子。

李建辉博士到非洲扶贫

事后，同行的同事善意地劝她说，这样的事最好下不为例。李建辉博士既没有点头，也没有摇头，在她看来，行善积德不分国界，无须等待，唯有现在行动。所以在之后的人生中，不管李建辉博士走到哪里，也不管是在国内还是在国外，只要碰上有需要帮助的人，她一定会慷慨解囊。

李建辉博士之所以如此开明，是因为在她看来，人生正是由于它的不确定性才充满了意义。假如命理师道破天机把今后的一切都告诉你，你马上就会觉得人生索然无味。

“现在”是什么？上一秒钟已经结束，下一秒钟还未到来，“现在”在哪里？“现在”就是你此时的心境，这种心境也许是一分钟，也许是一天，也许是一周、一月、一年……我们的生命正是由一个一个看不到的、相对的“现在”组成，最长时间的“现在”就是“我现在还活着”，不抛弃，不放弃！活着就要好好珍惜现在！

受李建辉博士影响的人不仅有企业家、个体户，还有许多在机关和事业单位工作的同学、朋友。每当李建辉博士发出捐款倡议，他们大都是随叫随到，随到随捐。

她的公益慈善事业并不是一帆风顺的，准确地讲是遇到过阻力的。那是一次亲友聚会，在县城当老板的表哥对她做公益的事有些不解，并流露出了一些消极情绪，说“做好人难，做好事更难”。

李建辉博士看在眼里，记在心里，她想，去除表哥的这一消极之念还必须用“行动”二字！

在李建辉博士看来，有一句话讲得好：“消极就如同我们安装软件时出现的默认选项，如果不采取积极的行动，就等于在无意间选择了消极。”没有人天生就是好命，就算他出身于富绅或帝王之家，家道中落的情况也比比皆是。相反，鸡窝里也曾飞出过金凤凰，丑小鸭也曾变成过白天鹅。行动成功学的创始人李践曾总结的消极八大症状有：缺乏目标，害怕失败，害怕被拒绝，埋怨与责怪，否定现在，做事半途而废，对未来悲观，好高骛远。而消极也会产生六大后果：丧失机会，使希望破灭，限制潜能发挥，消耗掉90%的精力，失道寡助，不能充分享受人生。当生活需要你承受痛苦的时候，除了坚强，别无选择。而这种坚强，也就是积极乐观的行动，有了积极的行动，消极的思想自然也就消失了。

为了感化表兄妹们，她只要回到大埔做公益，就会安排慈善团队与表哥、表妹交流，在一次又一次真情实感的感召下，表哥那颗消极的心开始变得沸腾了，他不但加入了李建辉博士的公益慈善队伍，而且拿出几十万元人民币和当地热心公益慈善事业的人们一道修路、修桥和建学校。

通过表哥对公益慈善事业的认知由浅入深的变化，李建辉博士想到了美国诗人西尔维娅·普拉斯说的那句话：“乐观的人，在每一次忧患中，都能看到一个机会；而悲观的人，则在每个机会中，都看到某种忧患。千万要记住，一个人思考的角度，可以主宰你面对事情的态度。”此后，李建辉博士更加坚定地认为，要消除人们对公益慈善事业的消极认识，关键是如何用爱心行动去感化他人！

在李建辉博士多年公益慈善事业的征途中，也有一些让她头痛过的事情。记得2001年初她到一所学校去做公益，没想到校长有公事外出了，只派了个一问三不知的工作人员进行对接，面对这种尴尬的现状是放弃不做，还是继续坚持下去呢？

李建辉博士没有一丝犹豫，把该送的书、捐款等全部按照原定的方案送给了这所学校。

在回来的路上，不知是谁说："明明知道我们从几百公里外的广州来到这所学校做公益，怎么一个校领导也没来参加呢？这是对我们公益团队的不屑还是……"

李建辉博士听同行的公益人士这么一说，马上接过了话头说道："人的一生一定要学会宽容，作为一个重点中学，确实很忙，突发事项也较多，校长临时有事可以理解。一个做公益慈善事业的人只有宽容才能将公益慈善事业的仁爱之路走得更远，才能爬更高的山，跨更宽的河！"

在李建辉博士看来，苏联教育家苏霍姆林斯基说的"宽容产生的道德上的震动比责罚产生的要强烈得多"这句话是不无道理的。作为一个公益人，之所以出来做好事，目的就是帮助别人，引领大家不断进步，共同做公益，所以不要存在怨恨之心，否则就不能在公益慈善事业的道路上行走。

李建辉博士认为，世界的文明史，其实也是一部从不宽容到宽容的发展史。奴隶社会到封建社会，资本主义社会再到社会主义社会，宽容在不断发展进步。宽容是一种力量，是一种享受。要做到爱别人、宽容别人，前提是爱自己、宽容自己。李建辉博士认为宽容不仅是一种美德、一种心态、一种境界，还是一种智慧。人的生命是一场感召和被感召的过程，我想人们在得到爱与付出爱的时候，才是最幸福的。

作为一个在南粤大地上默默做公益慈善事业的"领头羊"，李建辉博士在公益的道路上之所以能做到风生水起，还有另外一个原因，那就是学会了深度思考。

30 年来，她见到了其他公益慈善团队中的成功之果，也闻到了公益慈善事业中的一些异味，所以，她立志自己的公益慈善团队在公益慈善事业上一定要做到三思而行。

有一次她到外地做公益，有人质疑："现在做公益的都是打着做公益的幌子达到自己个人不可告人的目的的，难道你们还没有听说过某某的事吗？"

说者无心，听者有意。打那以后，李建辉博士团队进一步完善了公益账簿的登记工作，每一笔善款都写得工工整整，每一次捐赠都记得清清楚楚，他们坚持每次都做到大事有分享、小事有报告。随着时间的流逝，人们一听到是李建辉博士发起的公益项目，都会不约而同地参与，因为人们知道李建辉博士做公益慈善事业不是为了自己的个人目的，而是在引领大家行善积德。

美国发明家爱迪生说："不下决心培养思考习惯的人，便失去了生活中最大的乐趣。"

因此，李建辉博士把思考当作一种享受，她常说："我思考所以我快乐！"在她看来，人并不会因为吃得好就能够产生真正的幸福感。很多人一辈子辛辛苦苦只为了满足自己的一张嘴，却从来没有想到过满足自己更重要的精神追求。她说："我们要为自己的心脏和大脑活着。"人的一生是一个学习与思考的过程。思想、精神才是人真正的财富，物质、金钱都不是，它只是暂时存放在你的名下，总有一天你要还给别人，还给社会。为此，她常常感慨："培育你的思想，哪怕你不是一个思想家，你也要有自己的思想，思想才是你快乐的源泉。"

在公益慈善事业的道路上，李建辉博士既从行动上帮助需要帮助的人，也经常把自己领悟到的一些有益思想分享给大家。她做得最多的是要身边人学会体验、学会选择。她对身边的人说："生活如同一杯酒，要是你哭着去喝，你就会觉得很苦；但如果你笑着去喝，你就会觉得很甜。"这就是体验。我们从体验中得到感悟和智慧。感悟到了什么？这个世界没有什么绝对的对与错，对错都是相对的。如果一个人老在体验着成功，他不一定真的有进步，相反，如果一个人经常在体验失败，但是他又在不懈地追求成功，并且不犯重复的错误，他就是在“痛并快乐着”中成长，必定成为成功者。法国作家左拉说：“生活的全部意义在于无穷地探索尚未知道的东西，在于不断地增加更多的知识。”

再者，最好的选择未必是选择最好的。李博士认为人生没有最好的选择，无论好坏，人都必须对自己的选择负责。因此，学会选择非常重要。“女怕嫁错郎，男怕入错行。”无论是背着金子，还是背着砖头，都要把它放弃，才能轻装上阵。人要学会选择，首先要学会放弃。舍得舍得，无舍就无得，先有舍后有得。人要学会放弃不属于自己的东西，才能以最好的姿态迎接新的挑战。所以，俄国作家列夫·托尔斯泰说：“选择你所喜欢的，爱你所选择的。”

在扶贫领域，李建辉博士算得上是一位知名人物，难免会有人问她：“成功之后是否有一种幸福感?”每当这个时候，她的回答一定会让人愕然：“幸福不在于拥有成功，而在于获得成就时的喜悦以及产生创造力的激情。很多人成功了，但他并不一定会觉得幸福。成功有两方面：外在的成功与内在的成功，物质的成功是可测量的外在的成功，而思想上的成熟与自由则是更高层次的内在的成功，幸福往往来源于后者。成功是相对的，失败也是相对的。有些人很有钱，表面上有丰富的物质基础，但是他们的精神却是很贫穷的，所以让灵魂升华是很重要的，只有这样才不会经常出现亿万富翁还要自杀的悲剧。”

3-6 汗水著鸿篇 精神传万里

李建辉博士的付出得到了众人的一致认可，有人说她敢为人先，是个地地道道的“敢吃螃蟹”的探路者，《社会组织实践与感悟》一书就是一个最完美的见证和诠释。

全书具有鲜明的政策性、理论性和时效性，政策站位高、理论知识广，实践水平也达到了相当的水准。

该书紧扣改革开放以来党中央实施的一系列方针政策，在政治、经济、文化、社会“四位一体”建设的时代背景下审视和梳理了中国社会组织发展进程和广东改革实践。全书贯穿“以人为本”和“科学发展”两大理念，把社会组织融入到社会改革和社会建设之中。不难看出，李建辉博士具有高度的政治使命感，对中央精神学得精，对广东省的社会民情吃得透，对行业内的法规摸得准，在社会组织政策导向上具有相当的水准和高度，取得了较大突破。

该书以实证分析为主，娴熟地运用了当前较为前沿的社会管理、公民社会、党建等理论成果，注重理论研究、战略分析。既有战略远见，又有理论高度，政策思路清晰，学术视野开阔。她通过对社会组织进行全景式的理论分析和实证阐释，以“解剖麻雀”的方法对广东的社会组织典型进行了翔实的评述和论证，有理有据、观点鲜明、清晰透彻，为社会组织理论成果应用提供了良好的范例。

全书还选取了广东社会组织的各类重大典型案例，细致入微，鲜活生动，并以此作为一大亮点。其中，有业内耳熟能详的广东省知名行业协会，如以行业自律闻名全国的食品行业协会、以优质服务推动行业发展的美容美发化妆品行业协会、软件行业协会、物流行业协会等；有广东省基金会中的佼佼者，青少年发展基金会、教育基金会、侨界仁爱基金会等；有极具发展潜力的新型民办非企业单位，如中山市中港英文学校、东莞名家具俱乐部、Easy - say 易贝教育、实战英语培训学校等。书中还对广州、深圳、珠海、汕头、佛山、东莞、中山、肇庆等全省八个地区的社会组织改革创新观察点进行了归纳总结，内容涉及涉外登记管理、综合改革、信息化、行业协会、社区社会组织、行政执法、等级评估、农村专业经济协会等多个方面，实属难能可贵。实践出真知，这些改革实践正在成为中国社会组织突破与创新的时代缩影。

“行万里路，读万卷书。”李建辉博士是个成功的理性思考者。正如广东省民政厅前厅长刘洪所言：“建辉勤于学习，勤于思考，勤于总结，善于钻研，在繁忙的工作之余注重理论学习和研究，把实际工作经验凝结为思想成果去照亮他人，表现出对知识的渴望和对现实的密切关注，这种学习精神和思考勇气难能可贵。全书对中国社会组织发展之路有诸多思考，闪烁着思想者的锐利锋芒。”

一是战略思考。书中提到：“政党主导型现代化国家这一性质规定了中国社会组织的独特性。”“社会组织的人力资本积累依赖于政府。”“物质载体的特性规定了社会组织的现实定位。”“执政党执政方式转变的需求规定了社会组织的发展空间。”“在市场经济、民主政治、和谐社会的背景下设计和安排社会组织的发展总体战略，在行政管理体制改革的框架下具体考虑社会组织发展战略，在强化自身发展的战略前提下重视社会组织外部环境的协调发展。”这是在当今国情党情社情下李建辉博士对社会组织未来发展的战略定位。

二是有的放矢。书中对现代行业协会作了系统的阐释，从一般属性、基本特征、主要职能及制度创新，梳理政府与行业协会的关系，提出改革开放背景下行业协会功能再造，探讨行业协会承接政府职能的机制。在追溯基金会起源和现代基金会发展进程的基础上，对东西方不同学派及相关理论进行分析对比，有针对性地对我国基金会的社会职能、价值作了全面的归纳梳理，并从和谐社会公益力量的现实考量，提出了具有建设性的路径选择，着力倡导社会创新。提出民办非企业单位“五个基础”建设，以转变政府职能为基础，实现由办事业向管事业转变；以“公益产权”为基础，健全产权制度；设定非营利性底线，协调经营性与公益性的关系；以培育发展为指向，形成良好的社会环境；以依法监管为基础，强化监督约束机制。这些理性的思考和判断具有较强的理论指导作用，为全省的各级社会组织建设点亮了一盏思想明灯。

三是引领创新。关注热点、把握趋势、引领创新，是全书的闪光之处。书中从制度、治理和发展三个维度，对具有中国特色的民办非企业单位进行了论述，并把诚信和信息披露作为现实关注点进行深入思考和解读。在城乡基层社会组织发展上，立足城乡一体化的战略视角，对城乡基层社会组织的特点、类型和功能作了分析，并就管理体制机制、培育重点和指导扶持着力点进行了深入思考，提出了一系列创造性意见。李建辉博士指出，当前社会组织的党建工作有高度的政治敏锐性和社会责任感，对社会组织党建进行了前瞻性的分析论证，并对社会组织党工委等新型组织形式作了阐释，明确了社会组织党建的优势与路径。这些创见和论断对推进社会管理创新具有特殊的现实意义。

天有时，地有气，仁者有爱。李建辉博士是个乐善好施的爱仁者，天生有种“以天下为己任”的信念和追求。她非常注重时刻分享自己的人生感悟。

采访中，我从李建辉博士践于行、感于知、悟于美的心路历程中一路走来，就如同和好友一起促膝谈心，一起交流事业与人生。我们一起探讨求知中的勤于学习，求智中的善于思考，求真中的勇于实践，求是中的长于总结。我们共同分享如何做好一个行业的领头羊，做一个学习型公务员。在体贴、感激、正义与美丽中分享共生的思想理念；在体会做人处事准则中感念传统的“孝道”文化；在倡导珍惜女性资源中感慨人才的可贵之处；在回忆孙中山故居革命记忆中感叹祖国的伟大进步，小中见大，细微入理，和她的交谈中处处涌动着一股乐观向上、积极进取的激情和力量。

书内世界，书外人生。李建辉博士坚信“活着，就是一种责任”。正是对生命的这种理解和执着，让她心中装有大爱，身体力行地倡导践行公益慈善。回家乡看望孤寡老人，给山区孩子、学校捐赠财物，每年带动朋友捐款数十万元。她是一个歌者，为事业人生而歌；同时，她又是一个舞者，为公益慈善而舞；她还是一位智者，为社会变革而思；更是一个行者，为实践探索而行。

全书算得上是一本关于社会组织的“小百科”，有理论，有实践，有思想。通读全书，无处不传递出作者严谨治学的态度、乐观的进取精神和执着的理想信念。

人同此书，书如其人。一曲如歌的行板，跳动着时代的脉搏与旋律，呵护着心灵的友善与纯净，值得品鉴和珍藏。

李建辉博士的先进事迹可谓数不胜数。从名不见经传的区民管办到全国先进单位，她永不服输。当我们在天河区驻足时，无人不称赞这位巾帼女英雄，关于她的故事也是脍炙人口，妇孺皆知。

2002年，她初到民间组织管理办公室任职时，“民间组织”还是一个新名词，其发展更是缓慢，得不到各级领导的重视，并且民管办财力、物力和人力非常有限，每一项工作的开展都非常艰难。但不服输的李建辉博士绝不安于现状，她决心要将天河区社会组织做大做强，不仅要在广州做到最好，而且要在全国做到最好。

从此，李建辉博士不分昼夜地忘我工作，认真学习社会组织新政策、新法规，总结工作经验，探索工作新思路，得到了各级领导的支持。几年来，她总是第一个上班，最后一个下班，这个习惯一直持续到现在，但是她仿佛永远感觉不到累，无论何时都保持精神饱满的状态。办公室的小范常开玩笑说：“做李建辉博士的下属很累的，没有健康的体魄和充沛的精力绝对不能胜任。”几年来她带领办公室所有人员开拓进取，勇于创新，完成了大量富有成效的工作：认真做好登记审批；对民间组织加强监督管理，加强年审和清理整顿；推广社区民间组织登记试点工作；举办社会组织法人代表学习培训班；组织区属社会组织单位器乐表演比赛、乒乓球比赛、演讲比赛；组织天河区属社会组织前往全国各地学习先进经验；与大学NGO研究院一起研究，共谋发展；表彰先进单位，树立典型等。每一项工作都开展得有声有色，李建辉博士也被评为全国先进人物。

熟悉李建辉博士的人都知道，有着阳光般笑容的她是个“热心肠”，她关心群众，视群众为自己的亲人，上为政府分忧，下为百姓解难。

比如，在天河区民管办当主任不久，有几个民办非企业单位便向她反映高价商业用电用水制度不合理。听到这个情况，她立刻组织人员进行走访，了解情况，多次协调自来水公司、供电局等有关部门，最终按非营利机构的期望解决了水电费问题。

每次遇到行业协会的年审，对于亏损15万元以上的单位，她都会一一走访，了解真实情况，排除隐患，绝对不会人云亦云、听之任之。

早期李建辉博士被市政府聘请参与《广州市社区民间组织管理暂行条例（办法)》的草拟工作。为保证该《条例》能够切合老百姓的实际，令老百姓满意，她不分昼夜地对天河区21个街镇进行摸查走访、调研，了解整个社区社会组织的状况。最后广州顺利出台了该《条例》，正是李建辉博士牵头制定的。

李建辉博士工作上的成功也引起了人们对她如何平衡家庭与工作的好奇。

为此，我带着这个疑问，专门采访了她的丈夫池先生，他回应说他对妻子李建辉博士是绝对信任的。当年他在远洋船上工作，一年九个月在外，只有三个月休息，有时甚至连大年三十都不能回家，平时的回家时间自然也是不稳定的。每当这个时候，作为妻子的李建辉即使心里多少有点郁闷，但转念一想，这也是工作，分开只是暂时的。既然缘分让他们走在一起，就让爱情之舟一帆风顺地继续往前走吧。努力工作、努力学习，便成了李建辉博士赶走孤独的最佳良方。经过风风雨雨的考验，丈夫对她工作的支持也成了一种习惯，不管李建辉博士工作忙到多晚，从她丈夫那里得到的全是微笑和掌声。

李建辉博士是一个传统型妻子，对家庭、男女之间的事情从小受传统教育影响，非常矜持。丈夫池先生是她第一个也是唯一一个交往对象，李建辉22岁时便与他成婚了。虽然社会上也有一些诱惑，但李建辉博士时时刻刻都采取防微杜渐的办法去避免一些不必要的麻烦和风言风语的流传。

李建辉博士以前做老师的时候，学生家长、老板或者朋友打电话约她出去吃饭时，她常常委婉地拒绝，更不会随随便便认识陌生人。

结婚之后，李建辉博士没有和自己的丈夫争吵过，更没有闹过离婚。但说实话，两人的生活习惯差异还是比较大的，池先生喜欢过高品质的生活，会因为一杯茶口感欠佳坚决不喝，不过李建辉博士就不同了，为了解渴她还是会喝下的，对生活要求简单也是她的一种人生之道。

在对事业的追求和个人的发展方面，池先生觉得人生苦短，不要那么累，他也从来没有为“进修”学业费过什么心思，他这种悠然处之的心态也和李建辉博士形成了一个极大的反差。

李建辉博士大专毕业时是一名优秀毕业生，毕业后她就留在了嘉应学院当老师。后来她为了更好地实现自己的人生价值又报考了本科，并且继续读了研究生和其他专业学科。

众所周知，认识上的差异会导致行动上的分歧。这些差异和分歧，李建辉博士是怎么解决的呢?

她一般都会去想她先生的优点，比如他的品行不坏，没有出去到处招惹麻烦；他对自己也非常尊重，基本上对她百依百顺；他凡事不太计较、不较真，很多地方都能够包容她。这样一想，李建辉博士就会感到丈夫的难能可贵，为她免去很多“后顾之忧”。儿子池宝鑫也很聪明懂事，在高中期间就修完了大学课程。业余时间热爱写诗，已出版了 7 本诗集，得到了大家的一致好评。由此一来，李建辉博士就可以安心干事业了。

有了开明的丈夫和聪明孝顺的儿子，李建辉博士工作热情高涨，参与出台了很多社会组织行业内的法律法规。她跑遍了几十条街道以及上百个社会单位组织，对每一个社会组织的情况都了如指掌。哪个单位有困难，她都会第一时间去协调；同样哪个单位有困难，他们第一个想到的也都是李建辉博士。接待来访群众时，她总是耐心细致、不厌其烦地向群众做好解释工作，能解决的马上解决，一时不能解决的，就主动协助他们找相关部门。不管群众在她面前表现出任何不满的言行举止，她总是笑脸相迎。

自从调到省民政厅后，面对庞大的社会组织队伍，她从来没有分过贵贱亲疏，只要能协助解决的问题她都会在第一时间解决。她还通过各种形式征求社会组织单位代表的意见和建议，认真听取并进行归纳，及时反馈给登记管理机关及其他相关部门，并协调有关部门及时解决他们碰到的困难，从而赢得了各个社会组织负责人的良好口碑。不管是当老师还是当政法干部，不管是在民政战线还是在节假日休息期间，她都能做到有求必应，做到干一行爱一行、干一行精一行。

近三十年来，李建辉博士总是以对父母般的款款深情，对姐妹般的手足之情，诠释着一位人民公仆爱民为民的无悔誓言。

活到老，学到老。李建辉博士出身于书香门第、全国模范家庭，受家庭文化的熏陶，她酷爱学习，切实做到了“人活到老就要学到老”。面对知识的海洋，她总是自我加压，不断充电，勤奋学习，让每一个熟悉她的人都佩服不已。

李建辉博士在祖屋前与亲人合影

3-7 自身多哲理　分享育众人

精神上的扶贫是多方面的，也是广泛的，为此李建辉博士尽量想到、做到。譬如，她一有时间，就会和大家分享做人的原则。她常常把“成功后的警惕”作为精神扶贫的内容之一进行传递，她提醒大家，不论办什么事情，都必须克服骄傲自满的情绪。联系中外一些历史人物的故事可以得知，有些人成功之后，会出现骄傲自满情绪，甚至还会变得飞扬跋扈、目中无人，因此导致被动而走向失败，“骄兵必败”就是这个道理。

“失败是痛苦的，这种痛苦常常使人忍受不了。然而，它可以锻炼人们的意志，并使人更加聪明。能用冷静沉着的态度去观察社会、面对现实的人，往往是那些经受过挫折的人。实际上，经过挫折或失败而东山再起的人，较之以前处事常常表现得更加成熟和干练。”李建辉博士见人就会分享她的这些道理。

她还常常告诫自己周围的朋友，一个人一旦成功，就应当认真而又严肃地提醒自己：是不是开始骄傲自满了？如果能戒骄戒躁，那么他就有可能再次获得成功。否则，就有可能陷入被动，甚至掉进失败的泥坑。

失败是痛苦的，需要我们小心防备。一再的成功，虽然能使我们兴奋，但也应引起我们的警惕。

她常常告诫身边的人不应抱怨所在的单位“复杂”。常听到一些干部或领导对所在的工作地区或单位抱怨说：“太复杂了！”时间长了，抱怨的人逐渐多起来，便形成了气候，竟使一些领导者不敢到这个地方工作，甚至发展到望而生畏、谈虎色变的地步。谁若被派到这个地方工作，一些人在心中就会觉得他是被排挤才调过去的，甚至瞧不起他，认为是对他的变相处罚。

领导者们碰在一起，张三说张三那个地方“复杂”，李四说李四那个地方“复杂”，王五说王五那个地方“复杂”，究竟哪个地方“复杂”？不深入其中便不知其详。说“复杂”，是因为他身在其中并有许多酸甜苦辣的感受。但是，总说自己所在的地方复杂，难道九百六十万平方公里的中国大地就他那个地方复杂吗？较为全面的说法应当是，既复杂又不复杂，处处都是绿洲，又一块绿洲也没有。

领导者抱怨自己所在的工作地方“复杂”，弊端是很多的。首先，说明他不爱这个地方，甚至还有可能恨这个地方。这样，他势必从感情上疏远这个地方，总想早日离开这个地方。思想上的不安心，带来的是工作上的消极，放任下去，很难有所成就。其次，由于他认为所在的工作地方“复杂”，就难免从思想上过于戒备，眼睛中的“坏人”多了，工作起来就不可能放心、放手。老是不相信别人，总是提防别人，虽然和大家工作在一起，但是思想上总是“两张皮”，工作怎么能搞好呢？这样下去，很可能成为“孤家寡人”。再次，你的同事和部属也容易和你产生对立情绪。因为，你指的“复杂”实为人情的复杂，尽管他们之中也有谈论“复杂”的，但谁都不愿意“被复杂”。你的同事和部属辛辛苦苦地在这个地方工作，你上来就说人家“复杂”，这样等于伤人自尊心，很容易使其产生对立情绪。一旦有了“对立者”，你就会更加认为这个地方“复杂”。如果你采取了打击“对立者”的行为，“对立者”就有可能对你进行报复。造成这种局面，如果不去自省，反而还去打击别人，就有可能将自己置身于旋涡之中不可自拔。同时，自己只看到“复杂”的一面，而没有看到还有“不复杂”的一面，从思想上说是片面的。从片面的角度出发，不仅会把事情搞砸，还会将自己的思想推向更加片面的地方。到头来，自己会更加苦恼。所以，作为一个领导者，对自己管辖的地方应当采取辩证的态度，既要看到它复杂的一面，也要看到它简单的一面，决不能一概而论，要切实地从思想和行动上解决问题。当然，对那些两面三刀的人，领导者一定要批评教育！决不能姑息养奸、听之任之！

此外，她还要求身边的亲友们顺应自然。她常常说：“遇到雨天，出门撑伞，这是人们顺应自然的做法。人类正是懂得顺应自然，才得以生存下来并发展壮大。但人有一个弱点，就是容易强调自我。强调自我者，大多是对工作过于热心所致。人们应当明白，个人的才能即使再卓越，也只不过是黑夜中的一盏灯，照亮的范围非常有限。若认为只有自己的主张才是唯一正确的，而忽略了众人的智慧，那他就有可能给所在单位带来不利影响。甚至，他努力的程度和才干越高，单位反而受其害越大。到头来，如果仍不清醒，怨天尤人，不反省自身的过错，将陷入更深重的苦恼之中。因此，任何一个领导，尤其是处于高位者，绝不能以自己狭隘的主观臆断来用人行事。”

自以为是的害处很大，要想克服它也容易。只要你能够经常用联系的观点来指导自己的行动，从客观存在的事实出发，权衡一件事的利弊得失。你是国家的公民之一，应不应该遵从国家的大政方针？你在前人栽种的大树下乘凉，应不应该继承和发扬他们的优良传统？你处于一个有机的社会团体之中，团体已有的规划，你应不应该积极地去完善和实施？你纵有领导和部属，横有同事和朋友，对于他们的意见应不应该尊重？兄弟单位已有的经验，你应不应该去参考？这些都是我们行将做事时应该考虑的客观存在。人们做事如果注意到了上述的客观存在，那么他就如同雨天撑伞，算是做到了顺应自然。长此以往，他就可以培养出一种透过现象看本质的能力。这是一种理想的、经过磨炼就可以达到的境界。

不论何人，尤其是领导者，一旦进入了上述境界，他就再也不会因拘泥于事物的某一面去固执己见而遭受意想不到的失败。同时，他还会更加受到上级和部属的信赖，自己也会得到发展。即便这样，他也不会自视过高，而会保持谦虚谨慎的态度，因为他做到了顺应自然。

让人印象深刻的是李建辉博士最喜欢鼓励大家正确对待烦恼。她说天上的浮云，大大小小，高高低低，没有一刻保持着原来的模样。犹如浮云的人生，难免会遇到这样那样的烦恼。

烦恼的事是客观存在的，有多少就得承认多少，不能采取“不承认主义”。我们应当具有这种正视烦恼的勇气。有的人，一碰到烦人的事，就想将它推开，离自己远一点好。可他推开了这个，那个又来了，于是更加烦恼。这种逃避的办法，好似逆着水流的方向推水，水会立刻从两旁聚拢过来，无论你怎么去推，手边的水总是推不开的，只是徒然激起浪花而已。

所以，李建辉博士认为人们对待烦恼的态度不是推开了事，而是应该彻底了解产生这些烦恼的背景条件及其主观原因，找出避免此烦恼的可行办法，并付诸实施。同时，还要经常采取不同措施，预防新烦恼的产生。只要你能够采取这样认真的态度来对待烦恼，烦恼就可以日渐减少。

烦恼是一种情绪，是心理现象，是个人的情感与外部世界产生矛盾之后的心理失衡状态。要想减少烦恼、消灭烦恼，最重要的是不断调整自己的情绪以适应充满矛盾的外部世界。特别是作为一个领导者，更要经常保持乐观豁达的生活态度。俗话说“宰相肚里能撑船”，实际上也是讲领导者应该具有宽阔的胸怀和气量。大事清楚，小事糊涂。对那些非原则的事情不必过于计较，采取宽容的态度，就像弥勒佛那样：“大肚能容天下难容之事”。这样，烦恼才能日渐减少。

李建辉博士常说，绝大多数人是善良的。领导也是人，当然应具备同情、容忍和怜悯之心。领导者这种善良的精神状态，对于带领其部属朝着既定的目标前进，是大有裨益的。善良的领导者会令部属感到和蔼可亲，乐意跟随。这样，整个团体的工作成效也就必然显著。如果领导者平时对部属吹胡子瞪眼，遇到部属犯错时就无情打击，甚至因一过毁终生，部属势必整日提心吊胆。部属因怕犯错误而谨小慎微，势必无所作为，整个团体的工作成效也就必然低下。因此，保持一颗善良的心，不仅是领导者自身应该具有的，也是取得工作上的显著成效所必需的。领导者应当是善良的，因为他不仅是普通人，还是群众的带头人。

领导者的善良是其良好思想品质的重要组成部分，但仅有一颗善良的心是不够的。事实证明，仅仅如此免不了要上当受骗。只要回顾一下往事，或者分析一下现实，就可以举出几个生动的例子来。“人善被人欺”就是对这种现象的写照。因此，领导者除了善良之外，还必须精明。对事情不盲从，保持一个清醒的头脑，能够识别出别有用心之人的阴谋诡计，是精明人的特点。领导者应当精明，而且是能够精明起来的。人的精明度是不会一直停留在某一个水平上的。不论何人，只要能够坚持做到勤奋学习、认真观察，那么他辨别真伪、避免上当受骗的能力是一定可以提高的。即使是开始较为精明的人，如果后来思想懈怠了，不去用心体察周围的情况，随着时间的推移，他就可能变得愚蠢起来。办法越想越多，脑子越用越灵。因此，不断地提高自己的精明度，应是领导者的一项经常性任务。

领导者有了善良和精明，也不应缺乏果敢精神。把问题看得很准，但如果迟迟不敢下手，老是躲躲闪闪，畏首畏尾，结果错过大好时机，损失难以弥补。机不可失，领导者应当是瞅准了时机就下手，说干就干，遇到困难需要出面的时候就挺身而出，表现出一种果断和勇敢的精神来。只有这样，才能把事业不断向前推进。

由此可知，作为一个领导者，应当是有几分像熊猫，有几分像猴子，还有几分像老虎。既令人们敢于、乐于接近他，又不会被表象所迷惑，在关键时刻具有威慑力。这就是有作为的领导者的形象，也是李建辉博士做人原则的真实体现。

李建辉博士与她的公益伙伴邓利芳副主席（右二）、James（左二）、杨正董事长（左一）

第四章

智力扶贫
从源头上解决贫困之因

精准扶贫，不仅需要物质扶贫，还需要智力扶贫。智力扶贫是彻底脱贫的重要推手，也是阻断返贫的重要途径。

4－1 学习长真知　脱贫重智慧

扶贫是需要智慧的，李建辉博士的智慧来自哪里？答案只有两个字，那就是“学习”！

在李建辉博士看来“书中自有黄金屋”这一千古名言是千真万确的，她读完《态度决定一切》之后，在敬业、勤奋、忠诚、进取、协作和热情这几个方面汲取到了成功的秘诀，学会了更加精心地经营自己的人生。她读完《细节决定成败》之后，学会了从细节中把握机会，认真做好每项工作，并因此取得骄人成绩。

在她看来读书不仅可以保值还可以增值，有时候甚至还有附加值。从生活的意义来说，人有两种财富，一种财富是精神财富，另一种是物质财富。在日常生活中，平凡人通常只注意可以用金钱充实的物质领域，却忽略了生活的另一面——精神领域。人，最可怕的是沦为精神乞丐。有知识、有学问的人内心充实，只有金钱没有知识的人精神空虚。所以说，世界上最富有的人是精神富足的人。

富者因书而贵，知识与气质是要通过自己耐心、持久地读书才能获得的。清贫而不寒酸，小康而不俗气，关键就在于当事人养成的是书卷气还是市侩气，也就是你是否重视读书、是否热衷于知识、是否努力追求精神层面的满足。一个怀着虚心、耐心和爱心的读书人，即使拥有令人向往的权力，也不会变成令人讨厌的官僚；即使拥有令人尊敬的成就，也不会有令人失望的自负。这些也是李建辉的个人感悟。

学习改变命运，品位提高生存质量，素质决定人的一生。李建辉博士从一个聘用教师，通过考试成为民办教师，再通过考试成为公办教师；从一个大专毕业生，到本科毕业生，到最终取得两个硕士学位、一个博士学位。这一次又一次的提升，都彰显了同样的一个道理：知识改变命运！故此她常说："书是天下英雄胆，善是人间幸福根。"

她曾在广东嘉应学院、广州市第十八中学、第一一三中学从事英语教学工作，从事教育工作12年，担任一级英语教师（讲师），任中国干部管理学院人文学院研究员、科长、主任、处长。在当教师期间每年都被评为区、市、省优秀教师，参加广东省"教师：崇高的职业"演讲比赛获梅州市一等奖、广东省二等奖。获评"人民满意政法干警""十佳民政干部""三八红旗手""正能量先进代表"，获"联合国62届妇女代表大会突出贡献奖"。所有这些成绩的取得，让李建辉博士明白了这样一个道理：那就是一个人必须坚持学习，只有这样才能使自己的智力不断提高，才能让自己从贫困中走出，通过教育提高一个贫困地区或者个人的智力水平是至关重要的！有了这些亲身经历之后，李建辉博士更加懂得只有提高贫困人群的智力水平，才有可能把贫困的帽子从他们的头上摘下来。

所以在李建辉博士的公益慈善事业中，她没有放弃从智力上提高贫困人群的自身素质，让困境中的人们通过自己的聪明才智走出人生低谷。

李建辉博士学有所成，公务繁忙，但凡是有提高自身修养和个人智慧的事，她总会乐此不疲地参加。

那是一次突如其来的学习机会，上级决定派她去清华大学学习深造，在征求李建辉博士意见时，她虽然身体不适，正在医院接受治疗，可一听到有学习的机会，便马上应承下来。

在清华大学学习期间，她受到清华大学校训"自强不息，厚德载物"的启迪，在卓会长、朱秘书长和茶背中学同学的全力支持下，针对丰顺县茶背中学缺少住宿楼的实际困难，带头慷慨解囊，召集大家一道在茶背中学兴建了一栋住宿楼；之后，为了纪念深厚的同窗情谊，又在该校建起了一座"清华学友楼"。

大楼由丰顺县建筑设计有限公司设计，总建筑面积1333平方米，工程造价128.5万元；在当地党政和主管部门的关怀支持下，于2012年9

月竣工。“清华学友楼”是对捐建者美德善举的赞颂，是对学友深厚情谊的纪念，更激励着广大青年学子为有朝一日成为天之骄子而不懈努力！

李建辉博士所做的这些，是为了帮助身边的人们明白一个道理：要提高一个贫困地区人民群众的生活水平，必须先提升他们的文化修养和智力水平，激活他们的思维细胞。这就是李建辉博士在扶贫之路上选择智力扶贫的重要原因。

4－2 言传身教苦　感化众村民

20 世纪 90 年代初期，当广东省梅州市大埔县山区里的人们对“义工”二字还只是一知半解的时候，李建辉博士已经是一位受到天河区乃至广州市多次表彰的公益慈善典型代表了。

但李建辉博士心里明白，自己的成绩只能代表过去，未来的公益慈善之路还非常漫长，要长期做好公益慈善事业，一个人的力量是有限的，而群众的力量是无限的，李建辉博士决定把“义工”二字在自己的家乡传播得家喻户晓、路人皆知！

节假日，通常是人们拖儿带女游山玩水的时候，她却认为这是传播正能量的难得时机。因为此时正是家乡人流量最大的时候，所以每逢节假日她总是带领自己的公益慈善团队到乡村小学、生产队、晒谷场进行“义工知识”的义务宣讲，动员大家积极加入“义工”队伍，为社会传播正能量。

她告诉大家“义工”二字源于西方宗教性的慈善服务，距今已有 100 多年的历史。“义工”有两层含义，第一层是为社会提供义务服务的人员，也称为志愿者；第二层是为任何人不以获得报酬为目的，奉献个人的知识、时间、精力和财力等，以改善社会服务为己任，促进社会进步而提供的服务。由此可见，“义工”既包括志愿者，又包含志愿者提供的社会服务，其本质是服务社会，其核心是“自愿、利他、不计报酬”，具有组织性、志愿性、无偿性、公益性四个基本特征。

李建辉博士一而再再而三地宣传“义工”的内涵之后，家乡人逐渐懂得了义工就是为需要帮助的人尽自己的微薄之力，慢慢地一传十十传百，使越来越多的人融入义工的队伍。

功夫不负有心人，通过李建辉博士日复一日地宣传、年复一年地亲力亲为，她身边的爱心人士也越聚越多了。

特别值得一提的是，大埔县有一位退休的刘局长竟然出资十多万元把家里第一层房屋提供给村里做农家书屋，让全村人到他那里看书学习，把他家作为文化活动室。除此之外，他还把公益慈善团队搬进了自己的家中，在家里办起了公益活动。年过八旬的老母亲对儿子的举动不仅赞不绝口，还总是主动参加，她老人家一见到来开会的公益团队或到书屋看书、活动的村民，不是倒水递烟，就是张罗着美味佳肴。见多识广的老母亲知道自己儿子走的是正道，她自然就乐此不疲了！

如果有人问刘局长的公益之路是怎么走过来的，他一定会说李建辉博士是他的领路人。

据刘局长回忆，他认识李建辉博士时正在大埔一个镇里当党委书记，当地洪水泛滥，就在紧急关头，突然看到她携带着十几万元赈灾款和一车车救灾物资赶来了。此情此景，刘书记激动的泪水在眼眶里打转，在父老乡亲们处于水深火热之时，李建辉博士及其公益团队如天使般从天而降出手相助，怎能不让他感动？从那一刻开始，他就下定决心要像李建辉博士一样成为一名公益慈善团队的带头人。

不久，刘书记调任县里任某局局长，他依然把自己做公益慈善团队领头人的理想付诸实际行动之中，除了在家里办公益书屋，有时还帮助当地贫困的学生筹集学费、帮助重病无钱的乡亲筹款等。总之，只要是有实际困难的乡邻，刘局长从不会有一丝犹豫，他一定会亲手把捐款送到贫困人员手中，他的仁心仁举不但得到老母亲的大力支持，还得到了全家人的理解，至今已资助了十多名贫困学生读书，逢年过节他还会为困难群众送去慰问品和慰问金。

李建辉博士说：“刘局之所以走上公益之路，是因为受到大家公益行动的感染！与此同时，我也被刘局深深地感动着，因为从他身上感受到公益之路是非常正确的！”

4－3 扶贫先扶智 雇人当看客

在这个世界上有人求人借钱，有人求人做妻。没想到的是李建辉博士曾经求着人接受义务培训。

这是怎么一回事呢？那是2000年的秋天，李建辉博士发现村里虫害防治不及时，农民的农技水平一直停滞不前，每年的农产品收成十分不景气。她看在眼里，痛在心里，因为这些面朝黄土背朝天的革命老区的乡亲们没有更多的收入来源，一年到头靠的就是这些农产品，怎样帮助这些可怜的乡亲呢？

李建辉博士决定从提升乡亲们的专业知识入手，让他们来年不再因为不懂防虫、治病、培植、提高产量等农业科学知识而损失了收成。

可当李建辉博士从500公里外的华南农业大学请来教授走进教室时，没想到这里的乡亲们有些似乎并不领情，有的要干农活，没时间，有的宁愿在家待着也不前来学习。真正前来上课的人寥寥无几。

无奈之下，李建辉博士只好派人挨家挨户请来一些村民，凡参加听课的村民，每人一天还补助50元误工费。在她的诚意感召下，一共来了60户村民代表。

她把“大爱”二字写得真真实实。第二年回报给她的是掌声和鲜花，这些被她请来的人在来年秋天收获的是往年的两倍，甚至三倍。农民高兴，李建辉博士就再接再厉，她连续三年请来教授到该镇进行培训，最终该镇成了全县农产品收成最好的乡镇之一。

每当李建辉博士回家乡见到乡亲们个个都笑容满面的时候，她的心里就比吃蜜糖还甜。“大家好才是真的好！”这也是李建辉博士常常挂在嘴边的一句话。

更具特色的是，当时李建辉博士在省民政厅负责社会组织宣传工作总会秘书处工作，上级把广东社会组织总会会员单位会长、秘书长前后分为五期安排到清华大学培训。李建辉博士不但亲自把握课程设计，尽量使得清华大学教授们所讲的课程对自己的团队成员具有一定的实用性和针对性。使得每个前来培训的代表不但加深了利用法律手段维护自己权益的思维观念，还开阔了视野、搭建了高端平台，深受各方喜爱。

这些骄人的成绩是来之不易的，不但凝聚着各级领导的热心关怀，也留下了李建辉博士的几多汗水。为了摸准社会组织工作的脉搏，她带领属下对几百个民间组织一一进行了走访，了解了这些组织的实际情况，也查出了管理中存在的一些问题，并撰写调研文章，推动社会组织的发展和进步。正因为有了像李建辉博士一样恪尽职守的“领头羊”，广东省的社会组织工作做得有声有色。李建辉博士的付出不但让自己收获颇丰，也让社会组织和人民群众同样得到了实惠。广东社会组织的管理水平在全国领先，李建辉博士为广东社会组织的健康发展付出了辛勤劳动，作出了突出贡献。

一次又一次的较量让李建辉博士更加相信，扶贫助困一定要从智力入手，才能使得贫弱群体更好地实现自我强大。

4－4 提升新高度 挥毫写新篇

在李建辉博士的人生中，她最不爱听的一句话就是“各人自扫门前雪，不管他人瓦上霜。”在她看来，不管什么环境，一定要有说真话的、办实事的，所以她为了解决行业中智力贫困的问题，有感而发，撰写了《论社会组织秘书长人格修养》一文，成了秘书长们的指路明灯。

此文指出：修养是一个人通过自我修炼、养成和提升，使自己的人格不断达到新的更高水平的过程。重视个人修养是中华民族的优良传统。曾子有“吾日三省吾身”之说，自古以来历代前贤亦将“修身”与“齐家、治国、平天下”看得同等重要。在新的历史条件下，随着社会文明的高度发展，广大人民群众综合素质的空前提高，提高个人修养更是成为人们的共同追求。不同的自我修养，决定着不同的人格。社会组织秘书长的人格修养与古人所谓的“修身”已有很大区别。无论是社会发展所提出的客观要求还是秘书长所担负的社会组织工作历史使命和历史责任，都对社会组织秘书长的人格修养提出了很高的要求。社会组织秘书长人格修养的内容是全方位的，包括政治修养、思想修养、理论修养、作风修养、道德情操修养、知识能力修养、文化艺术修养、性格心理修养等。与此同时，社会组织秘书长应该是富有人格魅力的人，在这方面的要求没有止境。李建辉博士认为社会组织秘书长应具备风度气质、口才语言、精气神韵、情感智商、性格个性、心理素质、品格气节、思想智慧、领导才能、领导风格、学识才华、道德情操等人格魅力修养，但可能还是难以穷尽的。尽管任何人在任何时候都无法达到十全十美的境界，但只要坚持不懈地追求，就会使自己的人格魅力不断得到提升，接近完美。

一、风度气质魅力修养

风度是美好的举止姿态，气质是思想修养和文化涵养的外在表现。风度和气质通过各种外在形式表现出来，但人们又无法直接看到内在素质，对一个人的认识总是从表面开始，由浅入深，由外到内，从而了解一个人，对他做出评价。人们对社会组织秘书长的认识也是遵循着这个规律。对于刚刚走上秘书长岗位的同志，人们对他不了解、不熟悉，人们认识他，首先从他的风度气质开始。

良好的风度气质，体现于容貌、衣着、眼神、表情、姿态、谈吐等所有能够为人直观感知的外在形象。容貌美具有不同的先天条件，不具可比性。但是通过容貌修饰所体现的风度气质则会有相当大的反差。一个人即使天生丽质，如果不修边幅，也不会令人赏心悦目。而对于那些注意修饰自己的人，即使他们的先天条件一般甚至不好，却能从这种修饰中感受到他们的文化品位，感受到他们对美好生活的热爱与追求，令人赞赏。衣着是否得体，体现着文化的修养、生活的品位、对人的态度。如果一个人的服饰能与自己的气质、职业相符，与自己的形体、年龄协调，与当时的气氛和场合匹配，就会显得潇洒精神，讨人喜欢。眼睛是心灵之窗，从一个人的眼神里可以读出很多东西，或清高、或谦逊，或热情、或冷淡，或真诚、或虚伪，或猥琐、或纯真……眼神所能反映出来人的内在东西是很难伪装的，可以感知，可以意会，却难以言状。表情是表现在面部或姿态上的思想感情，或厌恶或喜爱，或欣喜或沮丧，或高雅或低俗，或平静或激动，也时时处处以一种特殊的语言呈现在众人面前。姿态作为人的肢体语言，无声地传达着人的思想、性格，映射出主人的内心世界。在举手投足之间，有人透着狂妄自大，有人显出谦恭有礼；有人大摇大摆，有人轻手蹑脚；有人低首自卑，有人昂头自信；有人无拘无束，有人谨小慎微。一个人的姿态是反映一个人内心情绪变化的晴雨表，得意时手舞足蹈，失意时垂头丧气，尴尬时搔耳挠腮。谈吐中声音的大小、语调的高低、语速的快慢、言语的流畅，更能说明一个人的文化修养、思维能力、思想智慧、知识涵养，可以淋漓尽致地反映出一个人风度气质的修养水平。

社会组织秘书长的风度气质直接来源于仪表，与容貌、衣着、眼神、表情、姿态、谈吐相联系。容貌端庄、服饰得体、眼神真诚、表情丰富、姿态端庄、谈吐高雅的领导者，就能展现出良好的风度气质。反之，如果一个社会组织秘书长不修边幅、衣衫不整、眼睛无神、面无表情、指手画脚、举止猥琐，肯定不会在他人心目中留下良好的印象，也就谈不上从事社会组织工作的良好效果。社会组织秘书长一定要注意风度气质的重要性，对自己容貌、衣着、眼神、表情、姿态、谈吐等方面加以重视，培养自己得体、高雅的风度气质。

（一）容貌与衣着的魅力

容貌魅力。容貌如何主要取决于先天条件。尽管现代医学技术通过手术可以对人的容貌予以改变，但对绝大多数人来说则没有这种必要。天生丽质固然能够得到他人的好感与羡慕，但如果不懂得爱护、修饰与必要的保养，其容貌魅力照样也会大打折扣。文化修养、生活情趣的不同，在个人容貌修饰与装扮上也会有明显的体现。社会组织秘书长是否具有容貌魅力并不取决于天生的美丑，而是体现在如何对待自己容貌的细节。作为秘书长，应该给人留下一个洁净、健康、端庄、朴素的形象。要经常保持面部皮肤清洁，定期理发并随时梳理，使发型保持干练、简洁；经常刮脸，不要给人以不修边幅的印象。对容貌要求比较高的还可以适当做一些面部皮肤护理，使自己经常保持容光焕发的精神面貌。容貌的修饰与养护应适度，以不与周围群众形成巨大反差、不与群众审美情趣产生严重冲突为原则。有些容貌修饰与秘书长身份不符，容易受到民众非议，应作为忌讳予以避免。如对于男同志，不可留长发，不宜剃光头，不宜梳大背头，不宜用头油、发蜡把头发抹得太亮，更不能把头发染成彩色。除某些少数民族秘书长外，不宜留胡子。女秘书长在公众场合及工作期间不要浓妆艳抹，不应使用过于张扬的首饰，发型也以简朴为好。

衣着魅力。衣着对个人形象有着重要的修饰作用。个人展现在众人面前的整体形象主要体现于衣着形象。秘书长的外在形象如何，主要也体现在衣着方面。在日常生活中，衣着是丰富多彩的，体现的是丰富的生活情趣、五彩的多元文化。但作为秘书长，参加的各种活动中的衣着与日常生活的衣着有着完全不同的需求。秘书长的衣着常常是一种符号，在不同的场合表现出不同的内涵。在对外交流场合体现的是民族文化、国家尊严，在重大活动场合体现的是庄重、肃穆，在与群众亲密接触的场合体现的是朴素、亲近，在休闲的场合体现的是随意、简朴。因此，秘书长的衣着，最基本的要求就是得体，根据自身的条件和各种不同场合的要求，选择不同的服饰，与周围的环境和谐，与当时的气氛相符，与自己的气质体态相称。在这方面常见的问题有四：一是有些秘书长缺乏衣着意识，有悖衣着常识，将衣着问题视为无关轻重的生活小节，当作个人私事，因而穿衣过于随意，常常出现参加重要活动穿休闲装、参加休闲活动穿正装等不协调、不得体的问题。二是有的秘书长缺乏服饰文化的相关知识，不懂得依照自己的气质、体态、肤色选择合适的服装，不懂得服装款式和颜色的搭配，结果服装不仅未能起到装饰修补作用，还反衬出自己的缺陷，甚至造成滑稽可笑的着装效果。三是有的秘书长衣着水平明显脱离社会，与民众的衣着反差过大。有的秘书长全身上下皆为世界名牌，价格动辄数千上万，穿着这样的服装容易让群众议论纷纷。四是有的秘书长穿衣不注意保持服装的洁净、平整，衣服穿得很脏也不及时更换，皱皱巴巴也不加以修整，给人一种邋遢肮脏的不良印象。

（二）眼神与表情魅力

眼神魅力。在人与人之间的近距离交流接触中，眼神往往给人以深刻的印象。一个眼神就如一道闪电，尽管短暂却能传递出大量信息。不同的眼神，有时使人感到亲近，有时使人感到威严；有时使人感到温暖，有时使人感到冷漠；有时使人感到信任，有时使人感到猜忌；有时使人受到鼓励，有时使人感到讥讽。社会组织秘书长要多一点亲近的眼神、多一点鼓励的眼神、多一点信任的眼神。不少秘书长不大注意运用自己的眼神来与人交流，打招呼时一瞟而过，令人很不舒服；谈话时不看对方，眼神游移不定，一副心不在焉的样子；听取意见时常下意识地给人以质疑的目光，令人产生压力顾虑，不得不欲言又止。由此，秘书长应努力做到与人打招呼交流时要注视对方，不要令人感到你只是在敷衍；谈话时要给以亲切的目光，避免使人感到冷漠；听取意见时，要给以诚恳的目光，鼓励别人大胆讲话；交代任务时，要给以信任的目光，增强员工出色完成任务的信心；批评员工时，要给以严肃但不失期待的目光，给予员工纠正错误挽回损失的勇气。

表情魅力。人的表情是很丰富的，内心世界的喜怒哀乐等各种情感活动都能够通过表情得到表达。如果说眼神对内心世界的表达还不免有些神秘，那么表情对内心世界的表达则更加直观。表情在传达自己内心情感活动的同时，还产生了强烈的感染作用，会对别人的情绪产生影响。秘书长也不例外，他的任何表情都会得到关注，并对群众产生影响。秘书长脸上充满笑容，群众心里也洒满阳光；秘书长愁眉不展，群众心里就忐忑不安；秘书长表情轻松，群众也心情愉快；秘书长紧锁眉头，群众心里就沉甸甸的；秘书长慈眉善目，群众就主动与之亲近；秘书长一脸冷峻，群众就对他敬而远之。为此，在群众与下属面前，秘书长要有意识地控制自己的表情，以使自己的表情尽量对群众与下属产生积极影响，避免产生消极的负面作用。但控制并非克制。在不同情况下，有时面部表情需要真实地展现内心活动，有时又需要掩饰自己内心的真实状态。如何正确把握以及怎样把握才能对群众与下属产生积极的影响，就要看当时的具体情景。在平时与群众、下属的相处中，要时常保持微笑，给人以和蔼可亲的感觉。在紧急危难之时，秘书长要保持平静，不要自己首先表现出惊慌失措。在欢庆喜悦之时，可以开怀大笑就无须故作深沉，以免被人当作另类。通过对自己表情的控制，秘书长要给群众一个既是真实性情中人又是理性智慧之人的形象。只有这样，秘书长才能用表情为自己的人格魅力加分。

（三）姿态与谈吐魅力

姿态魅力。姿态是指人的身躯与肢体所呈现出来的姿势与形态。姿态能够体现出人的精神状态，传达出人的情绪状态，展现出人的健康状态，流露出人的心理状态。总之，能够传达出人的许多内在信息。良好的精神状态、积极的情绪状态、健康的身体状态、乐观的心理状态总是能够给人带来正面的影响。社会组织秘书长作为公众人物，经常出现在公众面前，一举一动都体现出个人的内在素质。中国古代对人的姿态就有“站如松、坐如钟、行如风、卧如弓”的要求，并以此作为衡量一个人行为举止是否雅观得体的重要标准。若培养姿态魅力，先要形成良好的“六相”。一是站相。站就要站得端正挺拔，不要弯腰驼背，身体呈S型，东倒西歪。二是坐相。坐就要坐姿端庄，身体端正，不要懒散地瘫在椅子上，手和脚都要放在得体的位置。要尽量把背挺直，将双脚靠近。舒服地坐着时，人不能像浑身散了架，没形没样。坐累了，也不应东倒西歪。听人谈话时，可以摆出一种轻松的而不是紧张的坐姿。听别人讲述时，还可以通过微笑、点头或轻轻移动位置，既表明自己感兴趣，又不至于长时间保持一种坐姿导致疲劳。三是步相。行也要行出步态之美。稳重的步伐给人以沉着庄重感，矫健的步伐给人以健康活力感；摇头晃脑的步态给人以轻薄和浪荡的感觉；大摇大摆的步态给人以狂妄和霸道的感觉；昂首向前、目不斜视的步态给人以目中无人、唯己独尊的感觉；弓背俯首、左顾右盼的步态给人以缺乏自信的感觉。四是说相。与人说话交谈时神情要专注，不要瞻前顾后，否则会被认为是对人的不尊重。要与对方保持适度距离，距离过近会由于声音太大使人感到不舒服，还会使自己的口气和飞出的唾沫星子令对方难堪。说话时辅以必要手势时要得体适当，不要指手画脚、张牙舞爪，否则会被认为是不礼貌、没教养。五是吃相。就餐时要温文尔雅，不要狼吞虎咽，不要吧唧嘴和发出喝汤、吃面条的吸溜声，不要一边比画着刀叉一边和人谈话。吃自助餐不要一次盛取过多食物；饮酒要有节制，避免酒后失态。六是握相。握手时眼睛要注视对方，不要只是象征性地接触一下，给人以敷衍了事、傲慢无礼的感觉。握手时间要适度，不要长时间地拉着不放，以免令人尴尬。特别是男秘书长和女同志握手时更要注意，力度要适当，不宜握满全手，避免给人以不庄重、不礼貌的感觉。一个人的姿态魅力渗透于日常生活中的时时刻刻、点点滴滴，并非这"六相"就能全面概括。鞠躬、点头、鼓掌、手势、转身、一颦一笑等无不体现一个人的基本素质，表现出一个人是否具有良好教养。展示姿态魅力，优化个人形象，严格来说是一种非规范、非格式的社交艺术，没有固定的模式，需要我们每个人认真去揣摩和体会。

谈吐魅力。语言沟通是人际交往的主要方式，人与人之间的直接交流主要靠说话。社会组织秘书长更是无时无刻地在利用语言工具和各种各样的人打交道。谈吐魅力，是在其他外在形式之后进一步展现个人魅力的重头戏。要具有谈吐魅力应具体把握好以下几个方面：一是把握好说话时机，做到该说时则说，不该说时不说。别人说话时随意打断插话，对别人发起的谈话爱答不理，在剧场、会场等肃静的场所大声交谈，都是不正确的谈吐方式。二是把握好声音、语调、语速。平时与人交谈应语调平缓，声音大小适中，语速快慢适度。谈话时声音大小只要对方能听清楚即可，不要大嗓门，引得旁人侧目。语调起伏不要太大，声音不要忽高忽低，甚至一惊一乍，令人难以接受。语速既不要太快，又不要太慢。太快可能使人难以听清谈话内容，太慢则可能有故作老成之嫌。三是把握好谈话时间。无论对政府官员还是对普通公民，谈话都应简明扼要，掌握好时间长短，不要过多地占用别人时间，以示尊重。四是把握好谈话内容。拉家常是同下属和公民拉近距离的一种有效方式，但应注意不要过问个人隐私，对别人忌讳或不愿涉及的话题要及时回避。五是把握好谈话语气。与下属谈话时不应总是以领导者自居，居高临下地教育人、教训人，应是以和蔼的态度、亲切的语气进行谈话，给人以温暖的感受。对上级，既要体现出对领导的尊重，又不可给人以低三下四、献媚取宠之感。六是把握好谈话对象。谈话要看对象，根据谈话对象采取不同的谈话语气，选择不同的谈话内容。谈吐能直接反映出一个人是博学多识还是孤陋寡闻，是接受过良好教育还是浅薄无知。一个不善言谈、沉默寡言的人很难引起他人注意。在社交中能侃侃而谈，用词高雅恰当，言之有物，对问题见解深刻，反应敏捷，应答自如，能够简洁、准确、鲜明、生动地表达自己的思想与情感，才能表现出其不同凡响的气质和风度。作家于伶回忆与鲁迅先生谈话时说："鲁迅先生谈吐深刻、严密、有力而又生动活泼，句句吸住我们。渐渐谈下去，愈来愈强烈地发射出真挚的热情，又有一种严峻的强大的威力，从他瘦削的脸上透射出来。"正说明了谈吐的魅力。

二、口才语言魅力修养

"片语可以兴邦，一言可以辱国。""一人之辩，重于九鼎之宝；三寸之舌，强于百万之师。"古人精辟地概括了口才语言魅力的价值。从古至今，非凡的口才语言魅力不仅改变了个人，甚至改变了历史。战国时苏秦游说诸侯，身挂六国帅印，促成合纵抗秦联盟；毛遂自荐使楚，口若悬河，促使楚王歃血为盟。三国时诸葛亮出使东吴，舌战群儒，说服吴主孙权联刘抗曹，而获赤壁大捷……纵观历史，成功者无不以超凡的口才尽展智慧的神妙。社会组织秘书长的口才如何，不仅对秘书长活动的顺利开展和社会组织目标的顺利实现产生重要影响，而且对秘书长个人树立合格和称职的形象也至关重要。口才语言魅力是社会组织秘书长个人魅力的重要组成部分。虽然说话几乎是人人具备的能力，但是实际上并非人人都能达到具有口才语言魅力的境界。能说话不等于会说话，会说话不等于能把话说好。有的人"口吐莲花，字字珠玑"，有的人"巧舌如簧，而听者寥寥"，更有一些人是"茶壶煮饺子——肚子里有货倒不出来"。境界有高下，效果也就有天壤之别。社会组织秘书长的语言行为从根本上说就是统领人、激励人、影响人、感化人的行为，在这一过程中，口才语言的作用不容争议地排在利器之首。

社会组织秘书长的口才语言魅力主要体现在以下五个方面。

一是演讲口才。演讲大体可分为动员演讲、宣传演讲、论述演讲、礼仪演讲等四类。动员演讲是秘书长为了组织群众完成任务，实现目标所作的主题演讲。这种演讲的作用主要是统一思想认识、调动群众情绪、激励群众行动，从而齐心协力地完成任务，实现目标。宣传演讲是秘书长为了把中央的方针政策、国家的法律法规、重要的会议精神、重大的工作决策等传达贯彻到群众中所作的专题报告。论述演讲是秘书长在研讨会、讨论会等场合，为了说明自己对某一问题、某项工作所持观点、认识或思路所作的系统发言。礼仪演讲是秘书长在出席各种仪式性活动时所作的礼节性讲话。

二是陈述口才。陈述是秘书长对人或事的有关情况进行介绍、说明、讲解、解释、汇报所作的讲话、谈话或发言。

三是谈判口才。谈判是秘书长就某一具体事项同有关部门、有关地区、有关国家进行谈判，以达成共识、实现合作。出色的谈判口才不仅有助于顺利实现谈判目标，而且还能有力维护自身利益，为自己的单位、地区和国家争取实现利益的最大化。谈判口才不同，效果也会大有不同。

四是交谈口才。交谈是秘书长在日常工作中和一个人或几个人的交流式谈话，具有人数少、范围小的特点。交流式谈话包括讨论性谈话、指导性谈话、激励性谈话、批评性谈话、沟通性谈话、征询性谈话、教育性谈话、诫勉性谈话、接访性谈话等多种形式。在某些特殊情况下还有调查性谈话、审问性谈话、警告性谈话等。

五是社交口才。社交口才是社会组织秘书长在日常工作、社会交往中，同各种工作关系、社会关系打交道时，在言谈话语之间所体现出来的口才语言魅力。无论是在工作中还是在日常生活中秘书长都不免同各种各样的社会关系打交道，有时是一般交往，有时是礼节会见，有时是有所请求，有时是邂逅相遇，有时是临时共事。

在这些交往中，见面如何寒暄打招呼、如何介绍自己、如何寻找话题打破僵局、能否在短时间内通过自己的高雅谈吐赢得他人好感，都体现出个人的社交口才能力。

（一）吸引力、感染力、征服力

出口成章具有吸引力。秘书长讲话、发言、作报告，不能总是离不开讲话稿。口才好不好的标准，主要就是看他在没有稿子的情况下是否具有较强的语言表达能力，是否同样讲得精彩。老一辈领导人中，毛泽东、刘少奇、周恩来、邓小平在许多重要会议、重要活动中的讲话经常不用讲稿，个性十分突出，讲话非常精彩，多少年以后都令人难以忘怀，成为几代人流传的佳话。有的人离开稿子就讲不了话，无论大会小会，无论是礼仪性讲话还是主题性演讲，都要人写了稿子才敢上台。一般来说，社会组织秘书长出席重大活动所作的正式讲话和在重要会议上代表理事会所作的正式报告，必须念稿子。而在工作会议、动员部署、理论研讨时的讲话，应由秘书长本人准备讲话提纲，在提纲基础上拓展发挥。在其他各种场合下的讲话，则应尽量不用讲稿，即席讲话。现在具有这种能力的秘书长寥寥无几，有的对即席讲话十分胆怯，不敢尝试，长此以往形成了没有稿子就讲不了话的习惯。有的尽管敢讲，但不是结结巴巴就是说不到点子上。口才不佳的秘书长，无法对台下的群众产生吸引力。往往领导在台上讲话，群众在台下议论纷纷。有时一到某些秘书长讲话，群众就开始纷纷退场，或者开始打电话、发信息、看报纸。虽然不少秘书长具有很强的组织领导能力，但由于口才不行，群众对他的评价并不高，在群众心目当中还会被认为是“水平低，没文化”。有的秘书长埋怨群众素质低、纪律差，其实多数情况下并不是这样，而是因为这些领导的讲话确实是太没有吸引力了。相反，有的秘书长具有出色的口才，一开口便能紧紧地抓住听众，群众十分乐于听他讲话，不但没有人退场，而且始终都聚精会神地聆听，讲到精彩处还经常会心地发出笑声。这样的秘书长对群众就有很强的吸引力。人们不仅很容易记住他的讲话，而且还牢牢地记住了他这个人。这样的秘书长容易受到群众的欢迎，也享有比较高的威信。他们良好的个人风度、气质魅力，再加上出众的口才语言魅力，就足以赢得众人的喜爱。

声情并茂具有感染力。不论是念稿子还是即席讲话，最忌讳讲话者无精打采，声音无起伏，语调没变化。有的领导讲话时间稍长一点台下就会有很多人睡觉，这就是听讲者对这种缺乏激情的讲话提出的无声抗议。要改变这种状况，首先，秘书长在讲话的时候要有激情。有的人把讲话当作例行公事，把稿子念完就算完成任务，在讲话中完全没有自己的思想感悟。这样的讲话肯定是“老和尚的帽子——平不塌”。讲话前应事先把讲话的内容熟悉一下，使自己的思想感情与讲话的内容融为一体。报喜的时候，要表现出激动欣喜的心情；表扬的时候，要表现出钦佩赞美的情绪；动员的时候，要表现出奋发坚定的斗志；批判的时候，要表现出疾恶如仇的愤慨。只要把自己的这些真实情感带到演讲、讲话中，就会很自然地形成语调的抑扬顿挫，听众自然也就容易被感染。其次，秘书长的讲话应该具有艺术含量。秘书长的演讲、讲话与语言表演艺术有相通之处。朗诵艺术之所以感染人，就是因为朗诵艺术重视表演者对作品的理解与表现。尽管朗诵不像音乐那样有旋律、有音阶，但朗诵者基于对作品的理解，将真情实感倾注其中，根据作品的内容把声调处理得抑扬顿挫、跌宕起伏，如同动听的音乐，使观众发生共鸣、受到感染。秘书长在讲话的时候应借鉴某些语言表演艺术的精髓，增强讲话的感染力。再者，秘书长讲话要控制好自己的声音。有的人讲话声音太小，有气无力，台下的人根本就听不清。这也是有些人讲话不受欢迎的重要原因之一。秘书长讲话要有底气，有底气才有气势。秘书长讲话没底气，群众的情绪就无法调动起来。会场气氛与讲话者的精神状态密切相关。讲话者精神状态好，会场就充满生气。讲话者无精打采，听讲者就必然垂头丧气。讲话的声音大一些，咬字清楚一些，让会场里的每一个听众都能清晰地听到每一句话、每一个字，这是对讲话者最起码、最基本的要求。

逻辑严谨具有征服力。逻辑是思维的规律。符合逻辑的思维首先是要弄清名词、概念和事物的定义，然后是运用正确的推理方法。我们在思维过程中，只有做到概念明确、判断恰当、推理合乎逻辑，才能得出正确的结论。如果在概念上出了问题，就会做出错误的判断和推理。若做出错误的判断，即使按照正确的推理方法，也会得出错误的结论。在一些领导干部的讲话中，概念不清、偷换概念、偷换命题以致前后矛盾的现象经常出现。有的奢谈某些观点，但对这个观点究竟是何概念并不清楚，结果搞错概念，张冠李戴，自己说不清楚，听众更搞不明白；有的不懂逻辑学上的“充足理由律”，对自己提出的观点不证而论，只有论点，没有论据，只讲什么，不讲为什么，或者只引经据典，给人以势压人、强词夺理的感觉；有的乱用类比推理，为了论证自己的观点从毫不相干的事物或自然现象中进行推导，不仅不能令人折服，反而使人感到荒谬；有的以偏概全，乱作归纳推理，把个别的、一时的现象当作普遍和永恒的现象，令人无法信服。缺乏逻辑常识的领导在讲话时，逻辑混乱，东一句西一句，把关联不大甚至毫无关联的观点或事物强拉硬拽扯到一起，令听者丈二和尚摸不着头脑。有些人讲话想说明一个观点，但抓不住关键，弄不清楚这个观点或者这件事情与其他事情的内在联系，反而说了一大堆毫不相干的东西，有时把因果关系误作并列关系，有时把并列关系误作因果关系，结果越说越乱。而逻辑严谨的人，讲话时思路清晰，概念准确，判断正确，推理一环扣一环，无懈可击。这样的讲话符合逻辑思维规律，能够牢牢抓住人心，具有征服的力量。因此，社会组织秘书长要学习一点逻辑学，掌握逻辑思维方法，在讲话中自觉地运用逻辑的推理方法，使自己的讲话具有逻辑征服的魅力。

（二）说服力、表现力、可信力

言之有物具有说服力。讲话忌讳言之无物。有些人讲话全是大道理，大而空，没有实际内容，容易让群众反感。有的人讲话喜欢讲空话、套话、大话，以为讲这些话保险，不会犯错误，也不会被人抓住什么把柄；

有的人思想懒惰，讲话前不去认真动脑思考，随便讲点空话应景；有的人不了解情况，既不了解在场听众的思想情况，又不了解有关的实际情况，无法讲出有实际内容的话；还有的人由于水平有限，对在什么场合应该讲什么话没有把握，讲不出有针对性的东西。这种讲话除了浪费大家的时间，什么问题也解决不了，实在没有必要。讲话是实施领导工作的一种重要形式，社会组织秘书长的许多工作都是在各种重要讲话中得以实施的。因此，讲话对于秘书长的工作质量和工作效率有着重要的作用，是实施秘书长工作不可缺少的必要过程。秘书长无论在任何场合讲话，都不应仅仅成为一种形式。如果是纯粹的象征性、礼仪性讲话，确实没什么好讲的，索性就不要讲。即使是出于礼仪需要必须讲话时，也应该针对当时的背景，以及在场来宾的具体情况，讲出一点有个性、有特色的话，而不是那种不管在什么场合、对什么对象都能讲的俗套话。如果是在动员报告、主题演讲或其他重要讲话场合，就更需要有实际内容，有针对性，有新意、有深度，能够提出问题、回答问题。每次讲话都要在讲话前明确这次讲话的性质是什么，目的是什么，要解决什么问题。讲理论，就要把论点、论据讲清楚，做到以理服人；讲问题，就要用事实说话，把存在问题的现象、原因、对策说透；讲要求，就要讲清楚为什么，根据何在，做到有理有据；讲意见，就要充分思考，认真准备，讲出点新意，给人以启发。

流畅连贯具有表现力。言语是否流畅，是衡量一个人口才如何的重要标志，也是具有语言表现力的基本要求。“滔滔不绝、三寸不烂之舌、娓娓动听、口若悬河”等都是关于口才的词语。实际生活当中，只有流畅的言语才能使听者产生美的享受。电台的播音员和舞台上的话剧演员在播音或表演时，台词处理的基本要求就是言语流畅。言语不流畅，再美好的语言，再深邃的思想，再重要的事件，也都会因此显得黯然失色。因此，言语流畅是语言艺术的基本功，也是社会组织秘书长具备良好口才的基本条件、起码要求。有些秘书长对此重视不够、训练不够，致使自己的口才表现力受到很大限制。有的念稿子结结巴巴，上句不接下句，断句断得不是地方；有的口头语太多，一句一个“这个”“那个”，吭哧吭哧；有的想一句说一句，听完上一句半天也等不来下一句；有的总爱说半句话，一句话当中总是残缺不全，不是缺头就是缺尾。这样的讲话听起来让人难受，实在是不想听下去。每当这样的人讲话时，群众都会显得十分缺乏耐心，很是不以为意。流畅的言语应像行云流水，舒缓而不停止，跌宕而不停顿，干净而不拖泥带水，完整而不支离破碎。在言语流畅的同时，思想、内容的连贯也很重要。一般来说，有讲稿的讲话都是经过比较充分的准备的，思想、内容的连贯性不会有大问题。讲话的不连贯现象比较容易出现在无讲稿的即席讲话中。有的讲话中心意思不明确，东一句，西一句，说了半天不知所云；有的一个问题还没讲完，又节外生枝，扯到别的问题上；有的讲几个问题，而这几个问题之间并无任何联系；有的讲几个问题，但这几个问题之间有时重复，有时交叉，杂乱无章。讲话要取得好的效果，在做到言语流畅的同时，更要做到思想连贯、内容连贯。

真切中肯具有可信力。社会组织秘书长讲话要真切中肯。真切中肯就是要讲真话，讲实话，讲心里话。什么是真话、实话？讲真话、讲实话就是要讲真情、报实况、说真理，总的来说就是实事求是。要把真实的情况告诉大家，说好的时候不能一味地说好，也要实事求是地把存在的困难和问题告诉大家。说问题的时候也不要说得一无是处，也要实事求是地看到取得的成绩和特有的优势。讲道理的时候不要只讲大道理，不讲小道理。要从群众的切身利益和群众的思想水平出发，要从尊重群众的感情出发，用朴实的语言、诚恳的态度，多讲一点实实在在的小道理，真正让群众听得进去、听得明白、听得舒心，得到群众的认可。秘书长讲话时也不要只说书本上的话、文件上的话、上级领导的话，应该把书本上的理论、文件上的精神、上级领导的指示变成自己的理解，转化成自己的心里话说出来。这样才能与群众之间形成互动和共鸣，群众也不至于产生一种错觉，认为秘书长的讲话都是教育别人，而他们自己却不在其中。秘书长讲话是否真切中肯，对于秘书长讲话内容的可信度、秘书长树立诚信形象都有着很大的作用。如果秘书长讲话不是实事求是，而是隐瞒事实真相，哪怕只有一次就会在群众中失去诚信。如果讲话总是高高在上，把自己的形象搞得神秘而虚幻，不与群众交心，群众对他就会报以怀疑态度。秘书长失去可信力，也就失去了领导力。

（三）亲和力、适应力、影响力、掌控力

幽默风趣具有亲和力。幽默是一种通过影射、讽喻、双关等修辞手法，在善意的微笑中揭露生活中讹谬和不通情理之处的语言艺术。幽默来源于生活，是一种经过艺术加工的语言形式，是艺术化的语言。幽默是一种艺术方法，用这种方法造成以笑为艺术手段的文学艺术作品。幽默能够引发喜悦，给人带来快乐，以愉快的方式使别人获得精神上的快感。幽默具有奇妙的魅力，有时可以打破沉闷的气氛，使人们的情绪被调动起来，形成生动活泼的局面；有时可以轻而易举地化解对峙与尴尬，消除抵触或对立情绪，融洽人与人之间的关系；有时能够改变人的心情，使人从沮丧、失望的情绪中解脱出来，转为积极乐观的态度；有时还可以缓解压力，化焦虑紧张为轻松、平和。风趣与幽默具有相似之处，都能够给人带来快乐，但风趣又不同于幽默。幽默是风趣的，但风趣却未必就是幽默的。风趣包含幽默、诙谐，还包括趣味，往往是通过讲笑话、开玩笑的形式来体现，多数人都不难做到。而幽默则要比风趣难得多。幽默是一门艺术，又是一种能力，需要较高的文化修养才能掌握。生活中经常能够感受到风趣，但幽默并不是到处都有。具有幽默感并善于运用幽默的人，能够有效地增进与他人之间的关系，并改善自己的人格品质。社会组织秘书长在讲话中适当地运用风趣幽默，能够起到很好的效果。风趣幽默的讲话不仅更容易令人提起兴趣，使听众爱听、听得进去，而且由于讲话运用通俗有趣的形式或内容，把本是枯燥无味的道理或事情说得十分透彻，听众的思想在愉悦中不知不觉就得到了潜移默化的改变。

李建辉博士与东盟十国留学生分享中国优秀传统文化

在这方面，有些人在思想观念上存在误区。他们认为，当领导就应严肃，任何场合下都要一本正经、不苟言笑，认为领导干部开个玩笑、玩个幽默就是不严肃、没正形，有失身份。有些秘书长也想风趣幽默一下，但由于缺少这方面的素质和能力，风趣不得体，幽默不起来，勉强做一下也难以取得理想的效果。现在，领导在各种场合下的讲话大多是照本宣科，离开讲稿也是严肃有余、风趣和幽默不足，往往是台上板着脸讲，台下皱着眉听。听众既不爱听，又听不进去，只是出于对领导的尊重才勉强听下去，讲话很难取得令人满意的效果。而善于运用风趣幽默艺术讲话的领导，其讲话的效果就大不一样。在他讲话时，人们始终精力集中，跟着主讲人的情绪走，就是讲得长一点群众也不厌烦。有时甚至在领导讲完话以后，大家仍意犹未尽，讲话内容很长时间都成为大家议论的话题，有些经典的话语甚至成为大家的流行语、口头禅。这就是风趣幽默的无穷魅力。

得体合度具有适应力。社会组织秘书长的每一次讲话都是在不同的场合、不同的时间，以不同的身份面对不同的对象，讲不同的内容和不同的主题。这就决定了每一次的讲话都应是不同的、难以重复的。即使是针对同一个问题、同一个内容，在不同的场合、不同的时间，面向不同的对象，讲话也应有不同的要求，不可用同一套模式。否则就脱离了特定的时间、地点和对象，成为不得体、不适宜的讲话。不得体、不适宜的讲话不仅没有针对性、合理性，容易让人产生误解、形成误导，还使秘书长的形象受到损害，给人以无所用心、糊涂昏庸的感觉。如有的秘书长出席其他单位的活动，讲话的口气却如同面对自己单位的部下；有的秘书长向上级领导汇报，却好像在部署工作；有的秘书长研究探讨问题，俨然是在作指示讲要求；有的秘书长面对儿童讲话用词用语完全成人化；有的秘书长在外事场合讲话不懂对方风俗习惯，讲出令对方反感的话。这些现象的存在，能够在某种程度上说明领导的自身素质，也是领导讲话是否用心动脑的体现。社会组织秘书长首先要提高自身的素质，增强对各种场合、各种对象、各种形式讲话的适应能力。首先，明确各种讲话的性质和基本要求，具有较强的应变能力，能够就同一个问题在不同的场合对不同的对象用不同的方式和角度把话讲得既得体又合度。其次，要认真对待每一次讲话，事先做好充分准备，弄清讲话场合、时间的特点，明确讲话对象的特定要求，选好讲话的角度，确定讲话的主旨，找准讲话的风格。对此，最重要的是要具有这方面的意识，同时在实践中加强这方面的学习与训练。

言而有文，具有影响力。“言之无文，行而不远”就是说，如果讲话没有文采，就流行不远，就缺少影响力。所谓流行不远，既指时间的长短，又指空间的大小。社会组织秘书长讲话效果如何，主要体现在影响力上。一篇讲话如果过了很长时间还能被当时的听众津津乐道，未到现场的人也纷纷找讲稿、找录音，以看到或听到这篇讲话为快，就说明这篇讲话的影响力巨大。如果一个领导做了一篇讲话，会议刚散，大家就记不起领导都讲了些什么，也不再有其他人对这篇讲话感兴趣，就说明这篇讲话没有什么影响力。影响力大小一方面取决于讲话的内容本身是否为大家所关注或感兴趣，另一方面也与讲话者的演讲和讲话艺术水平有着很大的关系。如果演讲者具有高超的演讲和讲话艺术水平，一篇内容十分平常的讲话也会具有很大魅力，产生巨大影响。美国第十六任总统亚伯拉罕·林肯有一次应邀到一个死难烈士葬礼上讲话，组织者只希望他随便讲几句适当的话，但林肯两星期内穿衣、刮脸、吃点心时都在想着怎样作好这次演说，演说稿改了很多次仍不满意，到了葬礼前一天晚上还在做最后的修改，然后半夜找到他的同僚高声朗诵，进会场前骑在马上仍低头默想着演说词。当他开始演说时，一位记者支上三脚架准备拍摄，然而他刚准备就绪尚未开始拍摄，林肯已走下讲台。这段只有两分钟的演说，掌声却持续了十分钟，人们对这篇演说给予了极高评价。一百多年过去了，人们仍然记得那篇讲话。言而有文不是华而不实，文采也并非只是指华丽的辞藻、绚丽的描绘、浪漫的情调。文采是将逻辑严谨、言之有物的演讲内容和演讲者本身的风采与智慧互相融合所产生的力量。演讲者的风采与智慧既来自于深厚的文化底蕴，也来自于演说艺术的魅力。社会组织秘书长要熟知历史，理论功底扎实，逻辑思维严谨，又深谙各种文化，在滔滔不绝的口才中还不乏风趣幽默，具有这般实力的秘书长谁又能说他的讲话没有文采呢？

统领现场具有掌控力。演员有一个行话说法叫“压台”，就是说表演现场是否在演员的掌控之中。能令观众不退场不喝倒彩不鼓倒掌、能令观众叫好的演员，就是掌控了现场，称之为“压得住台”。反之，观众不认可、不满意，不被台上的表演所吸引，交头接耳，注意力不集中，甚至嘘声四起、喝倒彩鼓倒掌，就是“压不住台”。社会组织秘书长讲话其实也有一个是否能够压得住台的问题。有的秘书长讲话时会场里鸦雀无声，大家都聚精会神地听，没有人交头接耳，没有人在会场里随意走动，更没有人随意退场，甚至有些人真的需要去方便一下都要忍着坚持听到最后，生怕漏掉一个字、一句话。这样的秘书长就完全掌控了整个现场。有的秘书长讲话时会场里又是另外一番场景：有的人打瞌睡，有的人看书报，有的人开小会，有的人借故一趟趟地往外跑。这样的秘书长对会场就完全失去了掌控力，根本无法统领整个会场。他说他的，别人做别人的，讲话成了可有可无、流于形式的一件事。这种现象的出现，多数情况下都和讲话领导对现场的掌控能力不足有关。在讲话的时候，要注意观察现场的情况，注意现场听众的情绪，不要一味地只顾自己讲话。针对现场听众的反应和情绪，及时调整自己的讲话节奏、讲话声音、情感色彩。当发现听众开始表现出不耐烦的情绪时，就要想一下原因，然后针对原因及时做出调整。譬如若是因为讲话时间太长，那么能尽量缩短讲话时间就应尽量缩短。必须继续讲下去时，不妨及时小憩一下，休息一会儿再继续开会。若是因为受到了外界的干扰，可以稍停片刻，待干扰源消除再继续讲话。若是因为讲话的内容过于枯燥，也可采取风趣幽默的办法，调节一下现场气氛，把大家的情绪再次调动起来。总之，在讲话时要注意现场情况，注意掌控现场，针对当时的具体情况及时采取相应对策，掌握讲话现场的主动权。

李建辉博士担任环球夫人大赛评委

三、心理素质魅力修养

心理素质指人在感知、想象、思维、观念、情感、意志、兴趣等多方面心理品质上的修养，涉及人的性格、兴趣、动机、意志、情感等多方面的内容，是一个十分宽泛的概念。心理素质是社会组织秘书长素质的重要组成部分，对社会组织秘书长至少具有两个方面的重要意义。一方面，良好的心理素质能够使社会组织秘书长与各种各样的人和谐相处，获得良好的人际关系。另一方面，良好的心理素质是秘书长能力的心理基础，使秘书长能够从容应对各种复杂局面，并以沉稳大气的风格赢得人们的赞赏与青睐。健康的心理状态是一个优秀的成功者必须具备的条件。

有的人心理素质较差，没有足够的心理承受能力，缺少必要的自我控制能力，往往给自己的人际关系和工作蒙上一层阴影。在工作方面，有的人面对日趋紧张激烈的竞争局面，感到巨大的心理压力，精神焦虑、情绪急躁，甚至夜不能寐。在人际关系方面，对别人如何对待自己过于敏感。喜欢听恭维的话，喜欢被人前呼后拥的感觉，一旦失去这些就浑身不自在。当感到别人对自己主动热情时，就以为是左右逢源，情不自禁地喜形于色。当感到别人对自己冷淡时，便无端地猜疑对方，顿时产生一种强烈的失落感、孤独感。在个人成长进步方面，顺利时骄傲自满、得意忘形，极度自负；受挫时情绪低落、消沉抑郁，十分自卑。在对待名利、权力与地位的问题上，有的人不能以一颗平常心淡泊处之。得意时满面春风，失意时垂头丧气。强于别人时就得意洋洋、神气十足，不如别人时就心态失衡、心灰意冷。作为一个社会组织的秘书长应当努力具备以下几个方面的良好心理素质。

第一，克服心理偏见，客观全面公正地认识问题。能否客观全面公正地认识问题，是社会组织秘书长能否正确地做出判断和决策的基础。而心理偏见作为一种心理障碍，一旦在秘书长身上出现，就会导致：明知是客观存在的事实，却可以视而不见；明知是正确的意见，却可以充耳不闻；明知自己的看法错误，却仍然顽固坚持。之所以出现这种心理障碍，有时是因感情用事，有时是因过分自信，有时是因强烈的虚荣心，有时又是因狭隘的利益得失。在这种心理障碍影响下，秘书长不能准确地判断事物，无法做出正确的决策，对工作和事业都只能起到破坏作用，危害是相当大的。

秘书长在工作中必须力排种种干扰因素，纠正自己的心理偏见，全面思考、换位思考、逆向思考，做到对己、对人、对事的全面理解和正确把握。要跳出日常生活和工作的小环境，以开放的心态对待他人和事物，虚心听取他人的批评、意见和建议，认真汲取他人智慧，从而不断深化认识、开阔视野。

第二，增强心理承受能力，沉着理性地应对各种复杂局面。秘书长在日常工作中经常面对困难、挫折和各种复杂的局面。困难、挫折和复杂局面都会对秘书长的心理形成压力。有压力是正常的，没有压力是不现实的。压力在某种意义上也是秘书长积极进取、前行向上的强大动力，是培养秘书长心理承受能力、提高心理素质的考验。好的秘书长能在挫折中磨炼意志，从失败中汲取教训，增强克服困难、应付挫折的能力，从而不断成长、不断成熟。挫折越大，对秘书长的考验就越大，其心理耐受力强弱反映得也就越明显。心理承受能力强的人在困难、挫折和复杂的局面下，能够正视困难、正视挫折，沉着、冷静地应对，积极想办法克服挫折、战胜困难，从而从容地处理好复杂局面，变被动为主动。而心理承受能力差的人在困难和挫折面前，则会情绪低落、消极退避，甚至一蹶不振、一筹莫展，最后的结果只能是一败涂地。因此，社会组织秘书长要努力练就坚韧的神经和顽强的意志，遇到困难不退缩，遇到挫折不气馁，历经百折而不挠。秘书长的境遇不外乎三种情况：佳境——事物快速发展，有利因素远胜于不利因素，个人条件优越、备受推崇；顺境——事物正常发展，有利因素大于不利因素，个人事业平稳、无甚烦恼；逆境——发展停滞甚至倒退，不利因素大于有利因素，个人遭遇失败、面对挫折。逆境、顺境、佳境实际上都是事物自我发展过程中的环节之一，只有顺利通过各个环节，事物才能朝向更高阶段持续发展。在这三种境遇下的秘书长，如果看不到这一点，都容易迷失自我，缺乏前进的动力：在佳境中，很容易志得意满、得意忘形而走向错误；在顺境中很容易自以为是、踌躇满志而遭遇失败；在逆境中很容易悲观失望、消极颓废而难转危局。不断增强心理素质，就需要秘书长无论在什么环境下，都要不断进行自我激励，提升自我发展能力，做到处变不惊、宠辱不惊，从而克服不利的心理倾向。

第三，保持均衡的健康平和之心，宽容大度地协调人际关系。秘书长要建立和谐的人际关系，必须保持良好的心理平衡。

一是要消除嫉妒之心。嫉妒是一种很不健康的心理状态。嫉妒的心理特征，是对他人优于自己的一种恐惧、愤怒，是将别人的优越之处视为对自己的威胁，因而借助于贬低甚至诽谤等手段，来摆脱恐惧、愤怒的困扰，以求得心理快慰的一种情绪。如果这种情绪状态反复出现，就会转化为固有的性格特征，导致秘书长心理经常失衡，精神高度戒备，从而给自己的身心健康带来极大的损害。对比自己强的人，不管是从整体上还是在某一方面，都应抱着欣赏的心态来对待，通过发挥自我意识的积极作用，不断进行心理调节和控制，来防止和克服这种不健康的心理倾向。对别人欣赏之、学习之，以他人之长补自己之短，才能不断地完善自己、提高自己。

二是心胸要豁达，为人要大度。心胸宽广是对秘书长心理素质的基本要求。如果没有宽广的心胸，秘书长必然离群索居、脱离群众，成为孤家寡人。要有容人的雅量，不管是与自己性格上有所不同，还是对问题的看法有所不同，或是彼此之间曾经有过什么误会、发生过什么矛盾，都要主动团结、相互尊重、亲密合作。特别是对给自己提出过反对性意见的人，哪怕实践证明他的意见是错误的，也应宽宏大量、不计前嫌，更不能打击报复、冷淡疏远。对于同事、下属要一视同仁，不要分亲疏远近。要有容事的气魄，心中想大事，手上抓大事、对急难险重之事，举重若轻、运筹帷幄，妥善解决。对无伤大雅的小事，不可斤斤计较、耿耿于怀。

第四，破除故步自封的自我满足心理和自卑胆怯的因循守旧心理，积极自信、开拓创新。开拓创新能力是衡量秘书长是否合格与优秀的一个重要标准。有些秘书长长期打不开新局面，往往不是因为缺少办法、缺少本领，而是由于存在心理障碍。这种心理障碍一是故步自封的自我满足心理，二是自卑胆怯的因循守旧心理。故步自封的自我满足心理是一种不求上进的消极心理，满足现状、甘居中游，不愿意付出更多的心血与精力。自卑胆怯的因循守旧心理是一种缺乏自信的保守心理，求稳怕乱、不敢面对风险，缺少开拓创新的胆识与魄力。这两种心理都是秘书长事业道路上的拦路虎，严重影响着事业的成功与发展。事业要有新局面，工作要上新台阶，这都要求秘书长在自己的岗位上必须不断地开拓创新。做不到这一点，事业就会止步不前，工作就会无所作为。不进则退，实际上这样的停滞状态也不会持久，随之而来的必定是工作的下滑、事业的倒退，从而辜负董事会（理事会）的信任，令广大群众失望。秘书长必须时刻调整自己的心态，保持积极向上的良好精神状态，不满足现状，满怀对事业的积极进取之心，饱含对人民的高度负责之情，用自己的切实努力不断开拓进取，把事业和工作不断向前推进。既要敢于挑战自己、面对风险，又要增强自信，充分发挥聪明才智，勇于走开拓创新之路，使事业不断达到新高度，工作不断打开新局面。

第五，克服浮躁的急功近利心理，脚踏实地做好每一件事。因循守旧、故步自封不好，但急于求成、华而不实也不可取。有的秘书长求胜心切、心情浮躁，只想速出成果、快出成绩，结果导致工作不深入、不扎实，只是做了许多表面文章，无法真正取得实际效果。有的不顾实际情况，硬要去做暂时还做不到、做不好、不能做的事，犯主观冒进的错误，从而造成严重被动的局面，后患无穷。这种浮躁的心理同样也影响着事业的发展和工作的进步，同样给事业和工作造成损失，具有很大的危害性。社会组织秘书长必须本着对历史负责的态度，把工作的出发点放在真正为人民谋利益的基点上，不做表面文章，不搞华而不实，让人民群众得到真真正正的实惠。要克服浮躁心理，学会扎扎实实做事、老老实实做人，坚持实事求是，从认认真真办好每一件小事做起，只有这样才能取得真正的成绩。

第六，以平常心待人接物。“不以物喜，不以己悲。”社会组织秘书长面临的很多问题都在于心态。心态好很多问题就迎刃而解，心态不好就会对很多事情耿耿于怀，整日自寻烦恼。在面对群众时，心态好就能和群众打成一片、亲如一家，心态不好就会自命清高、脱离群众；在利益得失面前，心态好就会豁达释然，拿得起放得下，心态不好就会狭隘计较，舍不掉弃不得；面对工作压力，心态好就会泰然处之、积极应对，心态不好就会焦虑不安、消极悲观；在诱惑与腐蚀面前，心态好就能拒绝诱惑、远离腐蚀，心态不好就会出现心理扭曲，萌生“不要白不要，不捞白不捞”的念头，走上腐化堕落甚至违法犯罪的道路。因此，秘书长要以平常心待人接物。要理性地看待自己，做到得意时谦逊，失意时淡泊，遇顺境警醒，遭逆境从容。要理性地看待别人，不要盲目攀比，不要因为别人提拔比自己快就怨天尤人，不要因为看到别人发财致富就心理失衡；要理性地面对现实，不要因为眼前暂时的不如意而消沉，也不要因为短暂的好运就得意忘形；要理性地面对未来，不要因一时不顺就感觉无望而颓废，也不要因一时顺利而盲目乐观。只有端正认识，才能保持心理平衡，免去非分之想，做到行为规范，从而增强对利益诱惑的抵制力。秘书长所产生的各种心理危机，除了少部分是因个人品性确有问题外，大部分都是因理想信念发生动摇。因此，必须坚持正确而坚定的信念。只有这样，才能在纷繁复杂的现实中把握正确的政治方向，保持坚定的政治立场，才能树立正确的世界观、人生观、价值观，搞好社会组织工作。

四、品格气节魅力修养

中华民族自古以来就十分重视品格与气节。品格是人的品质和品行的衡量标准，体现的是人的综合素质。与品格密不可分的是气节。没有气节，品格就不会得到坚持与弘扬。品格与气节互为前提，融会贯通，是谓一体。孔子有“志士仁人，无求生以害仁，有杀身以成仁”之说，认为人的气节比人的生命还重要、还宝贵。孟子也说：“居天下之广居，立天下之正位，行天下之大道。得志，与民由之；不得志，独行其道。富贵不能淫，贫贱不能移，威武不能屈，此之谓大丈夫。”孟子所说的“大丈夫精神”就是人们所说的气节。气节在外表现为人的形象，在内表现为人的品行，是形象和品行的有机统一。气节，主要是指做人的品质、志气和节操。它对于个人来讲，就是人格品质；对于国家民族来说，就是国格。一个政党也必须有一股浩然正气，只有这样全党才能具有强大的精神支柱，充满生机活力，否则，就会失去凝聚力和战斗力。

历代有识有为之士，都自觉地从先辈的高尚气节中汲取精神营养，用以坚定自己的信仰和追求，砥砺自己的情操和品格。越是沧海横流，越是如此。司马迁身陷囹圄撰写《报任安书》，文天祥面对死亡吟咏《正气歌》，深情缅怀和虔诚礼赞“时穷节乃见”的前贤，便是明证。翻开史册，“典刑在夙昔”“古道照颜色”的民族精英比比皆是。从特定意义上说，一部卷帙浩繁的二十四史，就是一部用气节与信念写成的节义列传。它不断地激励着人们效法先贤养天地之正气，成人类之高节。在中国传统社会和中国传统文化中，小至个人生死，大至国家兴亡，时时处处都凸现出中华民族的气节观。而当气节需要以生命来换取时，历代有志有为之士无不表现出一种慷慨赴死、视死如归的英雄气概和高尚气节。气节与信念一直激励着中华民族不断开拓进取，战胜前进道路上的一切艰难险阻，不断创造新的辉煌。

在新的历史条件下，我国社会组织发展走过了30多年历程，正在逐步地走向成熟。我们应继承中华民族的优良传统，以共产党人独有的品格与气节，带领广大人民群众在新的长征路上从胜利走向辉煌。品格与气节所包含的内容非常丰富，根据社会组织秘书长所处的环境特点，应特别注意加强八大品格与五大气节的修养。

（一）八大品格

第一，求真务实的政治品格。政治品格是社会组织秘书长品格修养的核心，是对秘书长立身处世的本质要求。“求真”，就是要根据解放思想、实事求是的思想路线，深入实际，调查研究，不断揭示事物的本质，把握事物的规律，制定出正确的方针政策；“务实”，是指在正确认识规律的基础上，去实践，去行动。坚持求真务实，就是坚持马克思主义科学世界观和方法论。把求真务实作为秘书长的政治品格，要求秘书长必须具备科学精神和实践精神，自觉践行党的思想路线，保持先进性。秘书长只有把求真务实作为自己的政治品格，才能充分发挥自己的聪明才智，有效地推进事业蓬勃发展。要具备求真务实的政治品格，就必须解决对求真务实重要性的认识问题。过去，人们往往只是把能否求真务实定位在思想作风与工作作风上。现在把是否坚持求真务实上升到政治品格的高度，具有很强的现实针对性。一些领导身上存在的问题，如弄虚作假、欺上瞒下、急功近利、高高在上、对基层的疾苦漠不关心等，既是作风不正的表现，更是政治品格的问题。这些现象与党的性质、宗旨和优良传统格格不入，如果不认真克服，势必削弱党员干部队伍的战斗力，影响党同人民群众的联系，影响党的事业的发展。党员秘书长必须从党的事业兴衰成败的高度，充分认清培养和锻造求真务实政治品格的极端重要性和必要性，增强求真务实的自觉性。

第二，实事求是的思想品格。毛泽东所确立的实事求是思想路线，是中国共产党的思想路线。在这一思想路线的指引下，中国共产党战胜千难万险建立了新中国，开创了中华民族历史的新纪元。邓小平传承实事求是的思想路线，并形成了完整而有序的思想体系，同时还深刻揭示了解放思想与实事求是的辩证统一关系，进一步深化了实事求是与历史唯物主义的关系，突出了这条思想路线价值观的内容。他赋予实事求是新的内涵，把党的实事求是的思想路线进一步概括为：实事求是，一切从实际出发，理论联系实际，在实践中检验真理和发展真理。这一概括第一次把实事求是思想路线作为由四个基本要素所构成的统一整体来把握，把实事求是的思想路线推进到一个系统化、整体化的阶段。邓小平对实事求是思想路线的新概括，凝聚着中国共产党人在新的历史条件下对这条思想路线的深刻理解，凝聚着中国共产党人在社会主义建设时期坚持这条思想路线的历史经验和教训。作为社会组织秘书长，能否把坚持实事求是的思想路线作为秘书长的思想操守，是衡量秘书长党性是否坚定的最重要标志。坚持实事求是的思想路线，必须坚持从客观存在的基本事实出发，坚持一切从实际出发，以客观实际作为制定自己行动纲领的依据。在客观事实面前要采取老实态度，说老实话，办老实事，做老实人，坚决不说假话、大话和空话。同时，还必须进一步认识并尊重客观事实，把握事物规律，按客观规律办事。领导干部实事求是的思想品格，是事业成功、个人成长进步的根本保证。

第三，知行统一的学习品格。对每个人来说，学习都是毕生的任务。对于社会组织秘书长来说，更是如此。不努力学习，就无法胜任秘书长岗位的需要，就无法与时俱进，就无法打开工作新局面。秘书长在学习问题上最容易出现三种倾向：一是对学习缺少应有的重视，缺乏学习的自觉性和紧迫感，不能做到勤奋好学、持之以恒，或者是满足于以干代学，不愿挤出时间去学习新理论、新知识；二是不能学以致用，把学习功利化，学习是为了给自己“镀金”，只求拿证书，不求学到真本事，甚至出现“听课有人顶、作业有代劳、考试有假冒”等不正常的现象；三是“学以致用”只对别人不对自己，学到的东西只是用来教育别人，忽视通过学习对自己主观世界的改造，说别人头头是道，轮到自己却另当别论。这三种倾向的存在，使得一些秘书长缺乏理论武装、知识滋养和正气熏陶，久而久之就会出现因循守旧、工作被动、思想滑坡、意志消退、精神萎靡、志趣庸俗等问题，甚至走向腐化堕落。因此，秘书长要深刻认识学习的重要性，少点无谓的交际应酬、娱乐活动，多挤出点时间来学习充实自己，提高素质，提升境界。要明确学习目的，克服功利的学习动机，着眼长远，着眼大局。根据自己的工作需要，缺什么补什么，哪些方面是薄弱环节，就从哪些方面去充实自己。紧密结合工作的实际需要，多学点新知识，多接受新思想、新观点。学习的目的全在于应用，应用的过程也是继续学习、消化、吸收知识的过程。要把学习和应用紧密结合起来，自觉地把学到的知识应用到工作实践中，应用到改造自己的主观世界上。要用学到的知识去解决工作中和自己思想上遇到的困难和问题，做到学用结合、知行统一。这样就能做到学习促进应用、应用督促学习，形成良性循环。

第四，忠诚可靠的信念品格。忠诚可靠是社会组织秘书长思想道德建设的制高点，是信念坚定的集中体现。在过去的革命战争年代，无数革命先驱在极其艰险的环境之下，始终忠诚于党、忠诚于革命事业，在敌人的威逼利诱之下坚贞不屈，即使面临生死考验也毫不退缩，就体现了这样的一种品格。我们的事业之所以取得成功，就是因为有一大批忠诚可靠的先进分子无论在任何情况下都坚持自己的信念理想，即使是在党最艰苦的时期也毫不动摇地与党站在一起，即使是在党内出现错误路线的时候也不改变自己的信仰。忠诚可靠，首先表现在与党同呼吸、共命运的政治责任感上，拥护党的纲领，坚持党的基本路线，以实际行动为党分忧添彩。牢记党和人民的利益高于一切，把自己的追求同党的命运联系在一起，始终站在全局看问题，正确看待前进中出现的问题，为实现党的奋斗目标不惜牺牲一切。特别是在个人利益与党的利益、人民利益发生冲突时，做到以党的利益、人民利益为重，宁可牺牲个人利益甚至付出生命代价，也决不与党和人民离心离德。忠诚可靠还表现在爱岗敬业的事业心、责任感上。我们所从事的每一项具体工作、所处的每一个具体工作岗位，都是党的事业不可缺少的组成部分，都是实现党的远大目标不可缺少的一个环节。秘书长的自身价值就具体地体现在社会组织的岗位工作之中。秘书长在秘书长岗位上要牢记党和人民的嘱托，热爱自己的工作岗位，在自己的岗位上尽职尽责，以高度的事业心、责任感做好自己的本职工作。要善于用实际工作来诠释自身价值，具备勤学苦练的工作态度和爱岗如家的敬业精神，要带头成为钻研业务、开拓创新、忠于职守、业务能力高超的典范。

第五，恪守信义的诚信品格。所谓恪守信义，即对许诺一定要兑现。“人无信不立”，中华民族历来强调信用，把人与人交往中的信用、信义看得无比重要。曾子说：“与朋友交而不信乎？”墨子说：“志不强者智不达，言不信者行不果。”还有“一诺千金”“一言九鼎”“一言既出，驷马难追”等，都是强调一个“信”字。清代顾炎武曾赋诗言志：“生来一诺比黄金，哪肯风尘负此心。”表达了自己坚守信用的处世态度和内在品格。中国人历来把守信作为为人处世、齐家治国的基本品质，“言必行，行必果”。讲信用、守信义，是立身处世之道，是一种高尚的品质和情操。人离不开交往，交往离不开诚信。“小信成则大信立”，治国也好，理家也罢，都需要讲信用。一个讲信用的人，能够言行一致、表里如一，人们可以根据他的言论去判断他的行为，进行正常的交往。如果一个人不讲信用，前后矛盾、言行不一，则无法判断他的行为动向，对于这种人，是无法进行正常交往的，更没有什么魅力可言。守信是取信于人的第一方法，有魅力的人，必定是守信的人、诚实的人、靠得住的人。社会组织秘书长必须要养成诚信的品格，做不到的不说，说了就要真正做到；必须坚持实事求是的原则，凡事讲求实际，坚决纠正形式主义的恶劣作风；必须排除各种私心杂念，说话办事出以公心，不独断专行、不贪功诿过；必须站在全局的高度观察和处理问题，宽以待人、严于律己，要求别人做到的首先自己做到，要求别人不做的首先自己不做；必须遵循社会主义市场经济的运作规则，以诚信为本，公平竞争、公平交易；必须牢记党的宗旨，不忘公仆的责任，为党和人民的事业尽职尽责，遵纪守法，决不谋求私利。诚信，是一个社会组织秘书长应有的品格，也是在优化发展环境中必须坚持的重要准则。

第六，真诚坦荡的心理品格。人格魅力的基本点就是真诚。心理学家认为，每个人的思想深处都有内隐闭锁的一面，同时又有希望获得他人理解和信任的开放的一面。但是，开放具有定向性，即只对自己信任的人开放。要取得别人的信任，自己就要真诚实在。只有对方感到你信任他，才能对你解除戒备心理。以诚待人，才能够获得他人的信任。这就是用真诚换真诚。傅雷先生说："一个人只要真诚，总能打动人的，即使人家一时不了解，日后便会了解。"他还说："我一生做事，总是第一坦白，第二坦白，第三还是坦白。绕圈子，躲躲闪闪，反易叫人疑心；你要手段，倒不如光明正大，实话实说，只要态度诚恳、谦卑、恭敬，无论如何人家不会对你怎么的。"社会组织秘书长要取得社会的信任、群众的信任，也必须对社会、对群众真诚坦荡。在遇到困难的时候，实事求是把困难讲清楚，既看到不利因素，又看到有利因素，增强群众的信心，反而能得到群众的信任。如果为了安抚人心，在遇到困难的时候不向群众讲真话，反倒会失去群众的信任，群众也不同你讲真话。秘书长要同群众交朋友，交的朋友越多，就越能了解到真实情况。同群众交朋友，就要让群众感受到你的真诚，如果群众认为你是不够真诚的，同样也不会真诚对待你，你也交不到真朋友。真诚待人、胸怀坦荡是赢得人心、产生吸引力的必要前提。待人实在一点、真诚一点，就能更多地获得他人的信赖、理解，得到更多的支持、合作，获得更多的成功机遇。秘书长对自己的同事、下属，应该多一点信任、少一些猜疑，多一点真诚、少一些戒备。如果秘书长对下属、同事总是怀有防备之心，不沟通、不交流，不说真话、心里话，是无法同他们建立起相互信任的关系的。要想同下属、同事成为知己，首先就得敞开自己的心怀，以真诚、坦率换得赤诚和爱戴。以诚待人，要坦荡无私、光明正大。一旦发现对方有缺点和错误，特别是与其进步发展密切相关的缺点和错误，就要及时地提醒、督促他们改正，当别人认识到这样做确实是为自己着想，便能愉快接受，不仅不会忌恨，还会非常感谢，从而使彼此的信任得到巩固。

第七，宽容豁达的胸襟品格。"唯宽可以容人，唯厚可以载物"。宽以待人，就是在人际交往中有较强的相容度。相容度高，就能相互接纳，团结更多的人，在顺利的时候共奋斗，在困难的时候共患难，从而创造更多的成功机会。反之，相容度低，则会使人疏远，减少合作力量，增加人为阻力，使成功机会减少。在社会组织秘书长的工作环境里，合作共事的人各种各样，个性、脾气、爱好、要求各不相同，因价值观念的差异经常产生矛盾或冲突。面对这种环境，如果对周围的人戒备森严、心胸窄小、处处设防，不能宽大为怀，必然会把自己置于孤家寡人的境地。而宽宏大量，与人为善，宽容待人，主动为他人着想，关心和帮助别人，则能受到尊重与喜爱。正如一位名叫乔西·布鲁泽恩的作家所说："航行中有一条规律可循，操纵灵敏的船应该给不太灵敏的船让道。我认为，这在人与人的关系中是应遵循的一条规律。"要做到宽容豁达，最重要的两条，一是不妒忌，二是能容人。每个人的社会关系中，总是有比自己强的，也有各方面不如自己的。心胸狭窄的人，对待比自己强的人心存妒忌，见不得别人好、别人强。看到别人强于自己、好于自己，心中就异常苦闷，不能自拔。有的还无端产生忌恨，处处与人过不去，利用各种机会刁难人家。有的甚至采取卑劣手段诋毁别人、陷害别人，最终把别人推至狼狈不堪的境地心里才平衡，呈现出非常不健康的心理状态。而宽容豁达的人把强于自己的人当作良师益友，虚心地向他学习，吸取他的长处，使自己得到提高，既多了一个朋友，又得到了进步。这才是最明智的。心胸狭窄的人不仅不能容忍别人的缺点错误，甚至连不同的性格、生活习惯都不能相容，轻者自恃清高、看不起人，重者甚至对人无礼、侮其人格，显得十分没有风度。这种人还得罪不得，一旦得罪了他，他就会"得理不饶人，无理搅三分"，甚至打击报复、整人害人。而宽容豁达的人对此就采取完全不同的态度。宽容豁达的人能够容忍别人，善于同不同性格、不同爱好、不同生活习惯的人相互尊重，友好相处。对于有缺点错误或得罪过自己的人能够大度容忍，既能够坚持原则地指出他的缺点错误，又能够宽宏大量地予以谅解，求大同存小异。两种不同的胸襟，必然得到两种完全不同的结果。心胸狭窄的人自己的路越走越窄，宽容豁达的人所走的路则越走越宽。秘书长要做一个能够容纳他人优点和缺点的人，才会受到他人的欢迎。秘书长要有容人之量、荐才之德、热诚之心、谦虚之怀。在待人接物上要胸襟坦荡、海纳百川，不高高在上、盛气凌人，对上尊而不谀，对下爱而不嬉。要学人之长、避己之短，做到兼容并蓄，在成绩面前不骄傲自满，在大是大非面前头脑清醒。在任何时候、任何条件下都必须坚持充分发扬民主，营造不同意见平等讨论的良好氛围，成为执行民主集中制的表率。宽以待人，就要将心比心，推己及人。孔子早就告诫人们：“己欲立而立人，己欲达而达人”“己所不欲，勿施于人”。人同此心，心同此理。

第八，善良仁义的人道品格。什么是人道品格？人道品格指爱护人的生命，关怀人的幸福，承认和尊重人的人格和权利的道德品格。这正是我们现在常说的“以人为本”。而要做到以人为本，善良仁义是最基本的起点。善良是人人都需要、都赞美的优秀品格，任何人都希望得到别人的善待，不愿看到别人对自己怀有恶意。仁义则涵盖了仁爱和正义。仁爱是同情、爱护和帮助别人的感情，正义是公正、有利于人民的道理，都表达了人的本性追求。以人为本，就应该讲善良讲仁义，这本是无可争议的，但实际上在不少人的思想中还存有诸多困惑。到底应不应该讲善良讲仁义？对社会组织秘书长来说，讲善良可能还比较易于接受，讲仁义就未必能够得到很多人的认可。这多半是因为对仁义的含义有所误解。“仁义”在过去很长时间内是不受待见的。有的领导错误地认为，当领导就得“心硬”，心慈手软就做不了领导。有的人总结出“善门难开”“好人难做”的经验之谈，尽管很多情况下出于善良的本性在心里对群众怀有同情之心，但在错误思想观念的影响下，硬是克制了自己的正确情感，不去做群众需要、可以做到的事情。有的领导片面地将“心硬”理解为严格管理、不留情面，为管理而管理，恰恰忽视了以人为本的基本原则。把出招狠、出狠招、不给出路、不留余地当作抓工作力度大小的标志，丝毫不考虑这样做所造成的后果。有的领导仅把自己的下属当作工具使用，很少或根本不为他们的事业发展、个人进步、职务升迁等各方面的切身利益考虑，使得下属跟着他们工作感到缺少关怀与温暖，对前途失去信心，常常见异思迁。有的领导对下属缺少关爱，对下属是否身患疾病、家庭生活是否困难、思想情绪是否稳定、心情是否舒畅等从不主动过问，使下属感到心灰意冷。一个社会组织的秘书长应该常怀善良仁义之心。对群众，要尽最大努力去关怀他们，爱护他们，为他们谋利益，维护他们的各种合法权益。对同事，要相互爱护，相互尊重，相互帮助，相互配合，不妒忌，不刁难，不落井下石。对下属，要把他们当作自己的兄弟姐妹一样善待、厚待，时刻把他们放在心上，为他们每一个人的切身利益周到着想，细致安排，让他们安居乐业、各得其所，福慧双修、心情舒畅。

李建辉博士参加国际展会开幕会剪彩并致辞

（二）五大气节

第一，信仰坚定矢志不渝的气节。信仰坚定就是在任何情况下都坚持自己的理想信念不动摇，矢志不渝就是立誓决不改变自己的志向。每个人在为自己理想信念奋斗的过程中都不是一帆风顺的，不是遇到艰难险阻，就是需要面对各种诱惑。如果不具备信仰坚定、矢志不渝的气节，遇到艰难险阻、面对各种诱惑，理想信念就会发生动摇，目标志向也就不能得到坚持。只有那些心怀“身可危也，而志不可夺也”“不为穷变节，不为贱易志”的坚定信仰者，才能做到“其穷也不忧，其乐也不淫”“财贿不以动其心，爵禄不以移其志”。社会组织秘书长经常面临来自各个方面的考验，理想信念不断受到各种各样的挑战。在考验面前，确有些人败下阵来，脱离了自己的正确轨道。回眸历史，凡是率领人民群众推动历史不断进步的仁人志士、领袖人物都是信仰坚定、矢志不渝的人。无论是古代的民族英雄，还是现代的共产党人，他们在任何艰难困苦环境下不动摇，在任何利益诱惑面前不动心，始终坚定地站在历史潮头，执着地为自己的理想信念奋斗，“千磨万击还坚韧，任尔东西南北风”。在新的历史条件下，社会组织秘书长要以他们为光辉榜样，在任何情况下都经得住考验，始终坚持自己的理想信念。特别是在社会发展、物质丰富、生活安逸的情况下，秘书长要特别警惕贪图享受、斗志消沉的危险倾向，克服只满足于眼前个人物质利益需要而忘记强国富民历史重任的狭隘心理，胸怀远大目标，为实现人类共同的崇高理想不懈奋斗。

第二，淡泊名利无欲而刚的气节。社会组织秘书长腰杆要硬，腰杆硬才能一身正气，无所畏惧地坚持原则、主持公道，腰杆硬才能活得潇洒，腰杆硬才能过得有尊严。怎样才能使自己腰杆硬起来呢？答案就是淡泊名利，无欲而刚！淡泊名利，就会敢抓敢管、理直气壮，不像有些人因自己心里有短，不敢说、不敢管，也不会因在别人手里有把柄怕别人不服气而不敢管。淡泊名利，就能做到两袖清风一身正气，睡上安稳觉，过上踏实日子。随着改革开放的不断深入和社会主义市场经济的发展，经济成分多样化，利益主体多元化，社会生活复杂化，社会组织秘书长无时无刻不面临着诱惑与考验。“非淡泊无以明志，非宁静无以致远”。面对纷繁复杂的世界，社会组织秘书长（尤其是基金会和民办非企业单位的秘书长）一定要保持平静的心态，以清廉为荣、谋私为耻，守得住清贫，挡得住诱惑，管得住小节，耐得住寂寞，做到不仁之事不做、不义之财不取、不正之风不沾、违法之事不为。古人云：“祸莫大于不知足，咎莫大于欲得”“珠莹则尘埃不能附，性明而情欲不能染”。不为名利所累，就会一身轻松。不为私欲所缠，就会超脱潇洒。领导干部要常思贪欲之害，保持高尚的精神追求，淡泊名利、宁静致远，始终坚守“良将不怯死以苟免，烈士不毁节以求生”的操守，真正做到“心不动于微利之诱，目不眩于五色之惑”。

第三，不畏权势刚直不阿的气节。无私方能守正，不阿方能刚直。社会组织秘书长要做到坚持真理、主持正义、办事公道，不仅要战胜内心的私欲，还要面对与权势的博弈。从某种意义上来说，与权势博弈比战胜自己难度还要大。权势，就意味着权力、强力、实力，是足以用来对人施压、迫人服从的强大资本。权势博弈的对象有时来自于高官，他们利用手握大权的优势，强求下级去做有失公平、有违原则、不合实际的错事，你若不从，轻则扣帽子，叫做“无组织无纪律”，重则以撤职、处分相威胁；权势博弈的对象有时来自于合作方，他们依仗合作中的利益关系提出无理要求，得不到满足就以终止合作来刁难；权势博弈的对象有时还来自于管钱、管物的“实权”部门，你对他不服他就对你断电、断气、断水，不给你拨款、拨物，“卡你的脖子”。在这种情况下，对权势的屈从，就意味着对公道正义的放弃，就意味着对刚直无私品格的放弃。与权势博弈，其实最重要的是战胜自己。在权势与真理之间，是选择屈从权势，还是选择坚持真理，是对自己思想和意志的考验。怕影响自己的私利而不敢得罪权势，因自己的懦弱而没有勇气得罪权势，都会使自己最终向权势低头。不畏权势刚正不阿，就要勇于面对博弈，与依仗权势的邪恶势力作斗争。只要是有悖于公道正义原则的事，哪怕面对再大的权势，也要敢于坚持真理、坚持原则。宁肯牺牲自己的个人私利，宁肯受委屈，也绝不向权势低头，这才是一个真正坚持真理的强者所应有的气节。同时，要相信健康的力量是主流，邪恶势力再强大也是暂时的、表面的现象。在真理面前，在民主与法制的大环境下，邪恶势力最终都不会得逞。当然，不畏权势也不是不讲策略，没有必要都施以尖锐对立的方式。我们要相信，在依仗权势破坏公平正义的这些人中，大多数只是出于一时的私利。如果屈从于他们，就会对他们起到一种放纵的作用，助长这种不良风气。如果对他们晓之以理，以凛然正气来坦然面对，相信他们中的大多数人也会感到羞愧。即使有的人心里不服气，也很难摆到桌面上来。即使有少数人真的滥用权力，党纪国法也不会任凭他们胡作非为。不畏权势刚直不阿的人越多，越有助于良好党内风气和社会风气的形成。

第四，藐视挫折不屈不挠的气节。人们在为自己理想奋斗的过程中，遇到挫折与失败是常有的事。若惧怕挫折与失败，没有勇气迎接挑战，必然一事无成。面对挫折与失败，丧失斗志，知难而退，也就半途而废。只有那些在挫折与失败面前英勇无畏、不屈不挠、坚持到底的勇士，才能获得成功。无论从事任何职业，实现任何奋斗目标，都需要这样一种精神。社会组织秘书长是社会组织的带头人、是群众的领头雁，不屈不挠的英勇气节更是其必须具备的品质之一。秘书长是社会组织的核心、群众的主心骨，遇到挫折与失败的时候怎样面对，直接影响到社会组织的状态和群众的信心。越是遇到困难与挫折，越是需要社会组织起到中流砥柱的作用。在挫折与失败面前，秘书长不垂头丧气，群众就不会沮丧不振。秘书长以不屈不挠的坚韧毅力影响众人，就能鼓舞人心，激励斗志，调动大家的积极性，令大家团结一心，形成合力，产生巨大力量，足以战胜任何困难。群众跟着这样的秘书长，就会感到心里踏实，充满力量与信心。如果一个秘书长经受不起困难和挫折的考验，一遇到挫折就畏惧不前，一遇到失败就一蹶不振，就会失去群众的信任与拥护，甚至以在他的领导下工作为耻。“风雨急而不辍其音，霜雪零而不渝其色”“勿轻直折剑，犹胜曲全钩”。在改革开放的新形势下，无论是在社会建设领域，还是在各个社会组织领域，无数攻坚克难的新挑战在等着我们去应对。在前进的路上，我们遇到的困难可能比过去任何时候都要多。

这就特别需要我们的秘书长具有百折不挠、永不言败的精神。只有这样的秘书长，才能以自己的人格力量博得群众的信赖，把人心凝聚起来，担当起历史的重任。

第五，勇于负责敢作敢为的气节。秘书长不仅意味着领导，还意味着责任。群众拥护你，上级信任你，就是把责任托付给你。敢于负责的干部才有作为，只想当官不愿负责的干部不仅无所作为，而且尸位素餐，失去存在的价值。社会组织秘书长勇于负责敢作敢为就要做到以下两点。一是坚持不唯书、不唯上，独立思考，大胆创新。邓小平在改革开放伊始就明确倡导要在全党范围内“解放思想”“要独立思考，敢想、敢说、敢做”。他还针对党内思想僵化、随风倒、不讲党性、不讲原则、说起话来看风头、看风向等现象，一针见血地指出：“书上没有的，文件上没有的，领导人没有讲过的，就不敢多说一句话，多做一件事，一切照抄照搬照转。把对上级负责和对人民负责对立起来。”怕犯错误，怕出现工作失误，无非就是怕影响个人前程。二是在工作出现失误的时候要勇于承担责任，不文过饰非。工作中出现失误甚至失败是难以避免的，关键是采取什么态度来对待。有的领导在出现失误或失败后怨天尤人，或强调客观，或埋怨他人，就是自己没有什么责任。有的明明是自己不顾他人劝阻主观臆断所作出的决策，也矢口否认，把责任推得一干二净。与这种领导共事的人，会觉得缺乏安全感。在这种领导手下工作的人，会因他政治道德的缺失而感到羞耻。一个有气节、负责任的领导，就要正视工作失误与失败，勇于承担责任，正确总结教训。不管错误与失误多么严重，该自己负责的就义无反顾地承担起来，哪怕是受处分、被撤职也决不推卸责任。这样的领导即使真的受了处分、撤销职务，这种敢于负责的气节也会受到大家的敬佩，失去地位但不会失去人格，失去权力但不会失去魅力。

五、思想智慧魅力修养

思想智慧是一个社会组织秘书长胜任工作、承担重大职责的必备条件。秘书长只有善于思考、充满智慧，看问题才能比别人站得更高、看得更远、想得更深，处理问题也才能比别人更加高明、更加科学、更加到位。能够成为秘书长，成为群众公认的带头人、领头羊，很重要的一点就是因为他们具有高于一般人的思想智慧。他们凭借自己的远见卓识，指引人们找到正确的前进方向，选择正确的途径实现自己的理想目标，达到胜利的彼岸。中国古代出现了许多伟大的思想家，他们的思想精粹历代流传，成为塑造民族精神、推动历史进步的强大动力，至今都还发挥着重要的作用。老子、孔子、孟子的学说影响了中国古代社会几千年，历朝历代的政治家们在治国理政时都充分汲取了他们的思想精华，一部中华民族文明史从始至终贯穿着他们的伟大思想。诸葛亮的故事在民间流传甚广，之所以代代相传备受尊崇，就是因为诸葛亮具有独特的思想智慧魅力。马克思、恩格斯深入研究资本主义制度产生、发展、灭亡的规律，写出了《资本论》这样的不朽著作，进而创建共产主义学说，改变了整个世界的发展进程，成为人类历史伟大的里程碑。正是因为有了毛泽东思想，有了中国共产党选择毛泽东思想作为指导思想，中国革命才在极其艰苦的条件下取得了最终胜利，使一度备受屈辱的中华民族重新屹立于世界民族之林。邓小平理论把中国引上改革开放之路。特别是邓小平提出“解放思想、实事求是”的思想路线，开辟了中华民族历史新纪元。邓小平提出“一国两制”的伟大构想，圆满地解决了香港、澳门问题，是他非凡思想智慧的一个经典范例。思想智慧所具有的魅力是无穷的。领导的权威最终要靠思想智慧的魅力才能够真正树立起来，思想智慧也是社会组织秘书长事业成功最根本的可靠保证。以下将从十个方面分述社会组织秘书长应努力具备的思想智慧。

第一，善察明鉴的观察发现能力：

对客观世界的观察发现能力是一切思想成就的前提。社会组织秘书长只有具备善察明鉴的观察发现能力，才能及时地了解情况，掌握动态，预知趋势，得到工作的主动权。同样的环境、条件，同样的时间、地点，有的人就能观察出动向，发现问题，总结经验；有的人则看不清动向，找不出问题，学不到经验。二者之间的区别就在于思想方法、思想水平和思维方式上存在差距。善察明鉴，就要善于把握全局，全面地观察、认识问题，而不是只看局部不看整体，支离破碎地观察、认识问题；善于透过现象看到本质，而不是只看表面现象、不看事物本质；思想敏感，能够及时发现变化，科学预见趋势，而不是只看眼前，只知这一步，不知下一步，只知今天，不知明天。善察明鉴的观察发现能力，取决于对事物发展规律、内在联系是否具有清醒的认识和深刻的理解。基于这一思想认识规律，要做到善察明鉴，就必须走下去，深入实际，深入一线，深入群众，亲自全面了解情况，而不是仅凭听汇报、看材料，只知其一、不知其二。要通过自己的慧眼专注观察，深入分析，科学判断，了解真实情况，认清事物本质，得出正确结论，而不是粗枝大叶，囫囵吞枣，只看到表面现象，看不到被假象所掩盖的实情。要思想敏感，有见微知著的洞察力，决不放过任何蛛丝马迹，见微知著，而不是麻木不仁、反应迟钝，甚至等到形势明朗了还被蒙在鼓里。观察发现的对象，包括所有与领导职责直接相关和间接相关的人和事。在人的方面，对下属与同僚，要知道他们的情绪、思想、工作状态与人际关系；对上级，要了解他们的想法、意图与期待，乃至工作风格、领导方法等方面的特点，并能够及时发现存在的问题、反常的现象及各种细微的变化。有了这种观察发现，就能有的放矢地在工作中对下属实施正确指导、科学指挥，与同僚默契合作密切协同，对上级的领导意图正确执行、有力贯彻。在事的方面，观察对象包括工作的进度、创造的经验、存在的困难、隐藏的问题、显现的动向。不仅观察事的本身，还包括与此相关的外部环境与条件，既包括自己周围的小环境，也包括看起来距自己较远的大环境。这样，才能使主观愿望与客观实际统一起来，对出现的失误及时纠正，对不适合的方面及时予以调整，使事情的发展始终在自己的掌控之中。

第二，透彻深刻的认识理解能力：

我们所做的一切工作，都离不开中央路线、方针、政策的正确领导，离不开主管部门的具体组织与指挥。离开中央的路线、方针、政策，工作就会偏离方向，犯方向性、政治性错误。离开主管部门的正确领导与具体指挥，孤军奋战，就会前无人开路，旁无人护航，后无人保障，也将导致失败结果。对主管部门精神不能正确理解，工作方向就会走偏，上下步调不能协调一致，领导不满意，部下有意见，工作受阻碍。因此，能否正确理解、深刻认识中央的路线、方针、政策，能否深刻领会、及时消化主管部门的指示精神，对于各类社会组织的秘书长来说，都是至关重要的。对上级的精神理解是否深刻、认识是否到位，反映的是政治思想觉悟、思想理论水平。理解和认识，实际上是一个很高的标准。理解的标准是弄懂，认识的标准也不是一般的知道。只知其一不知其二不能叫认识，只知其然不知其所以然也不能叫理解。只有对中央路线、方针、政策真正弄懂弄通了，才算是认识了、理解了。要弄懂弄通，不仅要了解基本精神，而且要知道来源与依据，懂得实质与意义，明确如何进行具体贯彻与落实。对上级的具体领导与指挥，也存在一个理解认识问题。上级的领导与指挥虽然相对具体一些，但它是战略整体的一部分，既不是孤立行为，也不是短期行为。只有对上级领导的意图正确理解认识，才能自觉地根据工作实际，灵活地、创造性地贯彻落实，也才能取得满意的预期效果。理解认识能力不同，秘书长工作所取得的结果也就大相径庭。理解认识能力强的秘书长，能够正确消化吸收上级精神，把原则性与灵活性相结合，既不照搬照抄上级指示，又不违背上级明确的原则与要求，做到把上级精神与本单位实际情况有机结合，在贯彻落实上级指示精神的过程中创造性地开展工作，有新意，有发展，有成就。

有的秘书长理解认识能力不强，对主管部门的精神只是肤浅理解，表面上看对上级领导的指示是不折不扣地贯彻执行，但由于对上级领导精神的实质认识不高、理解不深，只会亦步亦趋，不敢越雷池一步，因循守旧，成绩平庸。有的秘书长错误理解上级精神，在工作中执行上级指示精神走样、脱轨，那就不仅是平庸问题，而是不合格、不称职。能够准确理解中央精神和上级指示，工作中少走弯路、不走弯路的领导，无论对于事业还是下属、群众，都是一件幸事。

理解与认识能力并非只对上级而言，对下级、对群众也有一个理解与认识的问题。对下级，要理解他们的情绪、心理以及工作的艰辛与困难，认识每个人的特点与长处短处。只有这样才能根据每个人的具体情况调动他们的积极性，充分发挥他们的作用。对下属不能只是一味地严格要求，还要有必要的关怀与帮助。在下属出现工作失误的时候，也不能只是一味地批评与责备，还要进行必要的心理辅导和业务培训。对群众，只有理解他们，才能有的放矢地为他们提供所需要的服务，才能对症下药解除他们的困惑与担心，才能顺乎民意制定出使群众真正满意的好政策。社会组织秘书长要把对上和对下的理解认识统一起来，不能只看主管部门眼色不顾群众喜忧。不仅如此，秘书长还应该更多地把注意力放到群众身上。只有深入地理解认识群众，才能更深刻地理解认识中央的路线、方针和政策。

第三，冷静清晰的理性思考能力：

社会组织秘书长在工作中常常会遇到各种各样的复杂局面，面临各种各样的严峻考验。如果缺少理性思考能力，就会在遇到复杂局面时畏惧不前一筹莫展，在遇到危急局面时惊慌失措束手无策，取得一点成功就得意洋洋忘乎所以，遭受一点挫折就垂头丧气一蹶不振。秘书长的思想情绪对社会组织的发展有着巨大影响。秘书长一筹莫展，群众就会失去信心；秘书长束手无策，群众就会人心惶惶；秘书长忘乎所以，群众就会失去安全感；秘书长一蹶不振，群众就会产生危机感。因此，一个成熟的秘书长在任何情况下都必须处于冷静清醒状态，对面临的形势与问题进行理性思考，做到临危不惧，宠辱不惊，胜不骄、败不馁。

具有理性思考能力，就是在复杂和困难的情况下对遇到的问题进行科学分析、正确判断，并在此基础上做出恰当的对策选择，维持有利条件，克服不利因素，掌握主动权，争取好结果。在遇到复杂局面时，准确分析造成复杂局面的原因，找出主要矛盾，选准突破口，复杂的问题也就不再复杂。在遇到困难局面时，看到有利因素，增强克服困难的信心，就能扭转被动局面。在成功时，看到不足与差距，保持清醒头脑，就能再接再厉，取得更多的成绩、更大的成功。在受挫时，不失冷静从容，认真总结教训，就能吃一堑长一智，转败为胜走出阴影，积极迎接新的挑战。具有理性思考能力，很重要的一点就是要提高自己的情商。具有较高的情商是进行理性思考的必要条件。遇到问题就冲动、急躁、失去理智，是理性思考的最大障碍。有的人点火就着，一遇到紧急情况就沉不住气，仅凭一时意气就蛮干胡来，这种有勇无谋“猛张飞”式的领导难成大器。有的人一听到毫无思想准备的意外消息脑子就“嗡”的一声，顿时陷入一片空白，无法进行理性思考。因此，要进行理性思考，必须提高自己的情商，善于调控自己的情绪，使自己的情绪在任何情况下都能保持平稳淡定。但情商只是为理性思考创造必要的条件，仅有情商是远远不够的。情商的提高仅是令人在情绪上能够得到控制，保持平稳淡定，却解决不了实际问题。情绪是靠理性来控制的，没有基本的理性思考能力，人的情绪就很难得到有效的控制和调整。理性与情商互为条件、相互促进。也就是说，要提高情商为理性思考创造必需的条件，也要具备基本的理性思考能力，使自己的情商不断得到提高。

第四，力排众议的独立思考能力：

任何人进行理性思考判断时，都不是在一个封闭的环境里。社会组织秘书长周围更是有各种各样的人会对其理性思考产生影响。这些人站在各自的立场上，基于各自所能达到的认识水平说三道四，都企图对秘书长的理性思考施加影响，达到各自目的。特别是这些人当中的某些具有特殊身份或与秘书长有特殊关系的人，如上级领导、亲属以及与秘书长切身利益密切相关的其他人，施加的影响更是强而有力，无法回避。他们提出的意见有正确的，有错误的；在正确意见和错误意见中，有完全正确或错误的，也有部分正确或错误的。在这样一种众说纷纭的环境下，能否做出正确判断、思路是否会被打乱、思考能否按照正确的路径正常进行，对每一个思考者来说都是挑战。如果不能克服这些不利因素，就无法形成正确思路，得出正确结论，做出科学决策。因此，秘书长必须坚持独立思考，排除任何可能影响科学决策的不利因素。首先，思考问题必须出以公心，不畏权势，不徇私情。要剔除任何可能影响理性思维的因素，不因是自己的上级就盲目听从，不因是自己的亲友而偏听偏信，不因触动了自己的情感而失去理智。必须在众说纷纭中保持冷静清醒，理性地对每个人的意见进行分析辨别，判断他们所表达的意见立场是否公正、观点是否正确、要求是否合理。其次，要大力提高科学分析、正确判断、明辨是非的能力，提高自己思想理论水平。无论某些谬论披上多么华美的外衣，无论某些奇谈说得多么天花乱坠，秘书长都要具有火眼金睛般的鉴别能力，不为所动。再者，独立思考力排众议并不是排斥群众的意见、不听群众的意见。独立思考的真正含义一是要敢于坚持真理，即使身处逆境，位居少数，甚至处于孤立状态，也要具有勇于坚持真理的气魄；二是要善于坚持真理，在众说纷纭中保持头脑清醒，排除可能影响正确思考的任何干扰。独立思考不仅不能排斥群众意见，还应认真听取群众意见。即使在自己意见正确的情况下，也要对群众意见予以足够重视，吸取其中合理成分，使自己的思考更加符合实际，得出的结论更加完善，形成科学的正确决策，这与独立思考并不矛盾。

李建辉博士慰问吴德胜校长（左四）一家

第五，严谨缜密的逻辑思维能力：

在生活中我们常常听到一些对别人的赞美，评价某位领导思路清晰，讲起话来头头是道，写的文章也条理清楚、明明白白，具有说服力。同时，我们也能听到对某些领导的不满，批评他思维混乱，讲话、写文章东一句、西一句，没有层次，不知所云。其实这两种评价都在不约而同地讲同一个问题，那就是思维的逻辑性。说话、写文章都是在表达自己的思想，思想水平决定说话、写文章的水平。思想水平不高，要发表高水平的演讲、写出高水平的文章，是根本不可能的。思想水平高不高，一方面取决于理论水平、认识能力，一方面取决于思维方式、思想方法。而在二者之间，思维方式、思想方法是基础、是前提。没有正确的思维方式、思想方法，理论水平、认识能力也无法提高。从一定意义上说，思维方式、思想方法决定理论水平、认识能力。人的思维是有规律的，只有遵循思维规律的思维方式、思想方法才是正确的、科学的思维方式、思想方法。而逻辑便是指思维的规律。遵循思维规律就是思维要符合逻辑、具有逻辑性。逻辑思维是以概念、推理、判断来反映现实、认识现实，揭示事物本质属性的思维方式。抽象性是其最大特征，因此也叫抽象思维。形象思维只看到事物的表面现象，不能揭示事物的本质属性，只能看到事物的表面联系、不能看到事物的内在联系，因此对事物的认识只能就事论事、浅尝辄止。只有抽象的逻辑思维才能认识到事物的本质和内在的联系，正确把握事物的发展规律。只有具备较强的逻辑思维能力，才能具有较强的认识问题、观察问题的能力，说话、写文章才能说到点子上、写到明白处，在研究问题、讨论问题时才能一语中的，抓住实质。由此可见，逻辑思维能力对社会组织秘书长来说是多么重要。可以说，逻辑思维能力是秘书长思想智慧的基本功，是秘书长思想素质的奠基石。秘书长要提高自己的思想智慧水平，就要下工夫加强逻辑思维能力的训练。

第六，统揽大局的战略思维能力：

社会组织秘书长一定要具有战略思维能力。所谓战略思维能力，就是善于协调处理局部利益与全局利益、眼前利益与长远利益的关系，从全局和长远的利益需求来观察形势、分析趋势，谋划发展、制订计划，统揽大局、统筹兼顾的能力。具有战略思维能力，必须正确认识和处理局部与全局、眼前与长远的关系。

在正确处理全局和局部的关系方面，首先要清醒认识自己的位置。任何一个社会组织都兼具全局与局部的特征。仅从本单位自身来看，相对其下所属的分支机构、会员单位来说，单位本身就是一个整体、就是全局，分支机构、会员单位是局部；但相对于主管部门来说，自己这个单位又只是一个局部。从全局的角度观察问题、思考问题，既要把自己的单位作为一个全局，又要把自己的单位作为一个局部。其次，要树立大局意识，坚决做到局部利益服从全局利益。要把本单位看作是一个全局和整体，从全局的整体利益上想问题、看问题，而不是顾此失彼、厚此薄彼，以致各单位之间严重失衡。同时，又要把本单位看作是局部，从更大的全局利益需要制订自己的规划、计划，把局部利益纳入到全局的利益需求中，自觉地做到局部服从全局，以实现全局利益作为局部工作的出发点和落脚点。再者，在需要时牺牲局部利益确保全局利益。要充分认识到在某些特殊情况下牺牲局部利益对于确保全局利益的必要性与合理性，毫不犹豫地服从全局利益需要，对局部牺牲做出选择。要充分认识到全局利益与局部利益的一致性，不要把局部利益与全局利益对立起来。要认识到只有全局利益得以实现，局部利益才有保证。“皮之不存，毛将焉附?”片面强调局部利益的重要性而拒绝做出牺牲，就是缺乏战略思维能力的具体表现。

在正确处理眼前利益与长远利益的关系方面，要着眼长远利益，不计较一时得失，不囿于眼前利益。具有战略眼光的一个具体特征就是我们常说的“有远见”。有远见首先是要有远大的目标。这种远大的目标是在主客观条件许可的情况下追求利益实现最大化，而不是小胜即安、胸无大志。远大目标所体现的实际上是决策者对形势的科学认识与分析。高估形势与实力，提出的目标不切实际，无法实现；低估形势与实力，提出的目标落后保守，不利发展。对形势与实力的估计只有既看到当前现状、又看到蕴藏的发展潜力，才能实事求是地科学分析与认识，提出切合实际、经过努力能够实现的最高目标。其次，有远见就是要用发展的眼光来观察问题、认识问题。不能只看到眼前的不利因素，也要看到发展的潜力；不能只看到眼前的有利条件，也要预估到发展中可能遇到的问题。就是说不能只看今天、不想明天，只看这一步、不想下一步。用发展的眼光看问题就是要有预见性，对事物的发展趋势能够正确预计，既能对实现远大目标增强信心，又能对遇到的困难和问题做好充分思想准备，做到未雨绸缪。其次，有远见就要不计较眼前得失、一时成败。既不为一时胜利忘乎所以，也不为一时挫折沮丧失意，始终理智面对，做到居安思危，成功不称雄，失败不失志。若为了长远的利益，需要暂时牺牲眼前利益，就要着眼长远，以牺牲眼前利益换得长远的更大利益。

第七，解放思想的创新思维能力：

创新是事业发展的推进器，任何事业只有经过不断创新才能不断发展。不断创新的事业才是生机勃勃、蒸蒸日上的事业。但创新从来都不是一帆风顺的，总是面临着来自各个方面的羁绊。这种羁绊既来自旧的思想观念，也来自落后的思维方式；既来自保守的传统体制，也来自人们的习惯势力。但其中最根本的原因、决定性的因素，是人们思想观念、思维方式中陈旧、落后的传统习惯。只有解放思想，摆脱束缚，才能走上自由创新之路。所谓创新思维能力，就是坚持实事求是，勇于解放思想，彻底摆脱传统习惯、落后体制、陈旧思想观念的严重束缚，提出顺应社会发展潮流、符合社会发展规律的新思想、新观念、新对策、新方法，从而把事业不断向前推进的能力。创新思维首先来自于创新的激情和对创新目标的渴望。这是一种强烈的事业心和责任感，是不安于现状，总是希望事业能够不断跨上新台阶、工作不断出现新局面的一种冲动。只有在这样的心态下，人们才愿意成为一个探索者。如果是那种不求上进、满足现状的人，是不会去尝试和探求创新之路的。创新思维还需要勇气。创新就意味着对传统的叛逆，而传统势力中既有强大的权势力量，又有复杂的利益关系。在此情况下，背叛传统既要背负巨大的思想精神压力，又要面临个人利益得失的实际考验，还要准备面对失败的巨大风险。坚持创新思维就要具有实事求是的勇气，坚持实践是检验真理的唯一标准，不信邪，不屈从权势，不计较得失。然而，创新思维更需要尊重科学。并非另类就等同于创新，并非背叛就等同于创新。创新要符合社会发展规律，顺应历史发展潮流，遵循理性思维的逻辑规则。创新不是异想天开，不是胡思乱想。创新要善于吸收，善于借鉴。创新并不等同于蛮干，创新必须讲科学，具有科学精神，尊重客观规律。

第八，灵活开放的立体思维能力：

立体思维是指跳出点、线、面的限制，能从上下左右、四面八方去思考问题的思维方式，也就是能“立起来思考”。立体思维实际上是一种发散思维。这种思维方法强调占领整个立体思维空间，并有纵向垂直、横向水平、交叉重叠的组合优势，把研究对象摆在三维空间中去思考，让思维细胞在立体空间中撞击和接通，扩大思维活动的跨步，拓宽可能性空间。一位心理学家曾经出过这样一个测验题：在一块土地上种植四棵树，使得每两棵树之间的距离都相等。受试的学生在纸上画了一个又一个的几何图形：正方形、菱形、梯形、平行四边形……然而，无论什么四边形都不行。这时，心理学家公布了答案：其中一棵树可以种在山顶上！这样，只要其余三棵树与之构成正四面体的话，就能符合题意要求了。这些受试的学生考虑了那么长的时间却找不到答案，原因就在于他们没有学会使用一种创造性的方法——立体思维法。

人们进行思维活动时总会受到过去的生活经验和已有思维方法的影响。对于这些受试者来说，平面几何是他们比较熟悉的知识。于是，当他们碰到几何问题的时候，也往往先从平面几何而不是立体几何的角度来进行思考。这时，他们所熟练掌握的平面几何知识反倒成了限制他们思考问题的框框，于是也就想不出正确的答案。立体思维思考问题时常从三个角度出发：一是空间的角度，世界上的万物都在一定的空间存在，立体思维就充分考虑了事物存在的空间，跳出事物，从事物本身之外看事物，从更高的角度去观察、去思考；二是时间的角度，世界上的事物都是在一定的时间中存在，从时间的角度去思考，既从现在进行时的角度思考，又从过去时、未来时的角度思考，便可以作今昔对比，从而以史为鉴具有忧患意识，正视现实具有创新意识，瞻望未来具有超前意识；三是事物之间相互联系的角度，世上万物都不能孤立存在，它们相互之间总是具有一定的联系。从事物千丝万缕的联系中去思考问题，就容易找出事物的本质，从而拓宽创新之路。

能够从多角度来思考问题，而不是只从一个固定的角度思考问题，是立体思维的根本特征。有时循着一个思路，只从一个角度思考，思维受到局限，具有很大的片面性，无法反映客观事物的本来面目，不可避免地会走进死胡同，陷入“山重水复疑无路”的境地。在这种情况下，换一个思路，开启开放式思维，突破思维的局限性，就能豁然开朗，“柳暗花明又一村”。有时只循着一个思路虽然也能从某种程度上解决问题，但是换一个思路可能又会发现更好、更完善的办法。从不同的层次、站在不同的高度思考，全方位地看问题，才能看得更广、更深、更远，看得更全面、更丰富、更立体。这是由事物的本质和事物发展的规律所决定的，也符合认识的发展规律。在工作中，遇到一些需要解决的具体问题时，多种思路，多种办法，有多个方案互相比较，才能找出最优方案，得到最好结果。

第九，科学果敢的判断决策能力：

决策能力是社会组织秘书长根据既定目标认识现状、预测未来、选择最优行动方案的能力，是对某一问题特别是某一重大问题处理的决心、办法以及实施的力度，是管理者各方面综合素质的全面体现。美国著名管理学家赫伯特·西蒙曾经说过这样一句名言：“管理就是决策。”决策能力，是社会组织秘书长能力的核心。判断决策能力有两个方面的标准，一是在需要秘书长做出决策的时候能不能果断做出决策，二是做出的决策是否科学、是否正确。能不能做出决策是判断决策能力的基本体现。每临重大关头，群众总是不约而同地把目光投向秘书长，对秘书长及时做出决策寄予希望与期待。此时的决策决定着方向和道路的选择，决定着下一步怎么走、向哪里走。如果秘书长不及时做出决策，群众对下一步怎么走就心中没底，社会组织的凝聚力就会很快涣散，战斗力也会因此减弱甚至丧失。如果秘书长能够及时做出决策，社会组织就能始终保持旺盛的斗志，从而为事业与工作持续向前发展提供保证。决策是否正确、科学，直接决定着各项工作的成败，是事业与工作成功的重要前提。即使秘书长能够及时果断地做出决策，但决策若不科学正确，很快就会被实践证明决策是错误的，还可能会造成无法挽回的严重后果。错误的决策如果能够得到及时的纠正调整，尚可减少损失影响。如果秘书长不能及时察觉或坚持错误不能主动纠正，惨重的失败与损失则不可避免，一个社会组织、一份事业、一项工作、一个项目可能遭到就此毁掉的严重后果。

科学正确的判断决策，必须符合三大规律的要求。一是必须符合主观和客观相统一规律的要求。主观和客观相统一的规律是决策制定阶段的基本规律。决策是在具体的管理活动开展之前对未来管理活动的方向、目标、原则、方法和途径作出选择和判断的过程，是决策者的主观认识如实反映客观对象的发展规律并据此做出行动的方案、方针、计划、政策甚至形成理论的过程。如果决策者的主观认识和客观实际不符甚至完全背离，那么据此做出的任何决策都是错误的。许多深刻的教训已经证明，决策者所做的任何错误决策，遭受的任何挫折和失败，无一不是决策者们主观与客观相背离的必然结果。二是必须符合理论和实践相统一规律的要求。实践是检验真理的唯一标准。决策是否科学正确，不以决策者的主观感觉而定，必须由实践的效果来检验。如果决策的方案、方针、政策、计划在组织实施中能够变成下级和群众执行的自觉行动，达到预想的结果，转化为改造世界的物质力量和精神力量，那么决策就是科学正确的。否则，决策就是错误或者有缺陷的，需要重新修订、完善。因此，决策的组织实施必须遵循理论和实践相统一的规律，使决策方案在组织实施中得到验证、补充、丰富和发展。三是必须符合思维逻辑与客观现实历史进程相统一的规律。这个规律不仅要求决策者适应决策对象的变化趋势和变化了的主客观条件，对原决策方案、决策目标和决策的价值标准进行适当的修正、调整和完善，而且要求随着决策进程的推移不断转变，达到思维逻辑的进程和客观现实发展的历史进程相统一。上述三大规律共同构成一个开放的系统，相互联系，相互依存，不可分割，共同支撑起判断决策的逻辑起点、逻辑过程和逻辑归属。

科学的决策来自于正确的判断，而正确的判断则来源于对客观实际周密的调查研究。要确保决策的科学正确就要充分发扬民主，集思广益，博采众长。这样做出的决策，才不会出现大的偏差。只有民主才能带来更多的科学元素，只有民主才能使科学更好地为决策服务。科学化离不开民主化，历史上如此，在现代条件下也是如此。现代科学决策与传统决策的一个重要区别就在于，决策不由少数领导人凭主观经验或个人偏好而做出，而是在信息系统、咨询系统、决策中枢系统等相互独立又能相互协调的基础上做出决策。第一，对于决策中枢系统来说，要从两方面进行努力：在组织结构方面，坚持对决策权力进行合理分配的原则，在上下级决策机构、不同决策部门之间合理划分决策权限，明确决策权的归属；在运行规则方面，严格规范决策过程，包括决策程序的制度化、决策论证的民主化、决策方法的现代化等。第二，对于决策信息系统来说，要大力扶持不同层次的信息库、信息研究中心的兴建，形成快捷、高效的信息运作机制，为决策中枢系统和咨询系统提供充足、准确的信息。第三，对于决策咨询系统来说，要大力发挥各类咨询机构的作用，充分调动研究人员与咨询专家的积极性与创造性，客观公正地研究问题，为决策者提供决策目标、决策方案、决策评估等。

第十，足智多谋的攻坚克难能力：

是否善于解决复杂疑难问题，是对社会组织秘书长思想智慧的实际考验。人与人之间思想智慧的差距，往往在这种时候体现得最为充分。对于秘书长来说，面临复杂疑难问题是家常便饭。从某种意义上来说，秘书长应该是解决复杂疑难问题的专家。若缺乏解决复杂疑难问题的能力，就肯定不是一个称职、合格的秘书长。具有解决复杂疑难问题的能力，就要求秘书长在复杂疑难问题面前必须比别人想出的办法更多一些，要有好办法、新办法，有高招、有绝招，能够带领群众攻坚克难，解决问题。秘书长是一个社会组织的主心骨。秘书长没了主意，群众就会失去信心。只有足智多谋的秘书长，才能得到群众的信赖，让群众心里感到踏实，让董事会、理事会信任、放心。

社会组织秘书长足智多谋的攻坚克难能力从哪里来？第一是来自于能够战胜困难的高度自信。在平时的工作中，要不怕困难，遇到困难不回避、不退缩，勇于接受挑战，敢于在困难的环境中锻炼自己。无论任何困难，都能够从战略上藐视它，相信办法总比困难多。没有一个人天生具有解决复杂疑难问题的能力，但是不怕困难的人都具有充分的自信心，相信别人行，我也行！第二是来自于平时的思想智慧积累。没有人能够一步登天，再大的智慧也来自平时的积累。智力是知识内化的产物。广博且结构合理的知识，是秘书长各种能力发展的基础，也是秘书长智慧的源泉。秘书长的智慧也来自于实践。丰富的阅历，在顺境和逆境中经受锻炼，都是使秘书长不断增长智慧的宝贵财富。善于总结经验的人，注重把平时积累的经验及时归纳总结，待关键时刻就能够运用自如。作为新世纪的社会组织秘书长，必须深刻地了解和把握当今世界的政治、经济、法制等方面的新动向，坚持理论联系实际，注重研究全局性问题，对重大问题进行战略性的思考和研究，并善于从实际出发，顺应发展变化的新情况。特别是要准确地抓住问题、解决问题，重视平时的思想智慧积累。第三是来自于群众的智慧。世界上没有先知先觉，没有神，只有人。秘书长再高明，也不可能事事皆通，总有自己不熟悉、不了解的领域。遇到复杂疑难问题，自觉地深入基层了解情况、调查研究，向群众学习、求教，征询群众的意见，集中群众的智慧，相信群众，依靠群众，就没有克服不了的困难，没有解决不了的问题。群众中人才济济，能够把他们的智慧集中起来的人，就是具有更大智慧的人。善于集中群众智慧，善于向群众学习，才是真正的聪明，才能够比别人更高明，才能够胜人一筹。

笔者曾与几个社会组织秘书长、副秘书长聊天，我们把社会组织秘书长比喻为十二生肖，一起趣谈秘书长的属相修养，我们一致认为社会组织秘书长应该具有鼠的钻劲、牛的勤奋、虎的威风、兔的可爱、龙的潇洒、蛇的圆滑、马的耐劳、羊的温驯、猴的敏捷、鸡的清醒、狗的忠诚和猪的憨厚。是否真是这样还需要在现实中考证。

以上是李建辉博士分享的如何做个合格的社会组织秘书长的深刻论述，后来成了秘书长们的指路明灯。中国的社会组织本来就处于发展过程中，所以还需要专家去扶持。李建辉博士作为出版了全国第一本有关社会组织工作感悟的专家，在中央文献出版社出版的《社会组织与感悟》一书，对推动国家社会发展起到了很大的作用。

4－5 实地控真情 爱心感患者

李建辉博士在广州市天河区政法委工作期间，曾碰到过一个非常棘手的问题：组织上安排她去负责“法轮功”顽固分子的教化工作。

李建辉博士受领这一任务前，对“法轮功”就有一些了解。他们天天打坐、练功、对抗政府，社会上一些人认为这些练“法轮功”的人都是顽固分子，神经或多或少有点毛病。

但是当李建辉博士接手这项工作时，她却没有这样看。她认为其中一些别有用心的人已经受到了政府的处罚，剩下的人是不是另有图谋呢？不能一概而论，既要逐个分析，又要区别对待，同时还必须做到深入实地调查了解，而后才能对症下药。她费了九牛二虎之力准备了一套相对完整的理论知识后，没想到教化工作还是如雾里看花、水中捞月，因为这些练“法轮功”的人根本不和李建辉博士进行语言交流，他们完全不信任政府官员。

不过李建辉博士没有气馁，她又针对每个人的特点想了办法。其中一个“法轮功”人员张某是某银行的办公室副主任，两只手都会打算盘，业务能力非常强。她不开口、不喝水、不吃饭，即将面临死亡，即使送进医院打吊针，她也是马上就拔了。李建辉博士查了很多关于她的资料，她高考时考了本科的分数，却只被大专录取了，心里很不平衡。她个人能力很强，因此李建辉博士推断她可能有“怀才不遇”的心理。她的妹妹也练“法轮功”，当时正身处劳教所，因此亲情也可能是一个突破口。为此，李建辉博士决定先不和她说练“法轮功”的事儿，而是有意识地讲她关心的问题，比如说想不想见父母，她妹妹已经取得进步了等。不出所料，这一下子，她马上两眼放光、愿意说话了。李建辉博士就这样打开了她的话匣子。从早上 8 点钟谈到中午 12 点多，李建辉博士对自己的父母、儿子都没有那么耐心过。最终，她用了 30 天的时间让她认识到了错误，还远离“法轮功”。

通过一次又一次的实践和探索，李建辉博士发现凡是练“法轮功”的人总是多少有些自身的原因，譬如病症、困难、不公平待遇、对死亡的恐惧等。找到了原因，接下来就是对症下药的问题了。一个处方用一个人，对不同的练“法轮功”人员，李建辉博士就会采取不同的办法。当把他们这些人教化回归社会后，新的问题又接踵而至，那就是原单位的领导总会给这些人施以不公正的待遇，譬如本来是教授，他教化好回到单位之后上级却让他去冲茶倒水、打扫厕所，这样很容易导致他们重蹈覆辙。所以李建辉博士不但继续关心他们的自身状况，同时更注重双管齐下，做好他们原单位领导的思想工作，要他们做到不戴有色眼镜、一视同仁。既要监管又要帮助、送温暖。一年下来，李建辉博士用自己的聪明才智转化了三四十个高学历的“法轮功”练习者，转化率在全省最高。

李建辉博士获得省“三八红旗手”

一天，李建辉博士带着自己的成功经验，来到了一姓刘的大姐家。她看了看刘大姐，又看了看她家的环境，马上断定这不是一个富裕人家，便和她拉起了家常，通过仔细询问得知她是因为家庭经济拮据看不起病才练上了“法轮功”，不过奇怪的是刘大姐的病情自从她开始练“法轮功”就逐渐好转了。

李建辉博士对对方的陈述并没有马上否认，而是深入研究心理作用对人产生的积极影响等。通过实践，李建辉博士更加坚定了自己的信念。

在李建辉博士看来，这个教化工作是一项庞大的系统工程，只有得到全社会的重视才能做得更好。李建辉博士后来成了省内“法轮功”教化率最高的专家之一，并在全省大会上介绍经验。

有了前面的成功经验，后面她接管部队“双拥”工作这一大摊子事情的时候就显得信手拈来了。

“双拥”工作涉及军、警、民纠纷，也很复杂。李建辉博士所在地辖区范围内有 99 家正团级单位，为了把工作做好，她总是加班加点，直到底数清、情况明、全部都有联络之后，她才会松一口气。

当时有位团级干部，生活比较艰苦，小孩得了白血病却没钱治疗。李建辉博士得知这一消息后，立即以双拥办的名义发了个倡议书，三天内筹集了 30 万元人民币，在第一时间和单位领导一起送款上门，挽救了这小孩的生命。这名团级干部见到李建辉博士一行到来，掉下了激动的泪水。自此，李建辉博士的名字在当地军人之中传得更加响亮了。

第五章

物质扶贫
从根本上解决燃眉之急

急贫困人群之所急，想贫困人口之所想，精准扶贫促发展，多措并举奔小康。

5－1 粤北山区远 送暖树恒心

2006年7月，韶关全市各地普降大到暴雨、局部地区特大暴雨，其中白石镇更是出现了韶关市有气象记录以来的最大日降雨量，一天10小时内降水达到了333.7毫米。特大暴雨导致乐昌部分地区山洪暴发、大量公路被冲毁、许多村镇电力通讯中断、交通瘫痪、众多房屋倒塌，损失惨重。受强热带风暴“碧利斯”减弱后的低压槽和西南季风的共同影响，从7月14日晚上8时至15日上午9时，乐昌市局部地区出现暴雨降水过程，其中乐昌市区和九峰、两江、大源、北乡、白石、黄圃、庆云等地下了特大暴雨。据不完全统计（因部分受灾镇电力、通信中断无法统计），乐昌共有60多个村庄被淹，受灾人数达15万人，被淹房屋1941间，倒塌房屋380间，损坏房屋550间。大源、九峰、两江、庆云等镇电力、通信全部中断。山体滑坡、房屋倒塌造成7人死亡，10人失踪，1人重伤。乐昌全市直接经济损失高达1.6亿元。至16日晚7时许，武江水位已达91.8米，超过警戒线4米，乐昌市区已成一片“泽国”。

李建辉博士得知这一消息后，顾不上吃饭，从马路边的档口买了两个馒头，一边啃着一边接二连三地拨打着电话。

“韶关水灾，我个人捐出1万元，老同学你是‘红顶商人’，年入千万，是不是可以贡献一份爱心呢?”李建辉博士拉长声调提高嗓门跟老同学询问着。

“是要给灾区捐款吗？这事我支持10万元!”老同学爽快回复道。

冷静了一下，李建辉博士又拨通了另一个朋友的电话。

“彭总，粤北地区连降暴雨，当地人民群众处于水深火热之中，你能不能帮忙?”李建辉博士带着恳切的声音说。

“目前你们收到多少捐款了？”彭总连忙问李建辉博士。

“暂时只有 11 万元。”李建辉博士带着急切的声音说。

“李大姐，我们公司的货款被别人骗走了，损失有点大，不过我知道‘众人拾柴火焰高’！我先捐 5000 元!”彭总不假思索地说。

正因为有了李建辉博士的善良之心，才有了三天内筹到的 30 多万元善款，也正是因为有了像李建辉博士这样视灾区如故里的无数善良的人们，灾区人民才得以以最快的速度重建家园。

天有不测风云！远方的灾区还在重建，故乡的土地又起苍凉。2007 年 6 月 16 日，李建辉博士的老家大埔县同样出现了百年不遇的洪灾。既不能袖手旁观，又不能耽误工作，怎么办呢？她一边自己率先捐款 1 万元，一边亲自挂帅组织赈灾志愿者队，自己担任队长。周末一到，她就带着赈灾志愿者队冒着倾盆大雨朝着 500 多公里外的大埔县湖寮镇出发了，那一箱箱方便面，那一瓶瓶矿泉水，那一扎扎筹了 16 万元的现金钞票，无一不彰显着李建辉博士的大爱无疆，无一不渗透着李建辉博士公益慈善团队的拳拳之心。

回想 2008 年那一场暴风雪，有多少人至今仍心有余悸。然而正是这一场自然灾害，又一次见证了李建辉博士的真情大爱，她不但又一次伸出了援助之手，而且又一次动员了身边的人员累计捐款 17 万元送给了灾区人民群众。

冰灾无情人有情，当地灾民收到李建辉博士的捐款时，一个个感动得热泪盈眶。

几年下来李建辉博士发动社会组织及朋友为韶关、梅州等地筹集了上百万元扶贫助困救灾资金及物品，尽最大努力帮助灾区贫困人民克服困难，赢得了当地人民的高度赞誉，多次被评为“扶贫助困之星”。

5-2 仁风传千里 爱校总关情

在迈入公务员队伍之前，李建辉博士做了12年的教师，她最希望看到的就是学生们能够幸福快乐地成长。因此她对教育情有独钟，特别是对山区贫困孩子更是关怀备至。多年来，她号召社会组织发扬“一方有难，八方支援”的精神，亲自带头致力于贫困山区扶贫助困活动，彰显世间温暖真情。在风霜雨雪中，我们能见到李建辉博士大爱无疆的身影；在书声琅琅的校园中，我们同样能见到她倾情公益的足迹。

一组又一组的数据和一本又一本的荣誉证书可以作证！

2006年11月27日，李建辉博士利用周末时间组织热心单位代表前往受灾的梅州市贫困地区进行扶贫助困，捐赠了数百套师生校服和电脑、电视、DVD机、乒乓球桌等一大批实用物资，合计价值10多万元。

2007年1月13日，李建辉博士率领爱心人士前往大埔县灾区湖寮镇中心小学、虎山中学扶贫助困，她带头捐赠给湖寮镇中心小学教师讲台、木凳、课桌250套，学生书包几百个，价值约10万元；同时捐赠给虎山中学教师用书一批，价值5万多元。

2010年4月，李建辉博士为大埔县西河八一小学修建校舍捐款。8月，她带领北大教授和美国、菲律宾教授到大埔县虎山中学义讲，情系山区教育，热心义教，被授予荣誉证书。同月，她发动捐款60万元作为奖教奖学金，扶贫助困、热心公益、仁风远播、惠及乡邦，被大埔县虎山中学授予荣誉证书。

2011年3月25日，李建辉博士到虎山中学扶贫义教，捐助10个贫困生学习生活费用一年，约2万元。

2011年6月10日，乐善好施、慷慨解囊的李建辉博士又资助10个贫困学生 5 万元。

2011 年 7 月，李建辉博士热心扶贫助教，赞助大埔县北塘红军小学 2011 年中英夏令营英语学习班，发动爱心人士捐款 6 万元。2011 年 8 月，李建辉博士慷慨解囊资助 10 个贫困学生，约 2 万元。

2012 年 9～11 月，李建辉博士向虎山中学、茶背中学、红军小学捐赠《现代婴幼儿教育学》《社会组织实践与感悟》《警徽闪亮》等书籍，价值约 1.5 万元。

2012 年 11 月 23 日，情系山区教育的李建辉博士捐赠给大埔县北塘红军小学、梅县丽群小学、梅州市梅江区嘉应中学 500 本书籍，30 幅墨宝。

2012 年 12 月 8 日，李建辉博士与美国老师 James 到梅州市革命老区红军小学、西河中心小学义教，捐赠墨宝 30 幅，录像机 1 台，价值 2 万元。

2012 年 11 月，李建辉博士情系大埔县教育，发动捐建一座图书馆，价值 20 万元。

2012 年 12 月，李建辉博士牵头发动部分校友为母校虎山中学捐赠近 2 万元的书籍。李建辉博士捐了 10 多万元书稿费，引领筹资近 300 万元新建教学楼；同年李博士再捐近 2 万元。

荣誉接踵而至！

2011 年李建辉博士被大埔虎山中学聘为关工委荣誉主任。

2011 年 7 月，李建辉博士被大埔县北塘红军小学特聘为少年先锋队辅导员。

2011 年 11 月，李建辉博士被丰顺县教育局聘请为留隍镇卓斌希望小学名誉校长。

2011 年 11 月，李建辉博士被五华县教育局聘请为五华县兴林中学名誉校长。

2011 年 11 月，由于为五华县五华中学学校建设作出无私贡献，李建辉博士被授予“五华中学荣誉校友”称号。

2012年11月，李建辉博士被丰顺县教育局聘为茶背中学荣誉校长。

2015年5月，李建辉博士被广州市南武学校聘为荣誉校长；任华南农业大学、华南师范大学、广东外语外贸大学课堂教授及三个大学客座教授。李建辉博士每年拿出约3万元用于奖励她所担任荣誉校长的学校的学生。

这些大爱事例还有很多很多……围绕在李博士身旁的爱心人士、公益伙伴也越来越多……

我虽然没有来得及一一展开这些感人肺腑的故事，但是从那一组组的数据中我们自然能描绘出李建辉博士那大爱的乐章！

5－3 幼苗常浇水 呵护暖童心

如果说爱洒神州是李建辉博士应尽的光荣义务，那她情注异国他乡又是一种怎样的胸怀呢？

那是2004年夏天，李建辉博士因为工作需要来到邻邦异国——柬埔寨。她和朋友在街头行走，突然十来个衣衫褴褛的流浪儿童围了过来向她伸出了一双双脏兮兮的手，嘴里不停地大声朝李建辉博士叫着“mother”（妈妈）……

面对眼前的这一幕，随行的朋友一下子惊呆了，而李建辉博士却没有一丝慌乱，她一边把自己身上所有的现金一张一张地发给这些流浪儿童，一边抚摸着他们的脑袋。

事后有人问她那一刻为什么没有一丝慌乱？

李建辉是这样回答的：“无论是滔滔洪水中的灾民，还是冰灾中的弱者；无论是躺在病床上奄奄一息的患者，还是流浪街头的少年；无论是中华大地的灾民，还是异国他乡的穷人；我都有义务去尽力关心和帮助他们，因为他们都是来到人世的一个生灵，爱心是没有国界的！”

李建辉是这样说的，也是这样做的。2006 年春夏之交，她在非洲考察工作，路遇饥饿和生病的流浪儿童，她的泪水忍不住在眼眶里打转，她一边用英语和他们交流，一边把口袋中的所有现金一分不留地分给了这些流浪儿童。在印度、中东、阿拉伯等地区也发生过同样的事情。2018 年在联合国第 62 届妇女大会研究妇女儿童发展问题时，如何提升世界各国妇女综合素质、如何维护妇女儿童合法权益等问题，都成了李建辉博士研究的主题。作为 2018 年唯一的文化代表，李建辉博士此时又进入了另一种境界，她一直坚持自筹经费，为世界和谐而奉献，践行着和而不同、择善而从、天下为公、世界大同的梦想。李建辉博士一直在引领着大家前行……

5－4 施善无边际　惠及众乡邻

李建辉博士关心和爱护学生，将爱献给灾区和灾民，但是，她同样也没有忘记那些孤寡老人和异地乡邦。

2016 年 5 月 30 日，李建辉博士一行人来到了大埔县虎山中学开展助学活动，资助全县 29 名高一贫困生，每年向贫困学生发放助学金 2400 元，共捐助 25 万元。还向枫朗镇的 30 间小学捐建了图书角。据悉，多年来，在李建辉博士的带领下，广东省担当者行动及热心人士一共为大埔县西河小学等 18 所学校捐建了 1790 个图书角，捐助图书近 13 万册，在大埔县做到了图书角、图书教育全覆盖。

在大埔县一所红军小学的筹款过程中，李建辉博士和她的团队送去了约50万元，对全校硬件设施更新、图书馆建设，起到了举足轻重的作用。

几年下来，李建辉博士已经带动无数有爱心的企业家参与红军小学及辅德堂中英文活动基地建设。除了捐款捐物，企业家们还带着家人参加夏令营活动，并资助修缮校舍近70万元。

在她的带动下，公益慈善团队成员自愿利用周末、节假日到革命老区扶贫助困，共发动身边的朋友先后捐建了6所希望学校，业余带动了近二千万元的捐款。李建辉博士为近100所学校开展义讲义教上百场次，亲自带领外国教师参加革命老区义教近200场次，30年来，举行义教约500场次。每月为社区举行一至两场大规模文化服务活动，为构建和谐社会做贡献。近三年来，李建辉博士在赵广军生命热线全国道德模范平台义务直播，每个月两至三场，弘扬正能量，每场粉丝约25～30万人在线收看，关注人数过亿人次。这是她的全部业余爱好，也是她回馈社会的重要途径。

2018年她以唯一文化代表的身份随李克强总理出访了印尼和日本。

李建辉博士“以天下为己任”的信念和追求取得了常人无法取得的荣誉与成绩。

编外篇

1

全国公益之星李建辉博士风采有咏

邱汉章

强记博文余禀粹，
著书游学见高端。
雍容秀整心胸广，
明赡经纶视野宽。
公益热心成典范，
人生励志竖标杆。
涵濡风物翥鸾凤，
家国情怀香桂兰。

辛丑年正月十五（元宵节）

2021 年 2 月 26 日

注：2021 年 2 月 24 日，联合国第 63 届妇女大会代表、全国公益之星、广东省传统文化促进会永久名誉会长李建辉博士受邀到国家粮食和物资储备局广东局与 60 多名妇女同志进行了交流。读此新闻，感慨良多。李建辉博士是大山里飞出的金凤凰，是大埔县的骄傲。余有感而欣然吟七律一首，以表敬佩之情。

2

李建辉：女强人的大爱慈善路

文丨孙春宁

李建辉到非洲好望角参与扶贫帮教公益活动

“做人要把自己的作用发挥到极致”“慈善无大小，给你身边的人一个微笑也是一种慈善”“做任何事情都不要有私心杂念”“近 80 岁的老父母都跟着我去做慈善”……她叫李建辉，几十年如一日地做着慈善活动。在采访中记者对她的敬意油然而生，情不自禁地认真倾听她的故事……

李建辉参加广东省钻玉珠宝研究院活动

一个周日的晚上，广州市正下着大雨。7 点时记者见到了李建辉，她笑容爽朗，说话办事干脆利落，很有亲和力。此前，志愿者李建辉已经在广东人家社会工作发展服务中心忙活了两天，筹备即将举行的“图书角”捐赠活动。10 点多，上初中的儿子多次打电话催促，李建辉才驱车回家……

▶ 革命老区的孩子也有书看了

“太喜欢这些书了，都是我喜欢的书。”六年级一班的林伶俐同学开心地拿着一本故事书，爱不释手，边看边说，“我以后一定经常借书，争取把‘图书角’的书都看一遍。”

2013 年 12 月 20 日，广东省担当者行动“班班有个图书角”公益助学项目正式落地丰顺县。担当者行动教育发展中心专业顾问李建辉和志愿者把精挑细选、全新优质的 3500 册图书、50 个书柜及管理手册等捐赠给了当地的 5 所学校、50 个班级。

丰顺县是革命老区梅州市所辖的偏远山区贫困县。那里的学校条件艰苦，没有宽敞明亮的教室，没有藏书丰富的图书馆，孩子们渴望阅读，渴望通过知识走出去。“虽然学校原先也有些藏书，可大多过于陈旧，长时间没有更新，学生对课外阅读根本提不起兴趣，这次担当者行动带来了这么多全新的、高质量的课外图书，就像一场及时雨，恰好淋在了孩子们贫瘠而干涸的心灵土地上。”汤西镇中心小学的一位老师说。

看着孩子们拿到了自己心仪的书本，李建辉欣慰地笑了，连日来的疲惫一扫而光。谁也不会想到，为了这次活动，她连续三个月利用下班时间及周末来筹划布置。目前为止，她已经组织捐建了近200个“图书角”。“孩子们是国家的未来，民族的希望，通过我们的持续努力，让乡村的孩子能够分享到外面的知识和信息，和城市的孩子在同一个起点上去共同创造祖国的未来。”她如是说。

▶ 50万带动300万

最让李建辉感到自豪的，莫过于捐建卓斌希望学校时四两拨千斤的杰作。卓斌希望学校原为陈毅元帅到过的丰顺县留隍镇茶背岽下村的岽下小学，校舍比较陈旧，属危房改造项目，学校改建需要近300万元。通过李建辉的引荐，广东省卓越慈善基金会董事长卓斌个人捐资50万元，对学校进行改造修建。剩下的资金缺口怎么办呢？李建辉找到广东省紫琳慈善基金会秘书长朱朝奉，二人屡次拜访当地的各级领导，共同发动捐款并发出倡议书，号召在外乡贤、有关单位等捐款。“他们一看，外地人都来张罗着建学校，本地人怎能袖手旁观呢？”很快，修建学校的300万元资金筹措到位。最后，还用剩余的近100万元成立了奖教奖学基金。“早期身边有一些朋友虽然赚了很多钱，但没有时间做慈善事，我慢慢感染他们，带动他们自愿地做慈善，参与社工、义工活动。通过这次活动，也让大家明白了如何把慈善做到最大化。”李建辉说。

▶ 工作岗位的女强人

李建辉曾在广东省民政厅民间组织管理局综合处负责广东省社会组织的宣传工作，并兼任广东省民间组织总会常务副秘书长、广东省社会组织妇工委副主席，现任广东省救灾物资储备中心副主任。她赢得了无数荣誉，在广州工作期间先后被授予“广州市人民满意政法干警”“综合治理先进个人”“依法行政先进个人”“百年学术特等奖”“全国行业杰出人物”“中国风云人物”等。她所负责的办公室被民政部评为“全国先进单位”，个人被评为“十佳民政干部”；在广东省工作期间曾被省政府评为“省三八红旗手”“省建功先进个人”，2013 年还被省评为“正能量先进人物”并在大会上发言。不仅如此，她还利用休息时间编撰了 16 本教育类及相关业务书籍，撰写了近 40 篇论文并发表在国家级、省级刊物上，其中有两篇论文获得国际优秀论文奖，并取得著作权。

在采访时，记者听到了很多在李建辉看来是小事的事：如 20 世纪 90 年代李建辉当老师时，就免费给四个班的学生上了两个星期的课，从早到晚；2002 年，某驻军干部的儿子得了白血病，李建辉牵头号召大家在两天内筹款 30 万元，第三天就送了过去；又如 2006 年，梅州发生严重水灾，当时几天过去了依然没人捐款，她第一个带头捐出了 1 万元，紧接着带动身边的朋友捐款，当天就捐了 16 万元；她曾带着在对越自卫反击战中牺牲战士的亲属去扫墓，代表地方单位与驻地部队建立了良好的鱼水情谊；她利用周末的时间去看望孤寡老人，给他们送去油盐柴米；她经常为山区的孩子捐钱购买桌椅、书包、计算机、乒乓球台，建篮球场等。在广东省工作期间，她积极组织社会组织负责人进行了十多批的业务培训；她组织四批次社会组织法人代表、秘书长到清华大学脱产学习；还请来了专家讲授公共管理、危机应对和社会组织法律法规等专业知识，开辟了全国先河，受到民政部领导的表扬。一直以来她

孩子们在登记图书

克服人手不足等问题，对所有办事群众都予以耐心、爱心，用一流的专业知识为他们服务，深受好评；团结同事，齐心协力把工作做到最好，在行业内成为领头羊。

慈善事业是我的终身追求

李建辉常说，“活着，就是一种责任”。而这种责任不是为了自己，而是对单位、对行业、对社会，对国家的责任。正是这种责任感让她心中有大爱，让她从不间断地做慈善事业，担任志愿者和义工。

多年来，李建辉先后筹钱在革命老区建了五所学校。近几年更是把自己卖书的十几万捐给母校建办公室，为贫困老区学校建了近两百个“图书角”，解决图书馆缺书等问题，这些事情都是她用节假日的时间默默完成的，从不张扬。近几年她先后凭借个人的魅力带动热心人士捐款300多万元，用于广东各县革命老区教育扶贫项目等，扶持贫困生约80人。她还组织了10多个国家的外籍老师到近20所学校开展慈善义讲、义教活动50多场，还积极参与社会工作，甘做一名普通志愿者、义工。正如她在虎山中学的演讲中所说：“爱是一种智慧，能给人力量，能陶冶人的性情，能改变社会。如果没有爱，拥有再多的财富，人生也像一座荒凉的孤岛，像当年没有开发的夏威夷。爱能拨动人们的心弦，能使人生和谐，社会和谐。我将慈善事业、义工和做社工志愿者作为终身追求。”

3

“全国公益之星”李建辉：生命不息　公益不止

文、图丨广州日报全媒体记者 肖欢欢

李建辉在向广州日报主任记者介绍世界各国公益片断

2020年新冠肺炎疫情期间，李建辉每个月都会到赵广军生命热线做3场公益直播，每次都有数十万人观看。李建辉在公益圈中知名度颇高，曾获“全国公益之星”“全国行业杰出代表”“广东省三八红旗手”等称号。去年，她还受邀出席联合国妇女地位委员会第63届会议的开幕式及部长级会议，并在其平行论坛中发言，还获得了世界经济组织和国际信息发展组织颁发的“杰出女性奖”。李建辉说，做公益就是一个“燃烧自己、照亮别人”的过程。

▶ 疫情期间每月3场直播

李建辉说，疫情期间是大家最需要情感慰藉和心理疏导的时候。为此她请来专业的呼吸科医生、心理咨询师等一起直播，教大家如何调节情绪，提高免疫力、预防病毒等。每个月她会做3场直播，每次反响都十分热烈。

疫情期间，李建辉看到新闻说广州市血库告急。于是，她和全国道德模范赵广军联合江南中街共同发起“捐献热血，护佑生命”的活动。当天，志愿者在微信群中发布了献血倡议，第二天一大早，就有50名热心人士跟着他们一起去献血，李建辉也是献血者之一。李建辉说，做公益，行动永远更见实效。在疫情期间，李建辉不仅自己捐资1万多元，还发动身边的朋友一共捐资100多万元用于抗疫。

两年前，李建辉受邀成为赵广军生命热线的高级顾问。李建辉坦言，多次见到赵广军因为做公益废寝忘食，她感到很心痛，深感做公益不易。

▶ 走进联合国演讲的广东女性

在李建辉办公桌上，放着她的一本专著《社会组织实践与感悟》。李建辉说，这些年，她一直在从事社会组织研究。早在2006年，她被调到广东省民政厅任职，从那时起，她就开始整理汇编关于广东社会组织的政策法规。“当时，社会组织蓬勃发展，天河区的社会组织在广州是最多的，像幼儿园、中小学、私立学校，都在管理范围内。”

尽管自己是一名政府上班族，但参与公益这28年，李建辉基本上没有准时吃过晚饭；她经常带着儿子一起做公益，久而久之，儿子的公益理念也逐渐形成。

2019年，李建辉迎来做公益事业的高光时刻。这一年3月11日，李建辉受联合国下属非政府机构——国际信息发展组织的邀请，出席联合国妇女地位委员会第63届会议的开幕式及部长级会议，并在其平行论坛以《深化妇女权益维护，促进社会和谐稳定》为题进行了主题发言。在发言中，李建辉用流利的英文介绍了中国经济社会发展的情况，尤其是中国妇女事业和维护女性权益等方面都取得了很大进步。此后，她还获颁“杰出女性奖”。

▶ 发起捐资建多所希望学校

李建辉的老家在梅州大埔县。1982 年她还在梅州当中学英语教师时，就经常利用暑假给班上的孩子们免费补课；当了 12 年英语老师后，李建辉觉得自己应该在新的领域发展，1994 年，她报考了广州的公务员，考进了广州市天河区政法委工作，但她做公益的步伐一直没有停止。

2010 年，广东省卓越慈善基金会董事长卓斌找到李建辉，希望个人捐资 60 万元以支持丰顺县留隍镇崇下小学校舍危房改造，但整个项目建设需要 300 万元。剩下的缺口怎么办？李建辉找到广东省紫琳慈善基金会秘书长，又多次联系当地政府部门负责人。李建辉后来又草拟了一份倡议书，号召在外的乡贤积极捐款，造福桑梓。

最终，前来捐款的梅州丰顺乡贤非常踊跃，而李建辉自己也参与了捐助，大家一共为建希望小学筹集到 380 万元。其中，筹集到的 300 万元用来建学校，剩下的 80 万元作为奖学金，奖励那些成绩优异的学子。李建辉说，搭建起这个平台之后，经常有本地乡贤主动来为希望学校捐资。这个项目从最初筹集到的 380 万元资金，最终带动社会各界捐资近 2000 万元，从最初李建辉希望建起的一所希望小学，最终建成了多所希望小学以及中学里的大楼。如今，李建辉还是当地 4 所学校的荣誉校长，每年她都至少要回去 2 ~4 次，给学生们义教，或者为他们颁发奖学金。李建辉说，为梅州的中小学建校舍捐资可能是她做过的最有意义的公益项目之一。“每次我看到下面那一双双明亮的眼睛，我就在想，这个公益项目就是在这里种下的一颗种子，以后它还会发芽，长成参天大树。”李建辉说，这次行动让她见识到公益的力量。

▶ “我只是一个火苗”

2009 年，一家国内民间公益助学组织的工作人员看到网上的报道后找到李建辉，希望能助力乡村儿童阅读、为乡村儿童提供阅读体验。李建辉欣然为他们提供了很多建议。如今，这个公益组织的图书角公益行动已推广至全国的近 30 个省、市、自治区。“做公益，我一个人的力量毕竟是有限的，我只是一个火苗，要把更多人动员起来，才能成为一团火焰。”

李建辉从 18 岁就加入中国共产党，至今已有 30 多年党龄，多次被评为优秀共产党员。早在 2016 年 3 月，她就积极响应政府的号召，报名参与遗体捐赠的公益项目，起到了引领作用，带动了不少人登记捐赠遗体。此外，李建辉在和台下的学生们进行人生观教育时，会经常谈起一个“木柴理论”。“我跟我的孩子也是这么讲的。人这一辈子，首先你要想好你是打算怎么个活法。我说要活得像一块木柴，你要让它燃烧发光、发热、燃烧自己，照亮他人。而木柴烧了之后剩下的木炭，还可以用来打火锅，而木炭打火锅最后还会剩下灰，最后这个灰还可以抓起来撒到田里面去，让田地更加肥沃。这样你这辈子就算人尽其才，就没有遗憾。”李建辉说，自己现在就正朝这个方向在不断努力，“生命不息，公益不止。”

李建辉生活照

李建辉花城驿站公益讲座

4

她，用另外一种方式行善

她，胸怀天下，从山区草根走上了联合国讲坛！

她，曾经只是一名英语老师，却读了五个专业、两个大专、一个本科、两个硕士、一个博士，在扶贫济困中成为十所学校共同的名誉校长；

她，是一名处级的政府官员，编写法律法规、组建公益团队影响30多个省市；

她，作为客家女人，用中华优秀传统文化、公益文化影响带动着数千万人参与支持公益。

李建辉博士在联合国第63届分会场发言

▶ 走上了联合国讲坛

她叫李建辉，广东省梅州市大埔县人，农村出身的她，深知农村妇女地位低下，也深知教育改变命运，天下太平看女人，家庭盛衰看母亲，因此她通过当地妇联组织讲座、交流，积极创立平台，为广大农村妇女发声，提升妇女们的素质。在她的倡议和影响以及当地政府的支持下，一大批妇女改变了命运。

李建辉博士在赵广军生命热线公益直播

她坚持公益事业 28 年，利用周末时间开设传统文化、中英文公益讲座超过 1000 场次，发动捐建图书角近 600 个，捐赠书籍超过 10000 册，捐出稿费 50 多万元。曾通过朋友捐资 380 万元带动了近 2000 万元捐款，从开始的建设一所希望小学到建设四所中小学及大楼。

▶ 主持网络直播节目

2019 年 3 月 11 日，李建辉博士受联合国非政府机构邀请，出席联合国妇女地位委员会第 63 届会议的开幕式及部长级会议，并在“平行论坛”中登台发言。她以《深化妇女权益维护，促进社会和谐稳定》为题的精彩发言，赢得了台下代表们的阵阵掌声。此行，她还获得联合国颁发的“杰出女性奖”。

李建辉博士获得的各种奖项（证书）

▶ 取得一个个荣誉

李建辉博士坦言自己参与公

益与童年生活有很大的关系。20 世纪六七十年代，年幼的她曾经拿着小袋子，去邻居、亲戚家“借米”。当时，亲戚和邻居们的大米也不多，但也还是几斤几斤地借给她。因此，李建辉博士的父母时常告诫他们兄弟姐妹“要不是当年那些邻居和亲戚多次借大米给我们，我们肯定就要挨饿。要记住好心邻居和亲戚的帮助。”抱着“回馈”的念头，参加工作后的李建辉博士年年回梅州大埔老家探望、慰问曾接济过自己的邻居们时都会带一些礼物和零花钱。

当了 12 年英语老师后，她凭个人的努力考取了公务员，从天河区政法委到广东省民政厅任职，她做的第一件大事情就是整理汇编关于广东社会组织的政策法规，此外，她还支持一大批公益组织的筹备注册。她认为一个人能力有限，发挥社会更多人的力量，支持公益，支持慈善，才能造福更多的人。她在广东人家社会工作发展服务中心担任总顾问，在卓越慈善基金会担任荣誉会长，支持广州齐志社会工作服务中心并担任公益代言人，支持全国道德模范赵广军生命热线并担任总顾问等。

李建辉博士与全国道德模范赵广军（左三）、白求恩奖获得者徐克成院长（左四）、李帛龙董事长（左二）进行公益交流

功夫不负有心人，在李建辉博士的努力和支持下，由她负责编写的关于社团、民非组织、基金会、综合执法的四本法规书，已被广东省21个地市，150多个区县使用，促进了这些地区管理社会组织的能力的提升。她的博士论文《社会组织实践与感悟》在中央文献出版社公开出版，成为全国第一本被送到中央常委手中的社会组织个人专著。

李建辉博士与傅晓华主任编辑（右一）、
曹建园长（右二）、彭春燕总监（左一）

▶ 与爱心人士一起用380万带动近2000万的公益助学捐款

李建辉博士经常利用周末和假期，带着朋友们开车四五百公里去到贫困山区，给十几个学校组织专家义教，捐赠桌椅、书包、电脑、乒乓球台，捐建篮球场等。她还把卖专著《社会组织和实践与感悟》所得的十几万元全部捐赠给百年老校虎山中学用于建设学校办公大楼。

李建辉不仅身体力行参与公益事业，还运用自己的知识和技能去影响更多人参与其中。当年，广东省卓越慈善基金会会长卓斌找到李建辉，希望捐款300万元建一所希望小学。李建辉用这钱撬动了4所学校的建设，还用60万元支持丰顺县留隍镇岽下小学校舍危房改造。为了解决资金缺口，李建辉找到广东省紫琳慈善基金会秘书长，并联系当地政府部门负责人，共同发出倡议书，号召在外乡贤、有关单位等捐款。丰顺希望小学建成后，用剩余的100多万元成立了奖教奖学基金，她还利用自己的影响力先后用200多万元款项带动了卓斌希望小学、五华兴林中学、五华中学卓斌大楼等改造项目，筹集到的善款项近2000万元。

李建辉公益直播

▶ **坚持28年参与无国界慈善活动 展现大爱精神**

这些年，她利用周末时间开设传统文化、中英文公益讲座超过千场，捐赠图书超过一万册，自己捐款的金额超过50万元。目前，她是10所中小学荣誉校长、5所大学客座教授。

此外，喜欢外出游学的李建辉博士游历了60多个国家，还把自己的爱心带到柬埔寨、越南、印度、埃及、中东、阿拉伯、非洲等地区。在柬埔寨旅游时，看到十几个在街头流浪的孩子，她就立刻把身上所有的钱都掏出来，分给这些孩子。2019年6月，李建辉博士还带队前往柬埔寨开展“一带一路”广东省非物质文化遗产交流公益行活动，前往国际学校做义工，带领17个非遗传承人进校园表演，传承中国优秀传统文化。无论到了何处她都积极参与公益活动，援助贫困儿童。真正做到了公益无国界。

李建辉博士一家人

张国琛社长赠书给李建辉博士

▶ **与爱心人士一起，无偿提供阅读角给街坊使用近10年**

2020年，李建辉博士与一批“全国最美环卫工”和“中国好人”在海珠区、天河区和南沙基地筹建了图书角进行爱心交流活动，她还邀请了一位美国的老师到现场教志愿者们学英文，她经常同时担任翻译和组织者。

据了解，在李建辉博士的指导下，全国建立了很多类似于海珠区珠江御景湾这样的阅读角。广州的这家阅读角由她自费打造，并无偿提供给小区的街坊阅读、交流使用，至今已有10年的时间。

与爱心人士一起走访时合影

李建辉博士表示，做善事不分大小，只要用心，在力所能及的范围内，随时都可以奉献爱心。她用爱点亮生命，用行动去影响他人。她的公益团队已将公益活动做到30多个省，追随她做公益的团队人数已有数千人。

李建辉博士希望自己未来可以专门研究如何提高妇女综合素质、维护妇女儿童合法权益的主题，关心弱势群体，并在教育领域做一些有影响力的公益事业，用自己的公益心去影响、带动更多人在公益大道上前行。

李建辉博士与她的老师廖建和

李建辉博士三姐妹

文章来源：肖金讲故事。

5

立德树人讲师团公益义教进警营

李建辉博士与余鹏翔会长到茂名监狱义讲

近日立德树人讲师团首席专家赵广军，《大大小小益起来》公益栏目高级顾问李建辉博士带队到茂名监狱进行公益义讲。二炮某部原政委、省传统文化促进会荣誉会长余鹏翔先生，中学生报原副主编杨红女士，爱心企业家杨耀先生、黄俊雄先生参加了公益义讲活动。

李建辉博士与张丽辉主任讲

李博士、余将军、杨副主编等人与近百名干警分享了“党和祖国在我心中”的演讲及人生感悟。就如何更好地为人民谋幸福，为民族谋复兴，为世界作贡献等话题进行了精彩的分享，深受大家喜爱。随后还进行了“书法与人生”的分享，让干警们的心灵受到了一次洗礼。

李建辉博士义教进警营

第二场是与近400名服刑人员分享如何通过学习传统文化，正知正觉正能量的东西收获美丽人生，李博士充满正能量的演讲，让服刑人员收获满满。

李建辉博士捐赠书籍

杨副总编分享了如何保持身心健康的知识。监狱领导重视再教育，充分发动全国道德模范宣传专家积极义教，使听课学员受益匪浅。

李建辉博士与余鹏翔将军军警民共建

文章来源：今日头条。

6

正能量先进人物代表李建辉博士受邀进行公益分享

李建辉博士与国家粮食和物资局干部公益分享

2021年2月24日，联合国第63届妇女大会代表、全国公益之星、广东省传统文化促进会永久名誉会长李建辉博士受邀到国家粮食和物资储备局广东局与60多名妇女同志进行了分享，赢得了大家的一致好评。

国家粮食和物资储备局以及直属单位负责监管辖区内中央储备粮、棉管理，会同地方有关部门监督检查中央粮、棉政策执行情况，负责辖区内国家战略物资收储、轮换、出库的组织实施和日常管理及石油、天然气、食糖和中央救灾物资等的中央储备。按照上级指令，落实重大灾害及突发性事件的有关中央储备物资保障工作。该项工作任务重、压力大，因此提升工作人员、妇女干部的抗压能力，缓解工作压力尤为重要。

李建辉博士与国家局王可顺（左二）副局长等合影

在分享会上，李建辉博士结合自己游学60多个国家、业余出版了20多部作品、攻读了3个研究生课程的经历，与听众进行交流，从积极、求真、至善、尽美等方面深入浅出地分析了两个多小时，期间还与多位干部互动，回答了他们提出的问题。经过分享交流，各位观众感受到满满的正能量。

李建辉博士与国家粮食和物资储备局干部分享

文章来源：中国报道。

7

李建辉博士携广东爱心人士到神冠控股集团参观交流

李建辉博士与李侃文先生（左六）、全国人大代表
周亚仙女士合影（左五）

2020 年 11 月 1 日，联合国第 63 届妇女大会代表、杰出女性、全国公益之星、广东省传统文化促进会高级顾问李建辉博士组织广东人家社会工作发展服务中心成员李禹龙先生、李红女士、李琼女士、邓伟琪先生、杨子墨女士一行人与广西梧州爱心人士丘建欣、何杰华、谢秀宁等一同参观了广西神冠集团的博物馆、科普馆。

李建辉博士、李侃文先生（左一）、周亚仙女士（左二）、李帛龙先生（右一）在广西公益交流

该活动由全国优秀共产党员、全国劳模、原广西首富、神冠控股（集团）有限公司董事长周亚仙女士及其他负责人陪同参观。神冠控股集团是爱心企业，它生产的食用胶原蛋白肠衣销往100多个国家，是信得过的企业，也是广西纳税大户。该企业每年捐赠上千万元公益资金，还捐建了妇女儿童活动中心展馆等。活动结束后，一行人还参加了周亚仙董事长的生日会及公益交流会，大家其乐融融，收获满满。

李建辉博士捐赠墨宝

第二天，众人参观了广西粤桂云数据中心。该中心通过高科技手段把广西很多企业的资料、数据储存在数据库，并负责大型企业和政府机构的高速互联网出口及数据库的装置，完备日志审计和监控功能满足合规性要求等。云计算将大量的硬件资源虚拟化后进行分配使用，通过数据管理系统充分发挥数据力量。打造智能解决方案，得以深入洞悉。通过登录 BM 网站，查看数据库，预约专业咨询，可以大大提高开发效率。

李建辉博士带队到粤桂云数据中心参观

粤桂云数据中心负责人周忠海先生、萨日娜女士都是优秀的青年才俊，为广西高新技术发展作出了重大贡献，他们与当地中国电信合作，创造了辉煌，值得学习。随后还举行了云数据中心专家插花技能才艺表演，舒缓工作压力，增添生活色彩，让公益交流更精彩。

萨日娜女士（左一）、李建辉博士、李红女士（右一）等人进行插花技能才艺表演

李建辉博士做了精彩发言，激发了大家先利社会、利他人、再利自己的工作理念。勉励大家时刻以为人民服务为宗旨，爱党爱国，努力学习，努力工作，为我国发展，为世界和平，作出应有的贡献。在座的各位听得热血沸腾，都表示要让潜能发挥到极致，让生命延续到极致，整个公益活动交流非常愉快。

文章来源：岭南网。

8

海珠好人丨厉害了！她坚持做公益30年，获联合国颁发“杰出女性奖”

怎样的人能被称为“好人”呢？

众说纷纭

但有一种人，相信大家都会认同

——人生的摆渡人，

用知识和善心，温暖这个世界，

渡人摆脱困境。

李建辉博士

李建辉博士，广东省梅州市大埔县人，现任广东省救灾物资储备中心副主任、广东省社会组织妇工委副主席，是报名参与遗体捐赠公益项目的公职人员，是全国道德模范赵广军生命热线的高级顾问。曾获“全国公益之星”“全国行业杰出代表”“省十佳民政干部”“省三八红旗手”“省正能量先进人物”“百年学术特等奖”等殊荣。

坚持公益事业27年，经常利用周末时间开设传统文化、中英文公益讲座超过500场次，发动捐建图书角近600个，捐赠私人书籍和著作超过一万册，捐出稿费近40万元。目前，她是6所中小学荣誉校长、5所大学客座教授，出版著作8本，编著书籍十余本。

成长时期，她谨遵父亲母亲的教导：“滴水之恩，当以涌泉相报；莫以恶小而为之，莫以善小而不为……”

参加工作时，她不断提升自己的专业知识，出色完成各项工作，“无论做什么职业，要做就尽力做到最好……”

投身公益事业时，她不仅做到物质的捐赠，还进行精神扶贫，影响周围的人参与传递正能量，“做人要把自己的潜能发挥到极致……”

从勤俭自励到大爱无疆，

从基层教育者到社会正能量传递者，

她一直不忘初心，砥砺前行，

成为了行业的楷模、人生的导师。

李建辉与孙春宁主任编辑直播

李建辉出版近20册书籍

▶ 受邀出席联合国妇女地位委员会获“杰出女性奖”

2019年3月11日，李建辉受联合国非政府机构——国际信息组织的邀请，出席联合国妇女地位委员会第63届会议的开幕式及部长级会议，并在“平行论坛”中登台发言。她以《深化妇女权益维护，促进社会和谐稳定》为题的精彩发言，赢得了台下代表们的阵阵掌声。此行，经联合国审批，她还获得世界经济组织和国际信息发展组织颁发的“杰出女性奖”。

“我来自中国广东省，广东省是中国经济最发达的省份。

中国国家经济社会的发展，尤其在支持妇女事业和维护女性权益等方面都取得了很大进步。

妇女就业总量稳步增长，参与和决策管理水平逐步提高。”

……

在“平行论坛”中登台发言时，李建辉用流利英文列举出中国关于妇女工作的数据，向在场嘉宾展示了中国的实力，让大家对中国刮目相看。

李建辉在联合国大会现场

▶ 自幼种下热爱公益的种子，时刻谨记回馈他人的恩情

演讲中，李建辉还提到了自己利用工作之余参与公益的故事。长期的坚持，无国界的爱心，让现场的嘉宾为之动容。

从何时开始参与公益活动？李建辉告诉记者，30 年的公益经历，参加过数千场的公益活动，已记不清哪个公益活动是第一次参与的，但始终记得自己投身公益的初衷。

“我爱好公益事业，跟我的童年生活有很大的关系。”20 世纪六七十年代，幼儿时期的李建辉家境处于贫困时期，在春天青黄不接的时候，家里一连几天没有大米煮粥，母亲只好硬着头皮，让身为长女的她拿着一个小袋子，去邻居、亲戚家“借米”。当时，亲戚和邻居们的大米也不多，但也还是几斤几斤地借给她。因此，李建辉父母时常告诫他们兄弟姐妹“要不是当年那些邻居和亲戚经常借大米给我们，我们肯定就要饿坏了。我们富贵不能忘记贫穷，要记住好心邻居和亲戚的帮助。”

抱着“回馈”的念头，参加工作后的李建辉年年回梅州大埔老家探望、慰问曾接济过自己的邻居们，给他们一些礼物和零花钱。也是在参加工作后，李建辉开始通过各种形式帮助他人，参与到公益活动中。

李建辉在中山市全民公益园作报告

李建辉作为荣誉校长出席南武实验小学交流会

李建辉在广府馆分享人生感悟

▶ 全力以赴出色完成各项工作屡获殊荣

“父母亲相信知识能改变命运，从小就很重视对子女的教育，并培养他们的阅读习惯。”正因如此，李建辉从小就喜欢读书，成绩一直很优秀，屡次获得奖学金。

担任英语老师时，她所带的班级在全县中招英语考试中连续三年成绩名列全县第一。任教期间，她一直坚持学习，先后修读本科、研究生、博士课程，获得学位。同时，还通过了广州市第一届公务员考试进入天河区政法委工作。

李建辉认为："无论做什么职业，要做就尽力做到最好。"让她印象最深刻的就是在刚调至广东省民政厅任职时，第一件大事情就是整理汇编关于广东社会组织的政策法规。"由于社会组织管理涉及很多方面，且时间跨度大、人手不足，我每天都加班至晚上 8 点多才下班。"功夫不负有心人，李建辉这项成果已被广东省 21 个地市，150 多区县使用，是这些地区管理社会组织的重要依据。"他们都称这是该领域的尚方宝剑。"

"所做的事情要有利于大多数人，不用个人的功利来衡量，这就是我从政的宗旨。"

作为一名共产党员，李建辉很坚定地信仰共产主义，从 18 岁加入中国共产党后，一直努力为社会做一些事情。3 年半前，她就积极响应政府的号召，报名参与遗体捐赠公益项目。

李建辉被认为广东省优秀共产党员

李建辉被评为省三八红旗手

▶ 传播公益事业，曾有“60 万带动 300 万”的“威水史”

凭着对共产主义的信仰，对公益事业的初心，李建辉经常利用周末和假期，带着朋友们开车跑四五百公里，去到贫困山区，给十几个学校组织专家义教，捐赠桌椅、书包、电脑、乒乓球台，捐建篮球场等。她还把卖专著《社会组织和实践与感悟》所得的十几万元全部捐赠给百年老校虎山中学用于建学校办公大楼。

李建辉不仅身体力行参与公益事业，还运用自己的知识和技能去影响更多人参与其中。当广东省卓越慈善基金会会长卓斌找到李建辉，希望个人捐资 60 万元支持丰顺县留隍镇岽下小学校舍危房改造，但整个项目建设需要 300 万元时。为了解决资金缺口，李建辉找到广东省紫琳慈善基金会秘书长，又多次联系当地政府部门负责人，共同发动并发出倡议书，号召外出乡贤、有关单位等捐款。

“他们一看，外地人都张罗着建自己家乡的学校，也立刻行动起来，300 万元资金不仅很快到位，最后还剩余 100 多万元成立了奖教奖学基金。”李建辉说。

李建辉参与签名赠书活动

李建辉在广东省政府武警中队参加分享活动并赠书

▶ **坚持公益事业 30 年，参与无国界慈善活动，展现大爱精神**

坚持公益事业 30 年的她，利用周末时间开设传统文化、中英文公益讲座超过 500 场次，捐赠私人的书籍和著作超过一万册，自己捐款的金额接近 40 万元，目前，她是 6 所中小学荣誉校长、5 所大学客座教授，出版著作 8 本，编著书籍十余本。

此外，喜欢外出游历的李建辉，还把自己的善心带到柬埔寨、印度、埃及等脚步到达的地方。在柬埔寨旅游时，看到十几个在街头流浪的孩子，她就把身上所有的钱都掏出来，分给这些孩子。2019 年 6 月，李建辉还带队前往柬埔寨开展“一带一路”广东省非物质文化遗产交流公益行活动，前往国际学校做义工，带领 17 个非遗传承人进校园表演，传承中国优秀传统文化。

“无论是中国还是外国，慈善没有国界之分，这就是人类的大爱。”李建辉说。

李建辉带领17个非物质文化遗产传人到柬埔寨交流

李建辉带队到金边公益交流

▶ **在社区建立自己的阅读角，无偿提供给街坊使用近10年**

日前，李建辉与全国最美环卫工、全国好人、广东好人、海珠区好人以及海珠区和天河区的志愿者在她自己建立的图书角进行交流活动，她还邀请了一位美国的老师现场教志愿者们学英文。

“由于这位老师不懂中文，我就充当翻译，并教他们说一些能体现我国文明的用语，在外国人面前为国增光的内容。”李建辉表示，交流中还向他们介绍如何才能依法依规去做好公益事业及事例。

据了解，位于海珠区珠江御景湾的这个阅读角是李建辉自费租下的物业，并无偿提供给小区的街坊使用，至今也有近10年时间。

“利用工作日闲余时间，在这里组织一些交流会，分享自己做公益的心得，或教教街坊邻里说英语，让孩子们在这里阅读学习等。”李建辉表示，做善事不分大小，只要有这份心，只要在自己力所能及的范围内，就是一位慈善使者。

近年，因公益事迹突出，她受全国道德模范赵广军邀请，担任赵广军生命热线的高级顾问，参与到“用爱点亮生命”的公益行动中。

李建辉与赵广军等合影

李建辉与“广东好人”合影

李建辉与“广东好人”“全国好人”在书屋交流

李建辉与志愿者在博爱轩书屋进行图书分享活动

▶ 希望今后继续做公益，用自己的正能量去影响他人

“良师益友”“充满正能量”

“热心公益的慈善家”

……

这全是李建辉亲朋对她最多的评价。她的优秀品质和对公益的坚持影响着身边的朋友，大家纷纷跟随她的脚步参与到公益活动中。

如今，李建辉希望自己工作之余可以再投入更多的时间做公益，更希望自己未来可以专门研究妇女儿童方面的事情，关心弱势群体，并在教育领域做一些有影响力的公益事业，用自己的正能量去影响他人，带动更多人参与公益事业，促进中国社会的和谐建设走向世界，为构建和谐地球村出一分力。“要让潜能发挥到极致，让生命延续到极致。”

文章来源：微社区 e 家通梦缘南洲。

9

全国公益之星李建辉博士28载公益情，大爱写人生，公益在路上

大爱写人生，公益在路上

——全国公益之星、联合国63届妇女代表李建辉博士30载公益情

热情、善良、感恩、朴实、执着……这一个个饱含正能量的“关键词”，牵出的是“全国公益之星”“全国行业杰出代表”“广东省十佳民政干部”“广东省三八红旗手”“广东省正能量先进人物”“百年学术特等奖”“联合国63届妇女代表杰出女性”、客座教授、生命热线高级顾问等沉甸甸的责任和担当。

在国际平台发声展示中国实力、不遗余力捐资助学、利用业余时间开展公益讲座、积极参与无偿献血、捐建图书角、带头登记遗体捐赠……一次次人间大爱，清晰地勾画出了李建辉博士28载热心公益慈善，让大爱精神走向全国，迈向世界的爱心“路线图”。

李建辉博士在书屋讲故事

李建辉博士获奖证书（部分）

▶ 国际平台发声道出无私大爱

李建辉博士在印度支教

2019 年 3 月 11 日，李建辉受邀参加联合国妇女地位委员会第 63 届会议的开幕式及部长级会议，获“杰出女性奖”。

当她用流利的英语以《深化妇女权益维护，促进社会和谐稳定》为题发表演讲，向世界展示中国在女性权益保护等方面的努力和成就时，赢得了各国代表的阵阵掌声。

李建辉博士与阿拉伯志愿者直播

为更多传播中国声音，李建辉多次在赵广军生命热线直播中，与国际公益组织志愿者互动，宣扬公益无大小，爱心无国界的理念。

“慈善无国界”。李建辉到过60多个国家游学，走到哪，就把善事做到哪。截至目前，她已将公益爱心带到了柬埔寨、越南、印度、埃及、中东、阿拉伯、非洲等地。李建辉曾在带领17个“非遗”传承人到柬埔寨进行国际交流活动时，看到10多个在街头流浪的孩子，她毫不犹豫地掏出身上所有的2000多元钱分给他们，孩子们紧紧簇拥着她，大声叫“中国妈咪”。

李建辉博士演讲结束后被学生围住签名

▶ **幼时乡邻接济点亮公益初心**

李建辉博士在美国纽约联合国妇女大会发言并获“杰出女性奖”

出生在广东梅州大埔农村，身为家中长女，李建辉经历过生活的艰辛和窘迫，当村中自身也不宽裕的乡亲把一碗碗白米倒入她借米的袋子时，长大后竭尽所能回报乡邻的感恩之心便悄然生成。

李建辉博士与志愿者慰问盲人

“永远不要忘记别人的恩情。”父母的叮嘱伴随着她的成长之路。工作后她每年都要回老家探望、慰问乡邻。今年大年初一，她率众回乡探望了30多位长者，送上近2万元新春慰问品。

李建辉博士在非洲扶贫

2019年3月，李建辉携同广东省传统文化促进会的知名人士前往母校虎山中学参观交流，并就如何更好地传承客家各类非物质文化遗产达成省、市、县共建传统文化基地的共识。

▶ 倾情教育捐资设立奖教奖学基金

李建辉受益于教育，这也让支持教育事业发展成为她公益生涯的重要板块。带头发动捐资建设5所中小学校、近600个图书角，捐赠私人书籍和著作超过一万册. 受聘10所学校荣誉校长、5所大学客座教授，出版著作8本，编著书籍10余本，开展500余场次义讲义教活动，组织10多个国家的外籍老师到近20所学校开展慈善义讲、义教活动50多场……。多年来，李建辉不仅个人捐资助学，还带动民间捐款过2000万元。仅稿费一项，她已累计捐出近50万元。

李建辉博士带领企业家到广东慈善总会捐款

当年，家乡一所小学急需资金改造校舍危房，她当即捐出60万元，并会同当地政府部门和慈善基金组织共同发出倡议，众多乡贤和爱心人士应者云集，300万元资金很快到位，最后将剩余的100多万元成立奖教奖学基金。此外，她还将个人专著所得10多万元稿费全部捐给母校虎山中学。

▶ 在奔波忙碌中享受简单快乐

李建辉博士与赵广军等人到虎山中学义教

“要让潜能发挥到极致，让生命延续到极致。”身为广东省救灾物资储备中心副主任、广东省社会组织妇工委副主席的李建辉，在繁忙的工作之余，28 年来把几乎全部空余时间用于公益活动。每逢周末或节假日，经常组织爱心人士驱车四五百公里从广州到大埔、丰顺、五华、龙川等地，组织义教活动，捐款捐物。

2016 年，李建辉成为全国首档公益节目《大大小小益起来》的节目组顾问。如今，该公益栏目已走过了 3 周年，主办和参与了多个助学、助老、助残等公益项目。她还受全国道德模范赵广军邀请，担任赵广军生命热线的高级顾问，参与到“用爱心点亮生命”公益行动中。

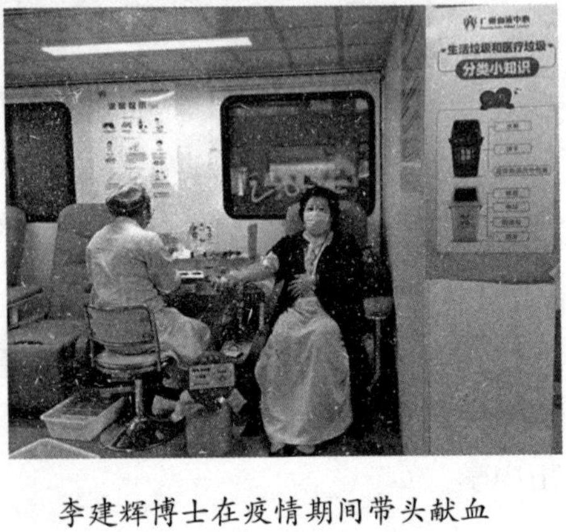

李建辉博士在疫情期间带头献血

▶ 抗击疫情无偿献血护佑生命

2020 年岁末年初，新冠肺炎疫情突如其来，广东乃至全国血库存量告急，3 月 21 日一早，李建辉带领 47 名志愿者为爱逆行，捐献自己的热血。

李建辉博士参与遗体捐赠

遗体捐赠，在不少人心里是一个难以触碰的禁忌，但早在四年前，李建辉就做了遗体捐赠登记，并引领了近三万人捐赠，使广东器官移植由全国倒数变成登记率全国第一。

李建辉博士参加义务分享活动

“良师益友”“充满正能量”“热心公益的慈善家”……这是大家对李建辉最多的评价，在她的感召下已有越来越多身边的亲朋好友参与到慈善公益事业中。‘生命不息，公益不止“。李建辉博士道出自己人生追求的同时，希望将毕生的精力投入到慈善公益事业当中去，做慈善事业的行动者，当爱心奉献的传播者！播撒爱心！点燃希望！

文章来源：岭南网。

李建辉博士在大埔双坑公益义教路途中

后 记

我用了前后两年的时间来写这部长篇报告文学作品——《善者仁行》，用朴素的文字来赞美身边这位用行动感恩的李建辉博士，不是因为我的时间充裕，恰恰相反，我只是在基层税务部门工作的普通一员，为辖区内4000多户企业的税收工作服务。众所周知，国家公职人员在白天上班的时候是不可以去干一些与工作无关的事的；也不是因为我与主人公有任何亲情或乡情的缭绕，我是来自三湘大地的农家子弟，而她则是一个来自书香之家的广东客家妹子；更不是为了刻意地去赞美一个省直机关的中层干部，因为我和主人公之间不存在任何上下级关系。那是什么原因让我如此专注，用了近两年的全部业余时间走访粤西、调研粤东，查人文古迹、揽南粤风情，去写了这部作品呢？

要回答这个问题还得先从2017年我的家乡湖南省宁乡市的那场洪水说起。2017年7月是我母亲走后的一周年祭日，我怀着十分悲痛的心情回到了湖南省宁乡市的老家，想在她老人家第一个阴寿那天虔诚地表达一个儿子对母亲的敬意和怀念。然而回到家乡之后，我没想到自己痛失慈母的“旧伤”还没有治愈，新的伤痛又接踵而来！

只不过这次伤痕不是因为亲情，而是因为我的故乡突然降下了百年难遇的特大暴雨，继而形成了势不可挡的特大山洪，它们肆无忌惮地撕裂了池塘、冲垮了堤坝、推倒了民宅、带走了鱼群。一瞬间的功夫，牛羊被毁，庄稼遭殃！还被洪水夺走了一条又一条鲜活的生命……

身临其境地感受到这一让人触目惊心的场景之后，我的心灵受到了极大的震撼！以至于在后来回到广州的日子里，我的脑海里还总是一遍又一遍地浮现出那一幕幕的洪灾情境，内心深处还总是悬挂着乡村的沟沟坎坎，我的情还系在千千万万的灾民身上。在手机微信里，我看到家乡有共产党员自行组织身边的热心群众给灾民送去了救灾款；看到有的退伍军人日日夜夜坚守在抗灾一线，用行动证明老兵退伍不褪色；看到有的红色企业家拖着救灾物资挨家挨户地传递着自己的一份爱意、为灾民送去了水和粮……此时此刻，我能做点什么呢？于是，我选择了模仿家乡共产党员自发组织捐款的方式为乡村募得10000元善款，并通过微信全部转到了同村的一位退休干部手中。在当地村民的积极协调下，后来这10000元为村子修补了三处被洪水冲垮的池塘，并重修了一口水井。在这10000元善款当中，除了我自己捐出的900元之外，还包含着广东省民政厅一位热心领导的心意，还汇聚了广州市白云区原党委成员的一腔热血，还凝聚着羊城乡贤的几份热情，还倾注着几多战友的鼎力相助……

每一笔捐款都让我热血沸腾，每一份真情都让我刻骨铭记，每一个热心人士都让我记忆犹新！然而最让我为之动容的是广东省民政厅李建辉博士捐出的那1000元人民币。

我是在广州市越秀区的一个画室里认识李建辉博士的。她得知我的家乡遭遇了百年不遇的山洪之后，马上就从自己的稿费中捐了2000元善款。得知这一善举，我当即表示了拒绝，一是因为我知道一个人的稿费来之不易，二是作为一个公职人员工资有限而开支又不菲，三是我作为一个萍水相逢的朋友不值得她付出如此大的爱心，最后我执意只收了她1000元捐款。事后我才发现这位客家妹原来是一位赫赫有名的慈善大使，她的善举引起了我的关注，后来也就促使我写出这部长篇报告文学《善者仁行》。

从她给我的家乡捐款之后，我从感性上感受到了她的善良，事后又从理性上觉察到了她的仁爱。然而百闻不如一见，在当今社会，很多人都有一种“各人自扫门前雪，莫管他人瓦上霜”的思想，是什么动力驱使着她在慈善的路上迈着如此坚定的步伐前行呢？凭着一个作家应有的嗅觉，在一个春光明媚的周末，我跟随广东省电视台的一个公益栏目又一次见到了这位感动过我的客家妹，在这位客家妹的家乡——梅州市大埔县——我真正见证了她30年如一日的扶贫足迹，看到了她帮扶过的学校师生和教职员工那春天般的笑脸，听到了爱心机构工作人员对她的声声赞美……在回广州的近500公里的路途中，我的热血一直为之沸腾，情绪一直为之激动。在快进广州城的时候，我郑重其事地对她说：“李大姐，通过几天的扶贫实践，我用16个字对你30年的扶贫工作做一个总结怎么样?”

“那你说来听听!”她好奇地说。

“思想扶贫、智力扶贫、精神扶贫、物质扶贫！你觉得这16个字归纳得怎么样呢?”我试探着问道。

对于我给她的这16个字的总结，这位客家妹起初还不是很领情的。后来我对她的每一种扶贫方式一一作了详细的阐述，经过我的再三解释，她慢慢开始接受了，最后甚至感到有些惊讶：一个接触不深、彼此还不是非常了解的人怎么会对她30年的善举做出如此恰如其分的评价呢?

或许是生活给了我太多的恩赐，让我在每一次身处逆境时，总会有一双双援助之手传来温暖，致使我在“冰天雪地”里重新感受到温暖和欢乐。所以我对这位多年来给人“雪中送炭”的客家妹有莫大的敬佩之情，这才又一次激励我拿起了手中的这支笔去为她高歌、为她赞美。

或许是因为太多的冷漠激起我手中的笔，促使我要把这种热情扩散到四面八方，让更多的人看过之后有所触动，让我们一起张开温暖的怀抱去迎接新的明天。

当然这或许只是一种愿景！然而在稍纵即逝的时光里这种愿景也是非常难能可贵的！

之所以能如此断然决然地做出这个决定，还要感谢我的军营岁月。

我在部队工作了整整20年，时至今日，军营的一草一木依然让我牵肠挂肚，军营的一针一线依然让我魂牵梦绕，军营的一砖一瓦依然让我记忆犹新。是什么力量让我对军营如此眷恋而又如此情深呢？

还是让我来跟大伙讲一个发生在我身上的故事吧。

人间除了亲情之外，还有乡情、师生情、战友情等，我把它们列为“亲外情”。如此诸多“情”中有的可让一个人登峰造极，有的也可导致一个人身败名裂。

在我记忆的长河里，就有一段永生流淌的“亲外情”——乡情。它与古代李白的“桃花潭水深千尺，不及汪伦送我情”相比毫不逊色。

30年前，我们的部队驻扎在塞外荒郊，因此每次回家都必须经过北京。要是在当天买不到火车票就只能在北京火车站留宿一夜，久的时候甚至要在火车站里等上二三十个小时才能坐上火车回到营区。如果是在春冬两季回家，囊中羞涩的战士住不起宾馆，对那些在车站周围招揽旅客的拉客仔少不了还会有一些担心，因此除了要承受漫漫长夜的寂寞等待之苦外，还少不了要吃些“冻肉”；如果是在夏秋回家，在火车站除了承受寂寞之外也还算得上是凑合的了。

之所以说是凑合的，那是因为出门在外，要求自然低。饮食方面，作为南方人，北方人的习惯与家乡的差异较大。早晨吃馒头，中午吃米饭和红烧肉大白菜，晚上是面条或者是包子，总之一年四季要想吃上有辣椒的菜是很难的。语言沟通也没有和家乡人聊天来得那么随和，南腔北调的话语有时也给自己带来一些难堪。

在我还没有找到我老家宁乡县驻北京办事处的地址之前，每次路过北京我都是在北京火车站或者火车站附近度过的，所以一度困扰着我的北京火车站落脚一事给我留下了刻骨铭心的记忆。

自从知道老家驻京办事处的地址后，曾经等车时的寂寞难耐和挨饿、受冻之苦也就随之消失了。每当我走到家乡人民的驻京办事处时，总会有一种莫名的喜悦，有一种宾至如归之感。

一天 20 元包吃包住的驻京办事处，除了解决口味和言语的不便之处外，还解决了我经济拮据的困境。在办事处里，厨师大姐能炒几道诸如虎皮辣椒之类的拿手湘菜；办事处王军华主任能用地地道道的宁乡话和我们谈天说地，有时他还会讲一些幽默故事逗得我们捧腹大笑……

然而，驻京办事处除了带给我生活上的便利之外，还曾在我的人生转折中起到过举足轻重的作用。

那是一天清晨，办事处来了一位头发花白、年过古稀的长者，我见他一手推着一辆半新不旧的自行车，一手拿着一顶半新不旧的草帽，还没进门就在胡同门口前的一棵大树下用宁乡口音喊着："王主任，王主任，起床了吗?"

凭我的判断，他一定是一位地地道道的宁乡人，于是我立马上前帮他把自行车放好，又将他引进了办事处的客厅。

趁他与王主任交谈之际，我悄悄地退出了客厅。

"少尉同志，走什么呢? 又不是外人，来来来，一块坐坐吧!"这位长者热情地招呼着我。

"文杰! 他就是军委办公厅的谢老、原军纪组组长谢景星，还是你的本家呢。"办事处王主任连忙介绍说。

"你也姓谢吗?"老人和蔼可亲地问道。

"是的，我是'多谢'的'谢'。"我大声地回答道。

"好! 好! 好! 一笔难写两个'谢'字，往后你就叫我谢伯伯吧!"

听老人家这么一说，我自然有一种受宠若惊的感觉。心想，自己的亲伯伯死于抗美援朝，又没有亲叔叔，于是迅速地问了他一声“谢伯伯好”。

就这样，我与谢老就在茫茫人海中相逢相识了，到底是出于什么缘故，起初一直是埋在我心中的一个谜！在日后的时间里，我慢慢找到了答案。

在我回到部队的一个星期之后，我收到了一封中央军委办公厅的来信。在没有打开信件之前，我先是一头雾水，心想这是谁给我写的信呢？我怀着迫不及待的心情撕开了信封，一字一句地领略着写信人语重心长的教导，沁人心脾的问候和祝愿。看完之后，我才明白原来这封信就是几天前在驻京办事处认识的“谢伯伯”写来的。

后来，当他得知我父亲去世、母亲病重在家乡无人照顾的消息时，他又专门为我联系工作调动一事。在他老人家的协调下，我有幸调到了原广州军区驻惠某部。离开北京的那一天，我去看望他老人家，记得当时我提了五六斤部队驻地的葡萄，没想到在我离开他家的时候，他老人家坚决要付钱给我，而且还郑重其事地说：“我帮你做点事不是为了要你什么东西，今后这样我就不客气了。‘在家靠父母，出门靠朋友’嘛。”

20 多年过去了，这位本家“伯伯”如同自己亲伯伯一样，还是一如既往地关心着我。不管遇到什么挫折，受到什么委屈，我也总是喜欢向他倾诉。他会耐心细致地帮助和开导我，有时他还会用自己的亲身经历来教导我。

特别让我敬佩的是在一次闲聊中他跟我讲过的一个自己亲身经历的故事：

1969 年 9 月至 1971 年 1 月，受林彪和“四人帮”的迫害，时任中央军委办公厅主任的肖向荣被“打倒了”。于是有人要他捏造材料诬告这位主任，没想到他坚决不从，不久他就被下放到了总参的“五七”劳动学校进行劳动改造。天无绝人之路！大地响春雷！这位办公厅主任得到了平反，得知谢老的处境后，他便立即把谢老从山西调回了军委办公厅工作。到了 1986 年 7 月至 1988 年 12 月，谢老已经担任中央纪委军事纪检组组长一职。

讲完这个故事后，他反复叮嘱我："做人如果黑白不分、见风使舵，只能得一时的'蝇头之利'，公正为人、为事、为官，一生胸怀坦荡，这样不但有利于民，还有利于军队，更有利于国家!"

2021 年初，这位 96 岁的"谢伯伯"住进了北京一家医院，得知这一消息后，我又一次去看望了他老人家，顺便还给他老人家带了一份礼物。可是万万没有想到的是他不但拒收了我的全部心意，在临别的时候他老人家还执意一手拄着拐杖，一手紧握着我的手，一边深情地望着我，一边语重心长地对我说："共产党好！永远都要跟着共产党走啊!"

从他老人家病房大门到电梯口只有五步的距离，但我有一种如走长征之感，不但迈不开我的双腿，同时心也好像根本不想回到广州。我是多么想留在他老人家的身边，多么想照顾一下他老人家，或者给他炒一个菜、帮他煮一碗汤。然而，人在江湖身不由己。单位的工作是"一个萝卜一个坑"的事，自然不可久留，所以我只能和他老人家依依惜别。当我看到电梯门外谢老颤抖的身影时，我的双眼变得模糊了！这时，我完全不能自已，立即用双手捂住了自己的嘴唇……

这一缕不期而遇的乡情几十年来一直陪伴着我度过了人生的沟沟坎坎，也如蜜糖一样甜入我全身的骨髓。

从身临其境地感受到谢老的无私关怀到耳闻目睹地见证李建辉博士的仁心慈爱，这难道不就是人们常说的大爱无疆吗?

回答是肯定的!

从一个仁心仁爱的受益者到一个仁心仁爱的见证者，我不能不被他们的爱心所感动。正如一个光明的见证者和一个光明的受益者一样没有任何理由不把人间的慈善大餐与大家一道分享。所以，我不得不提起手中的笔来放声高歌他们的高尚和伟大。

爱是需要分享的，也是需要传递的。一个从困境中走出来的客家妹，她感受到了别人对她和家人的帮扶，于是她就极力地去传播着人间的大爱。一个受党培养几十年的部队高级干部，他感受到了党的恩情似海，所以他极力地传播着人间大爱，传递党的光辉思想——听党话，跟党走。

这大概也是我提起笔用万分的激情来写这本书的原因所在吧！愿人间美好！愿善意永恒！

在撰写该书的过程中，笔者得到李建辉博士的支持，对相关人员进行了采访，参考了李建辉博士《社会组织实践与感悟》《登高望远》等专著及文章，在此深表谢意。同时感谢郑健伟百忙中抽时间阅读此作品并写序，在此深表谢意！

由于时间仓促，书中难免有错漏，请读者多多批评指正。

谢文杰

2021 年 4 月 2 日

作者部分生活花絮

▲ 李建辉博士和她的儿子池宝鑫

▲ 李建辉博士工作照

◀ 李建辉博士和她的朋友们

李建辉博士与友人 ▶

▲ 李建辉博士与李世恩主席（左四）、邱武秋书记（左二）及人大代表等

李建辉博士与朱朝奉会长（右二）▶

◀ 李建辉博士与李禹龙（左一）、凌锋局长

李建辉博士与林风眠研究会会长温尚光 ▼

◀ 李建辉博士三姐妹与法国友人

▲ 李建辉博士与家人

▲ 李建辉博士和她的爸爸

李建辉博士和她的妈妈 ▲

李建辉博士和她的朋友（一）▶

◀ 李建辉博士和她的朋友（二）

李建辉博士参加中国丝绸展览会 ▶

◀ 李建辉博士参加国际救援组织大会

▲ 公益伙伴看望李建辉博士及家人

李建辉博士家人照 ▲

▲ 李建辉博士

▲ 李建辉博士、李侃文部长、孙春宁主任与义工在一起

▲ 李建辉博士、赵广军（右二）、欧南雄（左二）与直播专家

▲ 李建辉博士与公益伙伴（一）

李建辉博士与公益伙伴（二）▲

◀ 李建辉博士与公益伙伴（三）

李建辉博士与公益伙伴（四）▶

▲ 李建辉博士与公益伙伴（五）

◀ 李建辉博士与公益伙伴符铁民一家

李建辉博士与公益伙伴庐伟文 ▶

◀ 李建辉博士与李世玉（左二）会长及公益伙伴

李建辉博士与李斌飞（左一）院长及公益伙伴 ▶

◀ 李建辉博士与公益伙伴欧南雄董事长、李红妹妹

李建辉博士与刘艳平董事长（左一）及公益伙伴 ▶

◀ 李建辉博士与广州雕塑院院长许鸿飞（左三）及公益伙伴

◀ 李建辉博士、欧南雄（左二）与公益伙伴

李建辉博士访问源本善基金会 ▶

◀ 李建辉博士与世界著名收藏家黄继群先生

李建辉博士与学校品牌杂志王永江总编（左五）团队 ▶

李建辉博士与友人公益交流 ▲

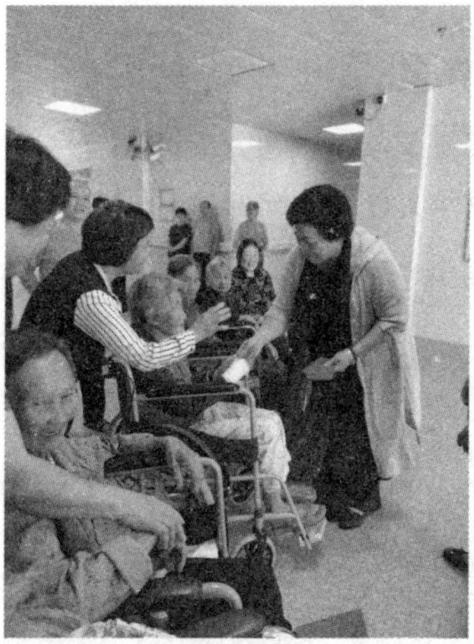

◀ 李建辉博士慰问百岁老人

李建辉博士看望朱鹤亭老爷子 ▲

▲ 李建辉博士受邀参加第二次世界进口博览会开幕会

◀ 李建辉博士与李世恩主席（右一）到虎山中学义教（中间为黄广华校长）

李建辉博士在西沙群岛义教 ▶

◀ 李建辉博士在中山进行公益交流

李建辉博士义教 ▶

▲ 李建辉博士在清风廉政大会致辞

◀李建辉博士捐赠墨宝

李建辉博士赠书活动 ▲

李建辉博士赠书给金怡酒家杨源董事长 ▲

▲ 李建辉博士向赵广军生命热线捐赠连云祥司长墨宝

李建辉博士和卓斌会长合影

李建辉博士与伊莎白女士合影

聘书

兹聘李建辉同志为广东省社会组织评估专家组成员，特发此证。

广东省民政厅
二〇〇九年六月

荣誉证书

授予李建辉同志广州市“十佳民政干部”称号。
特发此证，以资鼓励。

中共广州市委政法委员会
二〇〇六年五月

李建辉博士聘书及荣誉证书

▲ 李建辉博士在云南盐津人民医院义讲及公益伙伴

李建辉博士精彩瞬间 ▲

◀ 李建辉博士公益讲座合影

李建辉博士
与联合国国际信息发展组织主席
李世恩、梅州市妇联副主席合影 ▶

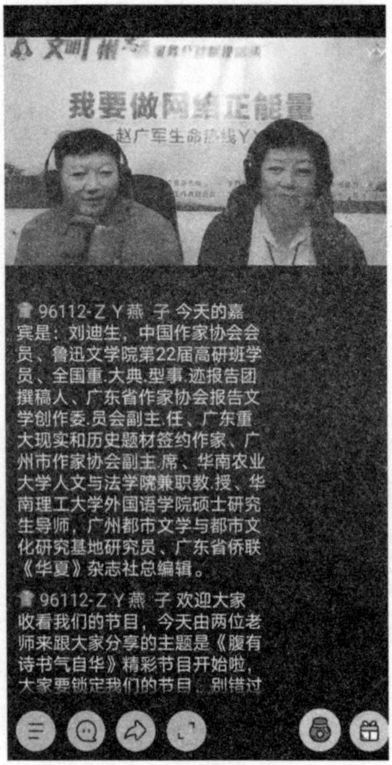

◀ 李建辉博士与广州市作协副主席、华夏杂志总编刘迪生先生直播

李建辉博士与公益伙伴刘丽华母女、世界冠军懿毅小姐合影 ▲

◀ 李建辉博士与兄弟姐妹合影